# ESPRESSO
# *Fantasma*

Tiago Valente

# ESPRESSO Fantasma

2ª edição

— Galera —
RIO DE JANEIRO
2024

**PREPARAÇÃO**
**Viviane Rodrigues**

**REVISÃO**
**Pedro Siqueira**

**DIAGRAMAÇÃO**
**Abreu's System**

**CAPA**
**Mika Serur**

CIP-BRASIL. CATALOGAÇÃO NA PUBLICAÇÃO
SINDICATO NACIONAL DOS EDITORES DE LIVROS, RJ

V25e

Valente, Tiago
Espresso fantasma / Tiago Valente. – 2. ed. – Rio de Janeiro : Galera Record, 2024.

ISBN 978-65-5981-558-6

1. Ficção brasileira. I. Título.

24-93539
CDD: 869.3
CDU: 82-3(81)

Meri Gleice Rodrigues de Souza – Bibliotecária – CRB-7/6439

Copyright © 2024 por Tiago Valente

Todos os direitos reservados.
Proibida a reprodução, no todo ou em parte, através de quaisquer meios.
Os direitos morais do autor foram assegurados.

Texto revisado segundo o Acordo Ortográfico da Língua Portuguesa de 1990.

Direitos exclusivos de publicação em língua portuguesa somente para
o Brasil adquiridos pela
EDITORA GALERA RECORD LTDA.
Rua Argentina, 120 – Rio de Janeiro, RJ – 20921-380 – Tel.: (21) 2585-2000,
que se reserva a propriedade literária desta tradução.

Impresso no Brasil

ISBN 978-65-5981-558-6

Seja um leitor preferencial Record.
Cadastre-se e receba informações sobre nossos
lançamentos e nossas promoções.

Atendimento e venda direta ao leitor:
sac@record.com.br

*Para meu avô, Abílio,*
*e para todos que acreditam que xícaras de chá*
*e histórias de mistério deixam qualquer dia melhor.*

# Capítulo 1

O CHEIRO RECONFORTANTE E FAMILIAR DE MANTEIGA E BAUNILHA é suave, mas, ainda assim, torço para que passe rápido.

Não só para evitar que os biscoitos de fantasma queimem, mas, também, para que essa sensação estranha e peculiar que acelera meu coração, faz minhas mãos tremerem e consome cada centímetro do meu corpo acabe logo.

Pelo menos quinze pessoas se espalham pelo salão do Espresso Fantasma. Todas se movimentam como se reproduzissem uma coreografia, desempenhando seus papéis com segurança e experiência enquanto desviam dos objetos e pôsteres de filmes clássicos de terror. As três mulheres que conheci há algumas horas se aproximam e, mais uma vez, arrumam meu cabelo, espalham mais pó pelas espinhas em meu rosto e grudam um fio preto em minha camisa. Tudo acontece em uma velocidade tão absurda que faz com que pareçam ter pares extras de braços e mãos.

Me arrependo de ter escolhido uma camisa xadrez vermelha, já que o refletor à minha frente emana um calor que há muito tempo não sinto em São Paulo. Ainda que sua luz ofusque grande parte da minha visão, sei que Gustavo está por perto.

— Tudo certo, Miguel? — Mariana pergunta ao homem ao seu lado, que se esconde atrás de uma câmera enorme. Ele acena com a cabeça e ela confere suas anotações mais uma vez, antes de olhar para a minha direção. — Responda olhando pra mim, tá? Ignore a câmera, finja que ela não existe. É só uma conversa entre a gente.

Ela sorri para tentar me acalmar, mas é um tanto difícil imaginar que um objeto amedrontador cheio de botões e fios, capaz de capturar e transmitir minha imagem para centenas de milhares de pessoas simplesmente não exista.

— Vai, câmera! — uma mulher com cachecol roxo grita.

— Rodando! — Miguel responde no instante seguinte.

— Som? — a mesma mulher grita.

— Foi! — alguém que eu não consigo enxergar responde.

— Quando quiser, Mari.

Mariana ajeita o cabelo e olha fixamente em meus olhos.

— Renan, como foi ver sua história de amor viralizar no Twitter?

Enquanto ela pergunta, meu olhar oscila e acaba focando no quadro pendurado na parede atrás da jornalista. A garota no pôster de *A morte do demônio* parece falar comigo (apesar de estar sendo estrangulada por um demônio sangrento que sai da terra). Se Sam Raimi conseguiu criar um filme lendário tendo apenas uma boa história para contar e condições precárias de produção, eu consigo dar uma entrevista para o *Fantástico* sem transformar isso numa grande humilhação pública.

Então, respiro fundo e falo sobre como Gustavo e eu nos conhecemos.

Conto sobre o dia em que Carlos, meu chefe, anunciou que havia contratado um novo funcionário e, instantaneamente, dezenas de imagens de possíveis garçons para um café temático de filmes de terror ganharam forma em minha mente.

Ainda que me orgulhe da minha criatividade, nenhuma delas conseguiu chegar perto de sua real aparência. Nem no cenário mais otimista poderia pensar que, assim que meus olhos encontrassem os do novo funcionário, os morcegos que decoram o salão do Espresso Fantasma alugariam um quarto no meu estômago e ficariam ali, voando por horas e gerando sensações cada vez mais confusas.

O garoto alto, gordo e de ascendência japonesa vestia uma jaqueta cinza e uma camiseta do "Hellfire Club", de *Stranger Things*. Eu o cumprimentei com um aperto de mão e ele me puxou para um beijo na bochecha, antes de elogiar meus tênis novos.

Nas semanas seguintes à sua chegada, perdi as contas de quantas vezes exagerei na quantidade de chantili, deixei massas de bolo queimarem ou simplesmente me distraí admirando a simpatia e o sorriso que Gustavo faz questão de exibir em todos os atendimentos, e que deixam sua barba aparada e seu cabelo arrepiado ainda mais atraentes.

Na maior parte do tempo, Carlos está ocupado administrando seus outros tantos negócios e empreendimentos, o que significa que são várias as vezes em que Gustavo e eu precisamos lidar sozinhos com clientes famintos e furiosos. Por conta da rotina intensa e dos desafios diários no café, nos aproximamos em um período de tempo bem curto. Durante os intervalos, descobri sua paixão por tecnologia, seu pavor de insetos e conheci as sobremesas que sua família preparava no Japão. Não demorou muito para que, em um dos cantos da cozinha bagunçada por uma semana de muito trabalho, o primeiro beijo viesse (com gosto de geleia de morango e mãos sujas de farinha).

Depois de semanas nos vendo antes, durante e depois do horário de trabalho, meu pedido de namoro — um bilhetinho escondido no Caixão Brownie do Drácula — foi aceito sem hesitações.

Era a semana do dia dos namorados e a comoção no Twitter (me recuso a chamar de X) por conta da data esfregava milhares de declarações emocionadas na minha cara, o que me encorajou a também compartilhar a nossa história. Em poucos minutos, nossa foto usando o avental do Espresso Fantasma e os tuítes contando nossa história em detalhes alcançaram centenas de curtidas, que ao longo do dia foram se transformando em milhares e centenas de milhares.

Quando fizeram uma montagem de nossas fotos com a música "State of Grace" da Taylor Swift, ao fundo, confesso que chorei e me dei conta da proporção que nossa história tinha tomado.

— E como foram os dias seguintes a esse fenômeno? — Mariana segue as perguntas que havíamos combinado. Não consigo deixar de notar como sua voz soa diferente em frente às câmeras.

— O café nunca esteve tão cheio! — digo, tentando ignorar a coceira da gota de suor que escorre pela minha testa. — As pessoas fizeram fila para conhecer "o café dos namorados do Twitter". — Faço as aspas com as mãos. — Elas contavam sobre como se emocionaram ou se sentiram representadas com a nossa história. Teve até gente copiando a minha tática do bilhetinho no brownie!

— E qual a sensação de ver tantas pessoas se inspirando na história de vocês?

— Acho que… — Tento pensar em alguma frase de efeito bem elaborada, mas sei que o nervosismo certamente vai me atrapalhar, então opto pelo básico. — Acho que é a melhor sensação do mundo.

— Corta! — A mulher do cachecol roxo me interrompe e meu sorriso murcha. Tenho certeza de que fiz alguma coisa errada, mas, quando todos voltam a se movimentar no ritmo frenético de antes, percebo que eles apenas conseguiram o material que queriam.

Mariana agradece e vai ao encontro da mulher do cachecol roxo.

— Arrasou! — Gustavo se aproxima enquanto seco o suor com as costas da mão e tento parar de tremer.

— Jura?

— A gente descobre no domingo! — Ele ergue os ombros e ri.

Seu perfume cítrico, sua expressão otimista e sua camiseta preta com uma ilustração de Mia Goth em *Pearl* são tudo de que preciso para me sentir mais calmo.

— Será que a Talita e o Jorge não vão ficar com inveja? — pergunta Gustavo, se referindo aos atendentes que assumem o café quando estamos de folga.

— Acho difícil, "padrões" do jeito que são, devem ter uma autoestima inabalável. — Dou uma espiada na janela mais próxima. — Nenhuma notícia do Carlos?

Gustavo balança a cabeça para os lados.

— Nem sinal. Deve ter ficado preso na fábrica de colchões — ele responde.

— Ou na loja de miniaturas da Torre Eiffel — devolvo.

— Ou na distribuidora de jujubas verdes.

— Gustavo? Sua vez! — Um homem da produção do programa interrompe nosso jogo secreto de adivinhar quais são os outros negócios do nosso chefe. Gustavo me dá um beijo rápido e é levado para gravar sua parte.

Como sempre, ele se mostra confiante e carismático enquanto conta sobre como o Espresso Fantasma, depois da popularização da nossa história, passou a ser um ponto conhecido em São Paulo pela quantidade de clientes da comunidade LGBTQIAPN+ que passa por aqui diariamente.

Todos estão muito concentrados, então dou passos cautelosos até a outra parte do café.

As paredes claras da cozinha contrastam com a explosão de cores das sobremesas espalhadas pela bancada. Todas inspiradas em filmes e livros clássicos de terror e mistério. Mesmo depois de meses preparando as mesmas receitas diversas vezes, não consigo deixar de me sentir orgulhoso por ter criado cada uma delas.

Algumas dezenas de biscoitos de fantasmas me encaram. Suas bordas levemente douradas informam que eles foram assados na temperatura certa, durante o tempo exato. Aos poucos, aperto o saco de confeitar para cobrir cada um dos biscoitos amanteigados com uma camada de glacê real, antes de desenhar seus olhos e bocas com corante alimentício.

Gustavo continua gravando no salão. Estão simulando um "dia normal de trabalho", mas posso garantir que nos dias normais Gustavo não fica tão sorridente enquanto varre o chão ou tira a poeira do pé da estátua do Freddy Krueger na entrada. A equipe do programa parece se comunicar em códigos e, na maior parte do tempo, gritando.

Apesar do barulho, sempre que me concentro no preparo de alguma receita pareço entrar em um mundo paralelo. Por alguns instantes, somos apenas eu, os ingredientes e todas as técnicas e lições que aprendi nos últimos anos. Como um químico, só preciso fazer misturas exatas e utilizar quantidades adequadas para conseguir o resultado desejado, uma certeza que há muito tempo vem sendo uma grande aliada para acalmar minha mente ansiosa.

Depois de todo o nervosismo pela gravação respiro fundo para não tremer conforme despejo glacê e decoro uma sobremesa tão delicada.

Por conta disso, não noto o som da porta que separa o salão da cozinha sendo empurrada. Nem o tilintar dos acessórios pendurados em seu pescoço. Nem o ruído que os sapatos de salto fazem ao tocarem o azulejo do chão conforme se aproximam, aos poucos, de minhas costas.

— Você é bom nisso!

Meu susto resulta num rastro de glacê que agora se espalha da bancada ao chão da cozinha. Mariana começa a se desculpar logo em seguida.

— Tudo bem! A culpa é minha, na verdade. Me desligo completamente quando estou cozinhando.

— Percebi. — Ela ri e encara a bagunça que acabei de fazer.

Mariana é negra, usa uma camisa branca com detalhes em roxo e parece ter a mesma altura que eu, o que quer dizer que é um pouco mais alta do que imaginava enquanto assistia suas matérias no programa.

— Eu fico igualzinha quando estou escrevendo. Vim só perguntar do seu chefe. Acha que ele ainda vai demorar muito?

— Na verdade, a gente nunca sabe. — Tento manter meu olhar fixo no dela, mas o glacê escorrendo pelo chão parece me dizer que ela não sairá dali tão facilmente. — Ele só aparece quando não tem nenhum problema em todos os outros negócios dele. O que é quase nunca — acrescento, enquanto vasculho uma gaveta próxima, em busca de algo que possa me ajudar.

— Mas ele sabia da reportagem, não?

Dou de ombros e ela respira fundo antes de voltar a falar.

— Olha, seria importante ter uma participação dele na matéria também, e... — Noto Mariana hesitar por um momento e cubro a sujeira do chão com um amontoado de papel-toalha. Seus olhos oscilam entre a bancada, os biscoitos e as outras sobremesas, como se estivesse buscando inspiração para encontrar as palavras certas. — Bom, não sei se você vai poder me responder, mas não custa perguntar. Você sabe dizer se ele é...

Observo suas mãos gesticularem conforme ela fala e levo algum tempo até entender o motivo de sua insegurança.

— Hétero? — completo.

— Isso! — Ela solta o ar, nitidamente aliviada.

— Até onde eu sei, sim.

— Ótimo! — Seus olhos se iluminam. — Seria incrível mostrar um chefe hétero que apoia um casal gay trabalhando junto!

Uma cabeça de gremlin com um grave erro de proporção e rosquinhas queimadas são cobertas por uma dezena de folhas de papel-toalha encharcadas. Fecho a tampa da lixeira e me viro para Mariana novamente.

Penso em dizer que, tecnicamente, nós não somos um casal gay, porque sou bi, mas me limito a responder:

— É... Acho que seria legal, sim.

Ela retribui meu sorriso, tira um pedaço de papel do bolso e o estende na minha direção.

— Se puder passar meu contato para ele.

Confirmo com a cabeça e, depois de passar os olhos por seu nome, seu e-mail corporativo e seu telefone, guardo o cartão no bolso. Me esgueiro para alcançar um dos biscoitos já prontos.

— Aqui. Experimenta um!

Depois de agradecer, ela segura o biscoito com as duas mãos. Uma expressão séria permanece em seu rosto durante todo o trajeto do fantasma até sua boca. Após algumas mordidas, ela fecha os olhos e quase consigo sentir o açúcar se misturando ao seu sangue e causando a reação natural de converter uma expressão séria em um sorriso sincero.

— Uau! — diz Mariana, cobrindo a boca com a mão vazia, já que alguns pedaços do biscoito ainda esperam para serem engolidos. — Isso foi... bem surpreendente.

— Obrigado — digo, movido pelo meu sol em capricórnio que me traz uma sensação indescritível ao ter meu trabalho reconhecido. — Essa é minha receita favorita de biscoito amanteigado.

— Deu pra perceber o porquê. — Mariana volta a espiar as outras sobremesas. — Espero logo trazer minha namorada aqui.

Não demora muito para que a notícia dos biscoitos se espalhe para o restante da produção. Eles interrompem a desmontagem dos equipamentos e um silêncio inesperado se instala no Espresso Fantasma conforme todos experimentam meus biscoitos.

# Capítulo 2

— E SE VOCÊ JOGAR UM POUCO DE SANGUE POR CIMA?

Penso por alguns segundos e percebo que não é uma má ideia.

Gustavo lambe o chocolate branco derretido em seus dedos que, antes de ser devorado por ele, assumia a forma da máscara do Jason decorada com pedaços de biscoito.

— A gente pode pedir para a farmácia entregar a lactase.

— Tudo bem, confio no meu degustador oficial.

Faço alguns respingos de "sangue" usando corante vermelho e uma escova de dentes sem uso (pelo menos não em dentes humanos — só nos de açúcar) e entrego mais uma máscara do vilão de *Sexta-Feira 13* para Gustavo. Como sempre, seus olhos se iluminam e sua boca fina se converte em um leve sorriso, até se abrir com entusiasmo para receber o teste da nova sobremesa que quero acrescentar ao cardápio.

— Agora está perfeito!

— Eu só coloquei um pouco de corante, o gosto é o mesmo. — Coloco as duas mãos na cintura. — Por que *agora* ele está perfeito?

— Porque o apelo estético é responsável por cinquenta por cento da experiência do sabor. — Ele nem precisa pensar antes de responder. — Aprendi com meu namorado, o maior confeiteiro do Brasil!

Ele se aproxima e segura minha cintura com as duas mãos enquanto me lembro de quando precisei convencê-lo de que o tom do corante vermelho do balão do Pennywise (um *cakepop* que acompanhava um muffin de limão) mudava todo o sabor da sobremesa. O que não esperava era que ele fosse atravessar a cidade debaixo de uma chuva torrencial para me fazer uma surpresa e trazer o corante no tom exato.

Eu rio, como faço todas as vezes em que Gustavo decide jogar essa história na minha cara, e logo estamos nos beijando de novo. Meus dedos automaticamente buscam os fios curtos do cabelo em sua nuca.

— Obrigado pela ajuda — digo, assim que nos desvencilhamos.

— Obrigado, nada. Na próxima vez em que o senhor "intolerante à lactose" se esquecer do remédio, vou cobrar dois beijos por degustação em vez de um.

— Aceita pagamento adiantado?

Assim que nos reaproximamos para que eu pague minha futura dívida, ouço o som da tranca da porta dos fundos sendo aberta.

— Vou ver se está tudo certo no salão! — Gustavo sussurra e, antes de sair correndo, se despede com outro beijo curto.

Volto a me concentrar nas máscaras de chocolate, enquanto Carlos faz seu trajeto habitual.

Depois de entrar pela porta dos fundos, ele passa em sua sala, deixa o casaco no encosto da cadeira, a bolsa com o notebook em cima da mesa e pega uma bala de canela (sem açúcar) de um pote de vidro escuro. Assim que termina de checar as mensagens, coloca o celular ao lado da bolsa e se certifica de trancar a sala antes de ir até a cozinha.

Não preciso estar por perto para saber de tudo isso, já que seu jeito metódico faz com que ele repita os mesmos passos todas as vezes, sem exceção. Termino de respingar o sangue pelo chocolate branco, quando Carlos entra.

— Fala, Renanzão! Sobremesa nova? — Ele me dá os tradicionais dois tapinhas nas costas e suja seu dedo com sangue comestível assim que experimenta minha nova invenção.

Ele mantém o tom de "líder que motiva seus colaboradores", que deve ter aprendido em um dos milhares de cursos de empreendedorismo que frequentou, ou livros com títulos sensacionalistas que leu, mas consigo notar o cansaço por trás de sua expressão confiante.

Suas roupas estão impecáveis, como sempre. A camisa branca parece ter sido feita sob medida para seu tronco forte e o sapato preto continua reluzindo, mesmo depois de um dia inteiro de trabalho.

Conheço Carlos há anos, nossas famílias são amigas muito tempo antes de o Espresso Fantasma abrir as portas, mas, até hoje, fico um pouco nervoso quando converso com ele. A hierarquia entre patrão e funcionário desperta um desconforto estranho em mim, por mais que esteja cada vez mais seguro com a qualidade do meu trabalho.

— Vi alguns fãs reclamarem no Instagram que tínhamos poucas sobremesas de *Sexta-Feira 13*, então decidi criar mais uma.

— Acertou em cheio! Está uma delícia — diz ele, terminando de engolir o chocolate. — E como foi hoje?

— Hmmm, tranquilo — minto, enquanto limpo as mãos em um pano de prato. — A entrevista foi mais rápida do que esperava. Eles queriam entrevistar você, inclusive.

— Eu imaginei. Fiquei preso naquela reunião com o investidor e o trânsito estava muito engarrafado quando saí! — Carlos vem falando e fazendo reuniões com esse possível investidor para o Espresso Fantasma há meses. As reuniões parecem cada vez mais longas e ele parece estar cada vez mais estressado com esse assunto. — Fiquei horas parado na marginal Tietê, mas vocês devem ter mandado bem!

— A repórter deixou o número dela para você entrar em contato.

Assim que o cartão de Mariana sai de minhas mãos, o toque do celular de Carlos (um instrumental da abertura de *Os Caça-Fantasmas*) ultrapassa a porta trancada de sua sala e chega até a cozinha.

— Vá cuidando de tudo aí, por favor.

Ele segue na direção da música e aceno com a cabeça porque era o que pretendia fazer e o que já faço em todos os dias da semana quando ele não está.

Só depois de organizar as sobremesas prontas e o *mise en place* das receitas que são preparadas na hora, percebo que algumas mesas do Espresso Fantasma já estão ocupadas, então levo a bandeja com as máscaras do Jason até a vitrine refrigerada do salão.

Gustavo se movimenta com rapidez e experiência, pegando os pedidos e servindo litros de café e chá em canecas pretas, todas com teias de aranha desenhadas. Apesar de alguns rostos desconhecidos, a maior parte das mesas está ocupada por clientes bem familiares.

No canto direito, próximo à janela, está Murilo. O garoto tímido, de óculos e camiseta listrada que, aos finais de semana, faz shows como Serena, sua drag queen, no bar vizinho.

Ao seu lado, está a garota que até agora não descobrimos o nome porque ela só vem para aproveitar o wi-fi (senha: queosjogoscomecem) e conversar por chamada de vídeo com sua namorada, que mora na Argentina.

Não faço ideia de como Gustavo conseguiu essa informação.

Em uma das mesas do centro do salão estão os namorados Guilherme e Rafael. Eles foram os primeiros a chegar no dia seguinte ao início de nossa fama virtual e nos tornamos amigos instantaneamente. Eles me cumprimentam e eu aceno de volta.

Próximos a eles, Gláucia, Letícia e Leandro usam três canudos para dividir o mesmo milk-shake, já que o trisal está economizando para a festa de casamento.

No canto esquerdo, a garota de jaqueta de vinil azul espera a pessoa com quem marcou o encontro desta semana. Eu tinha certeza de que o encontro com o estudante de música na semana passada ia dar em alguma coisa, mas, aparentemente, não foi para a frente. Ela agradece, nitidamente ansiosa, quando Gustavo entrega seu chocolate quente e uma fatia de BeetleBolo (um bolo de massa listrada, como a roupa do Besouro Suco de *Os fantasmas se divertem*).

Quando me viro para observar a mesa próxima à janela, assim que meus olhos encontram o cliente que ocupa o lugar, sinto o familiar arrepio percorrer todo o meu corpo, os pelos do braço e da nuca.

É assim todas as vezes.

Os olhos escuros se escondem por trás das lentes grossas de um óculos remendado e uma boina velha e gasta cobre sua cabeça. A barba apresenta mais fios brancos do que pretos, que se misturam ao aspecto pálido de sua pele. Suas mãos seguram com força a caneca de chá preto e suas costas encurvadas mal se aproximam do encosto da cadeira. Exceto pelos momentos em que o homem toma goles curtos do chá e seu olhar se mantém fixo e congelado em um ponto determinado do ambiente. Como sempre, ele espera por alguém.

Não demora muito para que uma mulher vestindo uma blusa de lã bege entre no salão. Seus olhos um tanto assustados passeiam por todas as mesas até encontrarem as costas do homem de boina. Em passos firmes, ela se aproxima. Eles não trocam nenhuma palavra, mas o homem tira do bolso de sua calça um pacote pequeno embrulhado em papel pardo e o coloca em cima da mesa. Depois de alguns segundos de hesitação, a mulher pega o pacote para si e, no exato lugar da mesa onde ele estava, deixa um envelope branco.

Após a partida apressada da mulher, o homem bebe o resto do chá de uma só vez, antes de se levantar e bater a porta atrás de si. Só então percebo que meu corpo estava em um estado de suspensão todo esse tempo, enquanto tentava observar por trás do balcão a movimentação rotineira do homem que Gustavo acredita ser um detetive particular, mas tenho certeza de que vende drogas pela internet.

Ainda assim, sua inexpressividade consegue me impressionar e me assustar de um jeito que, até hoje, poucos filmes de terror conseguiram.

— Elas chegaram! — Gustavo vem em minha direção, substituindo a imagem do homem na minha mente pela de seu rosto animado.

Espio por cima de seu ombro, a tempo de ver Isabela e Luana ocuparem a mesa favorita delas.

Isabela é ruiva e tem um jeito calmo e doce. Ela parece ter uma coleção de camisas floridas, pede soda italiana e não consegue passar mais de dez segundos longe do celular. Luana já é mais séria, tem uma tatuagem de onça-pintada, veste sempre uma camiseta de banda de rock e levei um tempo até entender e me acostumar com seu humor irônico. Elas estão namorando há três anos e faz quatro meses que começaram a morar juntas. Mesmo assim, a constante demonstração física de afeto e carinho entre as duas faz com que qualquer um pense que são um casal em início de relacionamento.

Pouco depois de começarem a frequentar o Espresso Fantasma e se aproximarem de Rafael e Guilherme, Isabela e Luana nos convidaram para uma maratona de jogos de tabuleiro e filmes de terror na casa delas, o que estreitou ainda mais nossa relação. Nós seis formamos o grupo de amigos que, atualmente, é o meu favorito.

Acho que o fato de não ter emendado o ensino médio com a faculdade fez com que os poucos amigos que fiz na escola me vissem como alguém completamente perdido ou inferior a eles. O problema foi que, depois de comentar em uma aula de orientação vocacional que tinha interesse em cursar gastronomia, a notícia se espalhou por toda a escola e fui motivo de piadas pelo resto do ano, já que queria seguir uma profissão de "mulherzinha". O bullying foi tão intimidador que travei completamente na hora de me inscrever para o vestibular, com a certeza de que alguém descobriria o que preenchi na opção de curso e uma nova onda de perseguição se iniciaria. O resultado foi que todas as promessas daqueles que ainda acreditava serem meus amigos, de que continuaríamos conversando e nos encontrando mesmo depois da nossa formatura, não duraram nem uma semana.

Por muito tempo pensei que o resto da minha vida seria permeado por esse sentimento de não pertencimento e solidão, mas meu namorado e meus novos amigos apareceram para provar o contrário. Com eles, me sinto seguro e livre para me expressar da forma que quiser. Um tipo de liberdade que, até então, ainda não havia experimentado.

— Os biscoitos estão na cozinha? — sussurra Gustavo, tentando evitar que Isabela ouça.

— Eu vou buscar, pode deixar.

Termino de organizar as máscaras de chocolate pela vitrine e volto para a cozinha, torcendo para que Carlos ainda esteja em sua sala.

A fornada de biscoitos de fantasma feita especialmente para Isabela continua em um canto afastado da bancada, para garantir que não a confunda com outras fornadas.

Com cuidado, transfiro os biscoitos para um prato e, quando procuro pelo cartão que Gustavo e eu escrevemos, ouço Carlos se aproximando e estragando a minha tentativa de fazer uma surpresa sem ter que pedir permissão a ele.

— Eu acabei de falar com o fornecedor do chocolate... — Ele para quando seu olhar encontra o prato de biscoitos. — Alguém curte muito os seus biscoitos, hein? — Carlos ri.

*Ok, preciso reunir os argumentos mais convincentes em poucos segundos e garantir que isso não será um grande prejuízo para a empresa.*

— A Isabela é uma cliente que vem todas as semanas. Ela e a namorada adoram os biscoitos fantasma, já devem ter pedido uns mil. Como hoje é o aniversário dela, Gustavo deu a ideia de servirmos uma cortesia. — Dou um sorriso claramente forçado, pois sei como ele odeia a palavra "cortesia".

— E a cortesia é uma fornada *inteira*?

Eu paraliso por alguns segundos, mas forço minha cabeça a balançar para cima e para baixo.

Ele cruza os braços e respira fundo.

— Elas vêm sempre aqui, certo? Ela e a...

— E a namorada, isso mesmo — completo e os segundos se arrastam como minhocas de açúcar até ele relaxar os braços e dar de ombros.

— Bom, se você diz que são clientes tão fiéis assim, merecem uma comemoração especial, não? — Ele sorri antes de deixar a cozinha a passos largos.

Eu permaneço onde estou, sem saber o que fazer enquanto ouço Carlos abrir a porta de sua sala e, segundos depois, mexer em sua bolsa.

— Por coincidência — diz ele, voltando. — Um sócio me deu isso aqui hoje de manhã.

Ele me estende um pacote transparente. Espremo os olhos e consigo enxergar, entre as duas folhas de plástico, um pó prateado e extremamente brilhante.

— Isso é...

— Glitter comestível. Ele tinha uma fábrica de doces, estava me mostrando alguns dos produtos que sobraram e achei que você fosse gostar de usar em alguma receita.

Um sorriso tímido, mas inevitável, preenche meu rosto pelo simples fato de Carlos ter se lembrado de mim numa reunião com outro sócio.

— Obrigado, vai ficar incrível!

Abro o pacote e, usando as pontas dos dedos, espalho o glitter pelos biscoitos com cuidado. Os fantasmas amanteigados assumem agora um aspecto mais sofisticado e tenho certeza de que Isabela vai adorar.

Enquanto lavo as mãos para tirar o resto do glitter que ficou grudado, percebo Gustavo se aproximar e acrescentar o cartão de aniversário à borda do prato. Seus olhos se arregalam assim que ele percebe os discos cintilantes quase minúsculos que agora cobrem os biscoitos.

Compartilhamos um olhar de cumplicidade e seguimos juntos até o salão. Isabela leva alguns segundos para desviar o rosto da tela de seu celular e perceber que estamos indo em sua direção.

Assim que Gustavo coloca o prato no centro da mesa, começa a bater palmas e a cantar. Luana e eu nos juntamos automaticamente e logo Rafael e Guilherme também se aproximam. Não demora muito para que todo o restaurante cante parabéns para a garota que, apesar de um tanto envergonhada, faz questão de filmar tudo.

— Meu Deus, tem glitter neles! Amor, você viu? — Isabela pergunta, quase histérica, e Luana se aproxima para observar os biscoitos, aproveitando a oportunidade para pegar um deles. — Essa foi a melhor surpresa que já recebi na vida! — Depois de conseguir a foto perfeita dos biscoitos à sua frente, Isabela nos abraça com força. Durante o abraço, consigo ver os lábios de Luana se enchendo de glitter conforme ela dá a primeira mordida.

— Ei! E a *minha* surpresa? — pergunta Luana, ainda com a boca cheia, indignada.

— Eu amei o colar, mas você sabe que trocaria até o maior diamante do mundo por comida! — Isabela responde.

— Legal, hein? A Luana gastou milhões e poderia só ter comprado um pacote de Trakinas no mercado — diz Guilherme e todos riem.

— Ok, corrigindo. — Isabela finge pigarrear duas vezes. — Eu amei muuuito o colar e foi uma surpresa tão incrível quanto ter uma versão exclusiva e cintilante dos meus biscoitos favoritos! Melhor?

— Mas vou ter que concordar, isso está maravilhoso! — Luana termina seu biscoito e lambe o glitter dos dedos. — Ei! São da Isabela! — ela grita para Rafael, que estica o braço para alcançar um dos pequenos fantasmas.

— Ela disse que eu podia pegar!

— Ela só foi educada. — O tom de Luana não ajuda a distinguir se ela está brincando ou falando sério.

— Você pode comer e a gente não? — contesta Guilherme.

— Nós somos um casal com comunhão de bens — responde Luana. Mesmo se tratando de uma brincadeira, Rafael desiste da ideia de experimentar um dos fantasmas cintilantes.

— Mas o colar ficou realmente incrível em você! — Rafael comenta, numa tentativa bem-sucedida de mudar de assunto. Minha atenção logo se direciona à corrente prateada que contorna o pescoço de Isabela. — Vocês vão hoje, né?

— Onde?

— A Isabela convidou a gente para a festa dela. — Gustavo responde, me abraçando.

— Vai ser hoje à noite, no Dionísio! — Isabela completa. — Bora?

— É óbvio que a gente vai. — respondo, sorrindo, por mais que não faça ideia do que seja o "Dionísio".

Conversamos por mais alguns minutos antes dos outros clientes chamarem Gustavo para novos pedidos. A felicidade pelo sucesso da surpresa toma conta de mim e decido que preciso agradecer a Carlos por apoiar nossa ideia.

Encho mais algumas canecas com café antes de voltar à cozinha e assim que me aproximo da sala de Carlos, ouço-o gritar.

Não é um grito de advertência como os que eu já ouvi dele. Por mais que não entenda exatamente cada uma de suas palavras, sua entonação parece defensiva. Ouço o impacto da sola de seu sapato contra o piso conforme ele caminha pela sala e continua a conversa. Cogito me aproximar um pouco para tentar identificar algumas palavras, mas sua agressividade crescente faz com que eu fique paralisado, no meio do corredor. Após mais alguns segundos, Carlos abre a porta de sua sala com força e, por sorte, não repara em minha presença ali.

— Eu só preciso de algum tempo pra resolver tudo! — esbraveja e deixa o café pela porta dos fundos.

Minha mente cria mil hipóteses para o que possa ter deixado Carlos nervoso como nunca vi, mas sei que é inútil tentar adivinhar por conta própria, então volto para minhas tarefas na cozinha.

— Nossa, finalmente! — Depois que a garota-de-nome-ainda-misterioso termina sua chamada de vídeo com a namorada na Argentina e paga a conta, Gustavo tranca a porta do café e começa a conferir o caixa. — Elas entraram numa discussão sobre usar luz branca ou amarela na sala do futuro apartamento que terão um dia e achei que não fossem terminar nunca.

— Percebi, você praticamente a expulsou levando a conta sem ela pedir. — Enquanto conversamos, passo pelas lixeiras da cozinha e do salão, recolhendo todos os sacos de lixo.

— Eu estava quase pegando o celular e gritando pra namorada dela: "Para de ser doida! Luz branca deixa a sala parecendo uma farmácia, esse apartamento só existe na imaginação de vocês e CHEGA DESSE ASSUNTO!" — Gustavo grita para o celular imaginário na sua mão e eu rio.

— Discordar sobre a cor da iluminação da casa é motivo suficiente para um término?

— Definitivamente! — ele responde, sem hesitar. Depois de alguns segundos, arregala os olhos e se vira para mim. — Não vai dizer que você...

— Eu também sou time "luz amarela" — afirmo e ele suspira, colocando a mão no peito.

— Ufa! Podemos continuar namorando.

Gustavo beija o topo da minha cabeça quando passa por mim e segue na direção dos armários onde guardamos nossas coisas, que ficam depois da cozinha.

Termino de reunir todos os sacos pretos e, como sempre faço, me permito um segundo para observar o salão vazio, depois de mais uma noite servindo minhas sobremesas e conseguindo manter tudo sob controle apesar da correria.

Silenciosamente torço para que as combinações de sabores que habitam minha mente e ganham vida na cozinha alcancem cada vez mais pessoas e que eu possa continuar me sustentando com isso.

*Vai acontecer. Pelo menos, eu espero que aconteça.*

Deixo meus devaneios para depois e percebo que esqueci de fechar um dos sacos maiores, então agarro o plástico preto com as duas mãos e começo os movimentos para fazer um nó e impedir que o saco se abra no trajeto até a rua.

A experiência adquirida por fazer isso quase todos os dias leva minhas mãos a se movimentarem em alta velocidade, mas, ainda assim, um pouco antes de apertar o nó, percebo um guardanapo com uma mancha vermelha me encarando do topo da pilha de sujeira.

# Capítulo 3

—AMOR PRÓPRIO É BOM, MAS O SEU É MAIS. — GUSTAVO BATE NO volante com os dedos conforme grita a letra da música do Jão.

Eu balbucio algumas das palavras que decorei depois de Gustavo me fazer ouvir essa música milhares de vezes e observo a noite de São Paulo passando como um borrão pela janela do carro. A velocidade leva o meu cabelo a bagunçar com o vento, mas não me importo. Quando a música termina, sinto sua mão repousando em meu joelho.

— Incrível o Carlos ter topado a surpresa, né? — diz Gustavo.

— Também achei. Só queria descobrir o que aconteceu pra ele gritar daquele jeito.

— Estranho, né? Deve ter sido alguma coisa séria porque deu pra ouvir lá do salão, mas ele com certeza não vai contar o que aconteceu, então a gente vai ter que se contentar com essa migalha de fofoca. Aliás — ele se vira para mim por um milésimo de segundo —, por falar em fofoca, viu que a *Tinderella* levou um bolo, hoje?

— Quem?

— A menina dos encontros. Estava toda nervosa, mas, aparentemente, ninguém apareceu.

— Ela anda tendo muito azar com esses encontros, né? — Começo a deslizar pelo celular, tentando escolher a próxima música. — Me lembrou até de quando eu estava solteiro, que fase horrível.

— Levou muitos bolos, também?

— Alguns.

— E hoje é você quem faz o bolo! — Me viro para ele e vejo sua boca se esforçando para segurar o sorriso. — Entendeu? Bolo, você faz...

— Óbvio que eu entendi, né? Só pra te avisar que piadinhas de tio do pavê também estão na lista de assuntos relevantes o suficiente para causarem um término.

— Que bom que as minhas piadas são ótimas, então!

Começo a protestar, mas sou interrompido pela voz virtual do Waze, que avisa a Gustavo que nosso destino está à direita. Aos poucos, vejo o prédio alto e imponente do Dionísio, o bar e restaurante que Isabela escolheu para receber a sua festa.

O local nos recebe com letreiros em neon nas paredes e a voz de Liniker saindo dos alto-falantes. Uma recepcionista simpática (mesmo que de um jeito um pouco forçado), entrega nossas comandas e avisa que há um salão reservado para a festa no último andar. Subimos as escadas e, assim que passamos pela porta dupla, Gustavo aponta para uma das longas mesas de madeira, onde consigo ver Guilherme nos chamando com um gesto.

Rafael e Guilherme são atores, se conheceram quando interpretaram um casal em um musical, o que combina muito com a personalidade extrovertida que ambos compartilham. Enquanto Rafael aproveita qualquer desculpa para cantar suas músicas favoritas com uma voz potente e afinada, Guilherme tem uma habilidade incrível de fazer piada com absolutamente qualquer coisa.

— Vocês não morrem mais! — Guilherme comenta e vejo que pelo menos vinte pessoas se reúnem ao redor da mesa já repleta de copos, garrafas e pratos.

— Finalmente! — Isabela se levanta de uma cadeira mais distante e corre em nossa direção com a câmera frontal do seu celular apontada para seu próprio rosto. — Gente, vocês não vão acreditar quem apareceu por aqui! — Ela se vira de costas para nós, para que a câmera também capture nossa imagem. Dou um sorriso tímido e aceno para a tela do celular, enquanto Gustavo mostra a língua e faz o número dois com a mão. — Meus famosos amigos do Espresso Fantasma! Sim, minha festa está chique demaaais!

Depois que termina de gravar, Isabela dá pulinhos alegres e nos abraça.

— A gente estava falando de vocês, agorinha mesmo — diz, depois que se desvencilha de Gustavo. — Muito obrigada por terem vindo! Tem bebida e batata frita à vontade!

Mais convidados chegam e ela repete o ritual de fazer *stories* e recepcionar cada um deles, então aproveitamos para pedir nossas bebidas ao garçom.

— Se for pra falar mal de mim, que seja na minha cara pelo menos! — Gustavo brinca na direção de Guilherme, depois de puxar a cadeira e se sentar.

— A gente estava só tentando descobrir qual vai ser o mascote do Renan, quando ele for a nova Ana Maria Braga da televisão — Guilherme revida. — Eu votei em um unicórnio!

— E eu, num pelicano! — Rafael complementa.

— Provavelmente seria um corvo — respondo, depois de pensar um pouco.

— Ui, bem trevoso! — Guilherme ri. — Na real, a gente estava falando sobre o casal desaparecido e achamos que vocês pudessem saber de alguma coisa.

— Casal desaparecido?

— Eu te mostrei ontem, lembra? — respondo a Gustavo. A forma como ele para a batata na metade do caminho até sua boca é o suficiente para eu entender que ele não se lembra. — Um casal de professores trabalhava junto numa universidade. Estão desaparecidos há uns três dias.

— Os professores gays desaparecidos? Alguns alunos disseram que eles estavam agindo de forma estranha o dia todo. — Luana arrasta sua cadeira para se aproximar de nós. — Passei a tarde toda ouvindo um podcast sobre isso, estou absolutamente obcecada!

— Estranha como? — pergunto no mesmo instante em que o garçom entrega um milk-shake para Gustavo e uma taça de cosmopolitan, meu drinque favorito, para mim. Logo, o sabor do suco de cranberry e do licor de laranja se misturam ao cítrico do limão.

— Ainda não encontraram nada muito concreto — diz Luana, antes de engolir um pedaço de batata. — Em casos assim, muita gente gosta de inventar coisas só para aparecer, mas todos concordam que eles estavam superagitados, que os dois encerraram suas aulas antes do horário e foram vistos brigando no estacionamento. — Ela alterna seu olhar entre nós quatro e o tom sério de nossa conversa faz um contraste curioso com o ambiente agitado e alegre. — Eles tinham um jantar na casa de uma outra professora naquela noite, mas não apareceram e não deram notícias. Também não foram mais vistos no campus desde aquele dia.

— E ninguém tem nenhuma ideia do que possa ter acontecido? — Guilherme pergunta.

Ao meu lado, vejo os dedos de Gustavo se movendo com agilidade pela tela de seu celular. Após alguns segundos, espio a foto dos dois professores em um site de notícias.

— Os celulares e os computadores estavam com eles, mas... — Seu tronco se aproxima e ela abaixa o tom de voz, como se as informações que ouviu em um podcast reproduzido por milhares de ouvintes fossem um segredo. — Algumas pessoas começaram a dizer que eles estavam on-line no WhatsApp depois do desaparecimento, mas ninguém recebeu nenhuma mensagem.

— Que bizarro. — O tom de Rafael é mais baixo do que o habitual. Seus olhos fixos em Luana parecem pedir por mais informações.

— Ah, não! De novo esse assunto? — Isabela se aproxima e apoia as mãos nos ombros da namorada. — Pedi pra eles tocarem aquela do TikTok, quem vai dançar comigo?

— Bora! Eu aprendi essa ontem! — A energia de Guilherme se transforma em uma fração de tempo. Ele se levanta rapidamente e Isabela comemora.

— Acho que a gente não vai conseguir escapar dessa. — Rafael ri e se junta ao namorado e à amiga. Todos olham para mim, com expectativa.

Termino meu cosmopolitan com um gole longo e sinto o álcool descendo de uma só vez pela minha garganta.

— Tá bom, vai. — Me levanto num movimento rápido e estendo a mão para Gustavo.

— Divirtam-se! — Luana arrasta sua cadeira para se aproximar de outro grupo de amigos.

— Você não vem? É meu aniversário, poxa — Isabela insiste fazendo um biquinho.

Luana se aproxima da namorada e volta ao tom de voz baixo, mas, ainda assim, consigo ouvir o que ela diz.

— Alguma coisa não me fez muito bem, Bela. Estou um pouco enjoada, então vou esperar passar, tá?

A desculpa de Luana funciona perfeitamente e Isabela nos guia até uma parte mais espaçosa da sala reservada. Um funcionário do local mexe em um computador e segue as instruções da aniversariante para encontrar a música desejada.

Gustavo segura minha mão com firmeza e, em poucos segundos, todos estamos seguindo os passos de Isabela e reproduzindo a coreografia da nova música da Manu Gavassi. Gustavo ri com minhas tentativas frustradas e tímidas de repetir os movimentos complexos e não demora muito para decorar tudo, assim como Guilherme e Rafael, que aproveitam suas experiências com dança.

— Meu Deus, isso ficou maravilhoso, vou postar agora! — Isabela termina de gravar o vídeo com o celular e começa a pular quando uma nova música se inicia. O álcool a deixa ainda mais eufórica e faz com que o Dionísio vá, aos poucos, se tornando um borrão para mim. Ainda assim, consigo distinguir Gustavo em meio ao grupo que se formou nos fundos do salão. Seu sorriso sincero e expressivo se destaca na luz amena do ambiente e, por um segundo, meus pensamentos me levam de volta às semanas que passei desejando que o garoto não fosse só um colega de trabalho.

Quando uma música mais lenta começa a tocar, Guilherme e Rafael se beijam e, por um momento, não consigo deixar de me sentir grato por ser parte de um grupo em que cada um pode ser aquilo que quiser ser, mas desconfio que a bebida tenha uma parcela de culpa na minha comoção repentina.

Meus pensamentos se esvaziam automaticamente quando Gustavo se aproxima e dança com seu corpo colado ao meu. Ele olha no fundo dos meus olhos, e se alguém me dissesse que estamos só nós dois aqui, não duvidaria.

— E aí?

— E aí? — eu o imito.

— Arrasou na dancinha do TikTok! Quem diria? — Mesmo que ele tenha que sobrepor sua voz à música alta, ela ainda soa suave.

— Eu tenho muitas habilidades que você não conhece, ainda!

— Gostei da parte do "ainda"! — Ele ri e me dá um beijo rápido. — Animado pra aparecer na TV?

— Eu estou numa mistura de animação com nervosismo, ansiedade e euforia, tudo junto de um jeito que parece que minha cabeça vai explodir a qualquer hora. Mas acho que estou mais animado pra *te* ver na TV.

— E vai ter que ser em uma TV bem grande pra caber todo meu carisma, né? — Nosso universo particular é invadido por um líquido espesso que atinge nossos corpos em um jato.

Demoro algum tempo até entender o que aconteceu, mas depois que Gustavo se afasta de mim, notamos a camada pegajosa que cobre nossas calças.

Luana corre na direção de Isabela, que mantém a cabeça abaixada conforme vomita mais uma vez.

— Desculpa, eu não sei o que…

— Tá tudo bem! Vem comigo. — O rosto de Isabela perde completamente a cor e a atmosfera leve e quase utópica da festa se transforma enquanto Luana leva a namorada até o banheiro. Durante o trajeto, consigo notar seu rosto se contorcer, quase como se anunciasse que seu estômago tem vontade de repetir o feito da namorada.

Um funcionário do restaurante começa a limpar o chão escorregadio e, agora, impróprio para danças. Um silêncio constrangedor se instala, então Gustavo me acompanha até o banheiro.

— Espero que elas fiquem bem — digo, jogando um pouco de água da torneira na barra da minha calça, enquanto Gustavo me ajuda a tirar o vômito com uma toalha de papel.

— Quem nunca deu PT no próprio aniversário? Um clássico! — Eu também o ajudo com sua calça bege, que foi bem menos afetada do que a minha. Preciso me esforçar para ignorar o cheiro azedo que o tecido emana. — Você tinha que ver minha *bachan* no meu último aniversário, depois de se entupir de saquê.

— Aposto que deve ter soltado todos os podres de quando você era criança.

— Acredite — diz ele, me olhando de um jeito sério e cômico ao mesmo tempo. — Foi bem pior!

— Eita, então espero poder ver isso pessoalmente este ano.

Eu dou uma risada leve, mas me arrependo assim que termino a frase.

Ainda estou esfregando a parte de trás da barra de sua calça quando Gustavo se afasta, então respiro fundo, me xingo mentalmente por dizer algo tão idiota e me levanto.

As duas mãos estão apoiadas na beirada da pia do banheiro e, apesar de sua cabeça estar abaixada, consigo ver pelo reflexo no espelho que a expressão em seu rosto não é das melhores.

— Foi mal, Gu — digo, colocando a mão em seu ombro.

— Você não tem que se desculpar. — Ele continua olhando para baixo e sua voz soa mais fraca do que segundos antes. — O problema sou eu e a minha família.

Não sei o que responder, e o medo por dizer algo errado de novo faz com que apenas continue acariciando seus ombros e suas costas, até Gustavo levantar o rosto num átimo.

— É melhor a gente voltar. — Ele se vira para mim. — Me desculpe por isso. As coisas vão melhorar.

Permanecemos abraçados por alguns segundos, antes de Gustavo voltar a sorrir, agarrar meu braço e me levar de volta ao salão do Dionísio.

Quando voltamos para a mesa, uma nova rodada de bebida e batata foi servida e todos parecem prestar muita atenção no que diz uma das amigas de Isabela, de pele pálida, cabelo azul e colar de miçangas.

— Esta é a hora perfeita para a gente jogar histórias sinistras!

Ela mexe na bolsa prateada pendurada nas costas de sua cadeira, até retirar uma pequena caixa preta e fazer um leque com as cartas que estavam guardadas ali.

— Escolhe uma! — Suas mãos levam as cartas até a altura do meu olhar e entendo que fui o escolhido.

A curiosidade move meu dedo indicador aleatoriamente até uma das cartas mais próximas da mão esquerda da garota, que abre um sorriso misterioso conforme lê seu conteúdo. Ela se certifica de que todos estejam prestando atenção antes de iniciar o jogo.

— Um homem entra em um bar e pede um copo de água. O barman pega a arma que estava debaixo do balcão e aponta para o sujeito, que agradece e vai embora.

Ela termina a leitura e o silêncio permanece.

— E aí? — Gustavo pergunta.

— Me digam vocês! — A garota de cabelos azuis se recosta na cadeira e cruza os braços.

— Eu já joguei esse jogo. A gente precisa fazer perguntas e ela vai responder com sim ou não até adivinharmos o que aconteceu — explica Rafael.

— Mas essa história não faz sentido nenhum — argumenta Guilherme, gesticulando enquanto fala.

— Será? — A líder do jogo levanta uma sobrancelha e mantém a expressão enigmática.

— Copo de água era um código? — arrisco.

— Não — ela responde, prontamente.

— Eles se conheciam? — outro convidado pergunta.

— Não.

— A arma era de verdade?

— Sim.

— O homem sabia que tinha uma arma ali?

— Não.

— O barman pretendia atirar nele?

— Não.

— Tinha mais alguém nessa história?

— Não.

Meus dedos tamborilam na mesa pelos minutos seguintes, que são preenchidos por uma sucessão quase angustiante de palpites e respostas enquanto nossos cérebros lutam para tentar colocar sentido na história, mesmo que pareça impossível.

Quando começo a ter certeza de que somos todos burros demais para esse jogo e penso em sugerir que a garota do cabelo azul, que descobri se chamar Denize, devesse revelar a solução do enigma, Gustavo bate no tampo da mesa ao meu lado, me fazendo pular de susto.

— Soluço! — Ele se levanta, fazendo sua cadeira quase tombar. — Ele estava com soluço, por isso queria um copo de água!

— E aí? — Ainda sustentando a expressão enigmática, Denize o observa.

— Ele entra no bar, o barman percebe que ele está com soluço e decide dar um susto nele com a arma. O soluço passa e o homem agradece.

Segundos de expectativa se estendem até Denize sorrir e revelar que ele estava certo.

Uma sensação de alívio e prazer parece ser compartilhada por todos e, mais uma vez, intensificada pelo efeito do álcool. A serotonina liberada nos faz implorar por mais e, a cada enigma solucionado, ficamos ainda mais entretidos e imersos no jogo de Denize, que lê situações cada vez mais bizarras e absurdas.

Quando a tela do meu celular se ilumina para anunciar mais uma notificação, percebo que passa das duas da manhã. Viro a tela na direção de Gustavo e ele entende o recado.

Ele se levanta e pega a jaqueta que guardava no encosto da cadeira até que percebo seu olhar alternando entre todos os convidados, como se procurasse por algo em específico.

— Cadê a Isabela e a Luana? — Ele franze as sobrancelhas.

Procuro por todas as direções e, quando não encontro nenhuma das duas em lugar algum, uma mistura de culpa e surpresa toma conta dos meus pensamentos.

— Elas foram ao banheiro naquela hora. — Rafael também se levanta num sobressalto e pega o celular. — Se elas tivessem ficado presas lá ou algo do tipo teriam mandado mensagem.

— Eu vou lá ver — Denize se prontifica e a acompanhamos com o olhar enquanto ela corre até o outro lado do salão, na direção da porta de madeira.

Não demora muito para que ela volte com os olhos arregalados, balançando a cabeça para os lados.

— Não tem ninguém lá.

— A Isabela vomitou, mas a Luana também tinha comentado que não estava se sentindo bem — avisa Guilherme. — Elas podem ter ido para o hospital e não tiveram tempo de avisar.

— Droga, ninguém atende. — Rafael afasta o celular da orelha, irritado.

— É mais fácil a gente perguntar para algum funcionário. — Desço as escadas correndo e percebo que Gustavo me acompanha.

Sob a luz do letreiro neon, a recepcionista de sorriso artificial se vira para nós.

— Isabela e Luana? — Apesar da preocupação estampada em nossos rostos enquanto explico a situação, ela digita cada uma das letras com calma e vemos seus olhos passando lentamente pela lista de clientes daquela noite. — Achei! As comandas foram pagas juntas há pouco mais de meia hora.

— Que esquisito. — Me viro para Gustavo. Ele desbloqueia o celular e se aproxima de mim.

— Elas estiveram on-line pela última vez há uma hora e vinte minutos. — Ele compara as informações exibidas nas páginas das conversas com Isabela e Luana. — Acho que o Rafael está certo, elas podem ter ido ao hospital.

— Mas sem avisar? — pergunto e Gustavo apenas dá de ombros. — O que a gente faz?

— Acho que primeiro a gente avisa o pessoal lá em cima.

— E depois?

Gustavo olha para os dois lados, como se procurasse a resposta no rosto das pessoas sentadas ao balcão do bar ou no grupo de amigos que canta parabéns para uma sobremesa cheia de chantili.

— Sei lá...

Subimos de volta ao espaço da festa que, agora, assume uma atmosfera caótica.

Rafael continua com o celular colado na orelha, andando de um lado para o outro, longe dos outros convidados. A cada minuto, ele afasta o aparelho e toca na tela novamente para fazer uma nova ligação.

— A gente já ligou para os hospitais mais próximos e não tem nenhum registro de atendimento no nome delas — explica Denize, assim que nos aproximamos.

— É aniversário da Isa. — Guilherme é o único que não está com o celular em mãos e sua voz continua soando suave e calma. — Alguém pode ter decidido fazer uma surpresa de última hora ou algo do tipo.

— Eu também acho — concorda Gustavo.

— Eu acho que vou dar uma olhada na casa delas, só pra ter certeza. — Denize se levanta, decidida. — Vou chamar o Uber, alguém quer ir comigo?

— A gente tá de carro, mais fácil a gente ir, não? — Olho para Gustavo e, apesar de ainda um pouco contrariado, ele concorda.

Nos despedimos rapidamente e passamos por Rafael antes de deixar o andar superior do Dionísio.

— Vai avisando a gente, por favor.

Eu confirmo e acompanho Gustavo até o estacionamento. A expressão preocupada de Rafael continua em minha mente durante todo o trajeto.

# *Capítulo 4*

Nenhuma música sai do rádio desta vez.

Os únicos sons que escuto são do ruído baixo do motor e do toque repetitivo que soa em meu ouvido, durante todas as vinte e cinco tentativas frustradas de ligar para nossas amigas.

— Às vezes elas só quiseram um pouco de privacidade. A gente tava em um lugar cheio de gente, o que de tão ruim pode ter acontecido? — Gustavo acelera o máximo que pode e segue as instruções do GPS, que nos guia até o endereço onde, semanas atrás, fizemos nossa maratona de filmes de terror.

— Hmmm... — Finjo pensar por um instante. — Sequestro? Roubo? Abdução? Muitas coisas. Quando foi a última vez que você viu a Isabela ficar tanto tempo longe do celular?

Ele não responde.

As paredes creme do muro protegem os dois andares da casa e um poste na calçada dissipa uma iluminação fraca. Assim que Gustavo estaciona em frente à casa com portão de ferro cinza, desafivelo o cinto e bato a porta do carro atrás de mim.

Somos os únicos na rua, e percebo que subestimei o frio da madrugada de São Paulo, já que o moletom que coloquei sobre minha camiseta fina não é o suficiente para me aquecer.

Penso em gritar por elas, mas o silêncio absoluto e o fato de todas as casas, incluindo a de Isabela e Luana, estarem com as luzes apagadas, me inibe. Meus olhos se acostumam um pouco mais com a escuridão, então consigo encontrar o interruptor e toco a campainha três vezes. Ouço o som que ela espalha pelo interior da casa, mas nada além disso. Não há nenhuma movimentação que indique que seremos atendidos, e a cerca elétrica que contorna a parte de cima da parede é um aviso de que pular o muro não é uma opção.

— Ótimo, viemos à toa.

Gustavo não reage. Seus olhos permanecem fixos num ponto exato do portão de ferro.

— Na verdade... — Sua mão ultrapassa um dos vãos das barras de ferro e ele puxa a lingueta prateada que destrava a fechadura. Ela se abre, sem qualquer resistência. — Acho que alguém esqueceu de trancar.

Nos encaramos por alguns segundos. Apesar do caminho liberado, levo alguns segundos até tomar coragem para dar o primeiro passo e praticamente invadir a casa das minhas melhores amigas.

Precisamos contornar um carro prateado que ocupa a maior parte da garagem. O piso é áspero e Gustavo me acompanha, tão calado quanto eu. Alguns vasos de plantas antecedem a porta de entrada, assim como um capacho que diz: "Casa do gato (mas tem uns humanos morando aí também)".

Gustavo ri sem abrir a boca e eu bato na porta com os nós dos dedos algumas vezes, torcendo por uma resposta que nunca chega.

— A gente entra? — sussurro o mais baixo que consigo. Gustavo parece tão indeciso quanto eu, mas é o primeiro a criar coragem e girar a maçaneta da porta também destrancada.

Preciso usar a memória fotográfica das minhas visitas anteriores para saber que a sala é o primeiro cômodo depois da entrada, já que uma escuridão absoluta preenche o cômodo. Uma janela aberta num canto afastado traz o vento da noite para dentro, que balança meu cabelo e se mistura ao medo, fazendo meu corpo tremer dos pés à cabeça. Gustavo aciona a lanterna de seu celular e, assim que ilumina uma porção do espaço, nossa atenção se direciona para o chão de porcelanato branco.

Pela extensão do piso da sala, é possível notar uns pontos pretos e verdes que exibem diferentes tamanhos e formatos. Dou passos curtos até um rótulo rasgado mais adiante me informar que os fragmentos disformes são resquícios do que já foram garrafas dos vinhos que sei que Isabela e Luana gostam.

Permanecemos quietos, mas vejo o olhar confuso de Gustavo passando pelos cacos de vidro. Tento desviar dos pedaços maiores, mas é inevitável pisar nos pequenos, o que produz um som amedrontador, principalmente em comparação com o silêncio absoluto do resto da casa.

— Por aqui — digo, apenas movendo os lábios, e levo Gustavo pelo caminho que Isabela fez comigo quando quis me mostrar sua coleção de livros.

Passamos por um corredor até chegarmos à segunda porta à direita. A porta está aberta, então tateio a parede do interior do cômodo até encontrar o interruptor. Quando ilumino o quarto, vemos uma cama de casal repleta de travesseiros, uma escrivaninha branca com poucos espaços vazios e uma cadeira giratória, onde está apoiada uma pilha de roupas que esperam para ser guardadas no guarda-roupa do outro lado do cômodo.

Nada diferente do normal.

Me aproximo e vasculho os objetos da escrivaninha. Além do computador e dos livros de romance sáfico, espio as folhas grossas preenchidas por colagens, que eu sei que é um dos hobbies favoritos de Isabela. Algumas reúnem formas abstratas e imagens aleatórias que ela encontra em revistas e folhetos de propaganda, mas a maior parte traz fotos de Luana aplicadas às mais diversas situações e cenários — desde um ambiente florido até um fundo espacial.

Luana sorri para mim em cada uma das obras de arte.

Gustavo se estica para pegar uma em que ela está aplicada sobre o que parece ser uma foto do salão do Espresso Fantasma. Um balão sai de sua boca como em uma história em quadrinhos com a frase "Minha Bela", citando o apelido que Luana sempre usa para se referir à sua namorada.

— Acho que alguém está *realmente* apaixonada... — Gustavo esboça um sorriso, mas é interrompido por um ruído no portão de metal que protege a casa. O som instantaneamente arregala nossos olhos e gira nossos pescoços na direção da entrada. — Devem ser elas!

— Ou pode não ser! — sussurro conforme seguro seu braço e impeço o movimento de seu corpo que já pretendia voltar à sala. — E se forem os sequestradores?

— Quem disse que elas foram sequestradas? — sussurra ele de volta, olhando para mim como se eu estivesse delirando. — Elas podem só ter ido pro hospital, lembra?

O som de passos atravessando a garagem alcança nossos ouvidos. Ignoro a opinião de Gustavo, me afasto e semicerro os olhos conforme observo atentamente os quatro cantos do ambiente.

— Tá procurando o quê?

— Alguma coisa pontuda ou pesada — respondo e avanço até a prateleira acima da cabeceira da cama.

Agarro um frasco de perfume laranja. O formato do vidro permite que eu o segure com firmeza, enquanto noto que a tampa em forma de diamante parece ser o objeto que mais se assemelha a uma arma nesse quarto. Quando me viro, percebo que Gustavo tirou da tomada o abajur que iluminava a escrivaninha. Ele o segura como um personagem de filme de fantasia seguraria uma espada.

— Melhor prevenir, né?

Quem abre a porta da sala da casa toma o máximo de cuidado, já que o ruído da maçaneta é quase inaudível. Conto com a linguagem corporal pra saber se Gustavo acha melhor ficarmos aqui dentro ou irmos direto ao encontro da pessoa cujos passos pressionam os cacos de vidro contra o porcelanato do chão. Ele apenas se aproxima de mim com os olhos arregalados. Vejo seu peito subir e descer com a respiração alterada e entendo que, assim como eu, a coragem para encarar o desconhecido de frente ainda não é uma das nossas maiores habilidades.

Faltam poucos segundos para que a pessoa misteriosa chegue ao quarto de Isabela, o que faz com que Gustavo pressione a lateral de seu corpo junto ao meu. O suor em minha mão começa a deixar o frasco do perfume um tanto escorregadio, mas mantenho meu olhar fixo na fresta de luz que entra pelo corredor.

— Se acontecer qualquer coisa... — Gustavo continua sussurrando, sem olhar em minha direção. — Eu te amo, tá?

Sua voz quebra minha concentração e levo alguns segundos para conseguir responder.

— Eu também, Gu. Te amo muito!

Percebo seu sorriso pela visão periférica, mas ele some assim que o som dos passos fica ainda mais alto.

A sombra chega primeiro e flutua pelo chão do corredor, uma figura disforme sustentada por duas pernas que me faz imaginar que os braços estejam colados à lateral do corpo. Os pés encostam no batente da porta e sei que resta apenas um passo para que entrem em nosso campo de visão.

Me permito uma última olhada para Gustavo e ele me retribui com os olhos marejados pelo temor.

O frasco de vidro em minha mão escorrega e se converte em uma centena de pedacinhos, enquanto o líquido laranja de seu interior se espalha pelo chão e molha meu tênis.

Na entrada do quarto, um par de olhos castanhos se revela e encontra os nossos.

# Capítulo 5

— Vocês têm dez segundos para me explicar quem são vocês, antes que eu chame a polícia.

A mulher que arregala os olhos por trás de seus óculos vermelhos, veste um suéter de tricô e segura o celular com as duas mãos. Consigo perceber sua atenção alternar entre todos os elementos improváveis da cena que ela observa.

Dois garotos desconhecidos com os corpos colados em um dos cantos do quarto da filha.

Ambos tremem.

Um deles segura um abajur.

Um cheiro forte de perfume de flor de laranjeira se espalha pelo ambiente.

Um líquido laranja escorre pelo chão.

— É... — Gustavo procura as palavras certas para explicar a situação.

Os óculos vermelhos me ajudam a identificar Neide, a mãe de Isabela, que já apareceu em algumas das fotos no Instagram da filha, mas que nunca conhecemos, pois mora no interior.

— Nós somos amigos da Isabela e da Luana! Superpróximos! A gente estava na festa e elas sumiram, então a gente decidiu ver se elas estavam bem e...

— Eu não sou idiota, garoto. — Ela interrompe a fala atropelada de Gustavo e cruza os braços. — Quer dizer que vocês vieram até aqui, fizeram aquela bagunça com as garrafas na sala e vieram aproveitar o quarto vazio *só* pra ver se elas estavam bem?

*É... ela tem bons argumentos.*

— O portão já estava aberto quando a gente chegou, e as garrafas... — começo a falar, mas ela logo me impede de continuar.

— Não é só porque elas foram viajar que a casa da minha filha vai virar um motel!

— Não foi o que eu... Viajar? — Alterno meu olhar entre a senhora de óculos vermelhos e Gustavo, que parece tão confuso quanto eu.

— Se são tão amigos a ponto de entrarem na casa dela desse jeito, deveriam saber da viagem. — Seu olhar demonstra uma satisfação por, supostamente, nos desmascarar. A confusão em nossos pensamentos é tão evidente que ela decide continuar: — A viagem surpresa pra Campos do Jordão que a Luana deu de presente pra Isabela.

Me mantenho em silêncio.

— Elas foram viajar, assim? Do nada? — Gustavo abaixa o abajur.

— É o que uma surpresa significa.

Ouço Gustavo argumentar novamente, mas uma vibração em meu celular faz minha mão se mover quase que automaticamente e, depois que o tiro do bolso, me concentro nas novas mensagens em nosso grupo.

**Luana:** Calma, gente! Nossa, parece que aconteceu um apocalipse. Sem surto, tá tudo bem!

**Guilherme:** SEM SURTO? VOCÊS SUMIRAM!!!

**Luana:** Não avisei porque fiquei com medo de alguém estragar a surpresa, maaaaas...

Luana envia uma foto. Em uma iluminação baixa, é possível distinguir duas taças de vinho apoiadas em um chão de madeira, próximas a uma lareira acesa.

**Luana:** Trouxe a Isa pra Campos! Peguei um Airbnb aqui pra gente 😊

Guilherme saiu do grupo.

— E o abajur de repente apareceu na minha mão! Eu juro, não sei como... — Gustavo continua, mas a Neide só balança a cabeça para os lados e se afasta da porta, dando espaço para a nossa passagem.

— Os dez segundos acabaram faz tempo.

Não tenho coragem de olhar em seus olhos conforme passo por ela e volto para a sala, encontrando novamente o piso repleto de cacos de vidro.

Por mais que me esforce, minha mente não é capaz de produzir uma versão verossímil de qualquer comemoração entre Isabela e Luana que resulte em uma bagunça como essa.

Apesar de sentir o olhar da mulher nos fuzilando até a saída, não consigo deixar de notar um objeto se destacando no chão à minha frente.

Dentro de um quadrado prateado, uma cobra me observa com um olho verde cintilante. Sua boca deixa escapar uma parte mínima da língua, que se divide em duas pontas ameaçadoras. O corpo parece estar enrolado em si próprio, quase como se quisesse formar um nó. Minha curiosidade súbita faz minhas pernas cederem até que me abaixe o suficiente para alcançar o objeto.

Sinto o metal gelado do objeto na palma da mão e o reflexo da luz faz seu olhar brilhar ainda mais.

— Isso é seu, por acaso? — Neide pergunta, ríspida.

Não respondo, mas coloco o isqueiro decorado em um móvel de madeira próximo.

— Foi um prazer — Gustavo consegue dizer antes de deixar o interior da casa. Uma risada tensa escapa da minha boca, antes que consiga evitar.

Ele me abraça assim que voltamos para dentro do carro.

— Viu? Elas estão bem. — Sua mão acaricia lentamente meu ombro. — Já pode relaxar, gatinho!

Eu sorrio e agradeço com a certeza de que a preocupação que consome meu corpo permanecerá comigo por um bom tempo.

Assim que giro a chave para trancar a porta atrás de mim, ouço o som familiar de Mil Folhas correndo na direção de seu objeto de maior desejo. Tiro os tênis para que ele possa esfregar seu focinho e seu pelo branco e bege neles.

Ele mia em agradecimento.

— Cheguei! — grito e, para manter o roteiro tradicional de todas as vezes em que volto para casa de madrugada, espero minha mãe gritar de volta de dentro do seu quarto:

— Trancou a porta?

— Tranquei!

— Tá. Boa noite!

Meu pai também balbucia algo que acredito ser uma tentativa sonolenta de me desejar boa-noite. Estalo os dedos para que Mil Folhas me acompanhe.

Preciso afastar alguns livros de receitas e roupas sujas para conseguir me jogar na cama bagunçada. Enquanto sinto meu corpo relaxar pela primeira vez em muitas horas, encaro o teto e os pôsteres de filmes de terror nas paredes, que se misturam às imagens dispersas e desconexas deste dia cheio e inusitado conforme passam pela minha mente como um filme acelerado.

Quando Mil Folhas se acomoda em minha barriga, decido silenciosamente que esse é um sinal de que minha higiene pode tirar uma folga até amanhã sem causar um grande prejuízo à minha saúde.

Adormeço tentando me apegar às palavras de conforto de Gustavo e à foto de Isabela e Luana, seguras, em Campos do Jordão.

Meus sonhos são agitados e não formam uma narrativa coerente.

Me lembro de cobras e taças de vinho, jogos de charada e viagens inesperadas.

Acordo com a pata de Mil Folhas batendo insistentemente em meu rosto, furioso por eu estar dormindo demais. Uma pontada de dor de cabeça me lembra dos drinques da noite anterior e preciso me esforçar para conseguir me sentar na cama.

Quando esfrego os olhos, sinto o aroma de creme de ovos, canela e massa folhada. O que em qualquer outra casa de família portuguesa poderia significar apenas um café da manhã normal, na minha, uma fornada de pastéis de nata é um sinal de que temos visita.

Me livro da roupa da noite anterior e coloco os fones de ouvido para que Troye Sivan me ajude a acordar. Enquanto escovo os dentes, percebo que Isabela postou um novo *story* em seu Instagram. Toco na miniatura de sua foto e logo a Pedra do Baú, um dos pontos turísticos de Campos do Jordão, preenche a tela do meu celular, junto de um céu ensolarado. Envio alguns emojis de mãos batendo palmas como resposta e torço para que ela me responda e explique o que, exatamente, aconteceu depois que elas deixaram a festa.

Compartilho o *story* com Gustavo. Ele me responde com um emoji zangado e a mensagem:

**Gustavo:** Que bacana... e a gente gastando toda a gasolina pra ir atrás delas. Acho que o Guilherme teve razão em sair do grupo.

Respondo sua mensagem com uma selfie minha usando um filtro que cobre meu rosto com uma maquiagem de palhaço, desisto de arrumar o cabelo e coloco um boné, xingando silenciosamente quem acaba de estragar meus planos de passar o dia todo de pijama.

Dentre todas as possibilidades de formas péssimas para começar um dia de folga, nenhuma parece pior do que ver seu chefe sentado à mesa, tomando café com sua família, em pleno sábado de manhã.

Um pouco apreensivo, avanço a passos tímidos até ultrapassar o limite imaginário que separa o que minha mãe insiste em chamar de sala de jantar, mas, no fim, é só uma mesa retangular em um canto do cômodo, iluminada por um lustre exagerado, a poucos passos dos sofás e da televisão.

Meus pensamentos logo recuperam a lembrança do tom alarmante de Carlos na noite anterior e imagino que ele veio trazer alguma notícia ruim ou fazer alguma reclamação do meu trabalho diretamente com meus pais. Entretanto, seu bom humor e as risadas indicam o contrário.

Costumava ser assim quando eu era criança. Carlos, sua mãe, Joana, e sua irmã, Isabel, apareciam de surpresa para alguma refeição e passávamos horas sentados ao redor da mesa, conversando e comendo petiscos portugueses. Quem iniciou essa tradição foi meu avô, Francisco, junto do pai de Carlos, Lorenzo, dois grandes amigos que frequentavam a mesma escola e não se desgrudaram desde então. A ascendência portuguesa em comum ajudou a aproximar ainda mais as duas famílias, então frequentávamos todas as festas da família Martins, assim como eles estavam presentes nas comemorações da família Oliveira.

Porém, depois da morte de Joana há alguns anos e da nova obsessão de Carlos pelo sucesso dos seus empreendimentos, tanto ele quanto Isabel deixaram de frequentar nossa casa e a relação entre as famílias esfriou significativamente. Ainda assim, sei que meus pais mantém o mesmo carinho por eles.

— Renanzão!

A boca se abre em um sorriso aparentemente sincero e ocupo a cadeira à sua frente, ao lado esquerdo de minha mãe, que me cumprimenta com um beijo no topo da cabeça.

— É bom você se preparar porque tem muito o que cozinhar pela frente! — diz meu pai, do meu outro lado, também sorrindo. Ele se levanta e vai até a cozinha.

— Por quê?

— Passei a noite toda numa reunião com aquele investidor e o negócio está quase fechado. — Carlos utiliza o dedo indicador para limpar o creme de gemas do recheio do pastel de nata, grudado no canto de sua boca. — Faltam alguns detalhes, mas, ao que tudo indica, vocês não só vão ter o dinheiro de volta, como teremos uma nova filial do Espresso Fantasma em breve!

— Não é incrível? — Consigo notar o alívio na voz da minha mãe. Meus pais tiveram que abrir mão de grande parte de suas economias para apoiar o negócio incerto de Carlos e, ao mesmo tempo, incentivar meu sonho de trabalhar profissionalmente com a confeitaria. — A gente sempre soube que seria um bom investimento!

Por um instante, fico livre de toda a preocupação da noite anterior e me permito alguns segundos de puro entusiasmo. É possível sentir a atmosfera leve que preenche o cômodo, principalmente porque, diferente do que minha mãe acabou de dizer, meus pais não pensaram *sempre* no café como um bom investimento. Antes da nossa história viralizar, a clientela fiel ainda era pouca e, um dia, Carlos me confessou que o faturamento mal conseguia cobrir as despesas.

— Vai ter que ensinar suas sobremesas para alguém! — Meu pai volta com uma caneca de café com leite e canela para mim e continua sorrindo enquanto volta para o seu lugar.

O leite quente e o efeito do café somado ao da canela espantam o resto da ressaca de imediato e aceleram meu coração.

— E ainda tem a matéria no *Fantástico*, a fila de espera vai ser gigantesca.

Consigo ver a expressão de Carlos se transformar assim que minha mãe termina a frase. Ele respira fundo e toma em um só gole o resto do café puro que estava em sua caneca.

— Sobre isso… — Ele cruza os braços e descansa a coluna no encosto da cadeira.

— O quê? — A expressão de minha mãe também se altera instantaneamente.

— Tive uma conversa ontem com a repórter, a…

— Mariana — completo.

— Isso. Ela disse que não tinha certeza se a matéria iria ao ar. — Carlos parece estar escolhendo as palavras exatas para falar. — Parece que não gostaram muito do resultado, da edição de sei lá o quê.

— Que estranho, na hora da gravação ela parecia ter gostado bastante — comento, tentando disfarçar o balde de água fria que essa informação parece ter jogado sobre meu corpo.

— Ah, essas coisas são assim mesmo! — Minha mãe afaga minhas costas e percebo que não consegui esconder a decepção em meu rosto. — É o mundo da televisão, filho. As coisas mudam muito rápido de uma hora para a outra — diz ela, mesmo sem fazer a menor ideia de como funciona o tal *mundo da televisão*.

— Nossa conversa foi bem difícil, talvez ela tenha que fazer uma nova gravação — continua Carlos.

Quando abro a boca para perguntar o que ele quis dizer com isso, meu celular toca.

Vejo o nome e a foto de Gustavo na tela. Termino meu café com um gole longo, peço licença e decido atender a ligação no meu quarto.

— Oi, Gu. Tá tudo bem?

— Oie, está sim — diz Gustavo, acompanhado pelo que parecem ser algumas dezenas de outras vozes. — Só queria ver se você ainda vai demorar muito.

Meus olhos se arregalam e corro até o calendário preso à parede, do outro lado do quarto. No quadrado que representa o dia de hoje, dois pedaços de papel, apesar de pequenos, parecem gritar em meu ouvido que me esqueci completamente que Gustavo e eu combinamos de ir ao cinema hoje.

— Eu... já estou chegando. — Minhas mãos se atrapalham quando tento manter o celular próximo à orelha, tirar a camiseta e pegar os ingressos presos ao calendário, ao mesmo tempo que procuro por roupas melhores no guarda-roupa. — Não desiste de mim!

— Impossível! Vou comprar a pipoca, te amo! — Ele não espera pela minha resposta e desliga.

Nada me deixa mais irritado do que esquecer um compromisso, o que significa que isso ocorre raramente, mas os acontecimentos da última noite parecem ter bagunçado a minha cabeça. Tenho meia hora até o início da sessão e a decepção comigo mesmo faz com que demore mais do que deveria para ficar com uma aparência melhor do que a de alguém que acabou de acordar e deu de cara com seu chefe na mesa do café.

Quando me dou por satisfeito com minha aparência no espelho, volto para a sala e Carlos já está cumprimentando meus pais em frente à porta.

— Falou, Renan! A gente se vê amanhã! — ele acena com a mão aberta e retribuo da mesma forma.

— O que mais ele falou sobre a reportagem? — pergunto aos meus pais, tentando não soar tão exasperado, assim que Carlos fecha a porta.

— Hmmm... Ele não falou mais nada sobre isso.

Consigo notar os olhos de minha mãe fugindo dos meus, mas meu pai logo encerra o assunto envolvendo meus ombros com um de seus braços e batendo em meu peito, enquanto me parabeniza, mais uma vez, pelo sucesso das sobremesas.

# *Capítulo 6*

— O PRIMEIRO AINDA É O MELHOR DE TODOS. — GUSTAVO FAZ barulho com o canudo quando toma outro gole de seu refrigerante.

— É por isso que ele é um clássico — acrescento, assim que termina a sessão do novo *Pânico*.

— Na real, eu acho que... Peraí! — Ele interrompe a caminhada pelas escadas da sala de cinema, fazendo com que uma menina esbarre em suas costas e derrube boa parte do que sobrou de seu saco de pipoca.

— Foi mal! — Peço desculpas por ele porque sei que quando Gustavo interrompe uma frase desse jeito, só quer dizer uma coisa. — Você pode ter a sua ideia genial e caminhar ao mesmo tempo? Tem uma galera querendo sair — sussurro e direciono um sorriso sem graça para as pessoas que, assim como a menina da pipoca, tiveram sua caminhada interrompida por Gustavo.

— Tá bom, mas devagar, pra ela não ir embora. — Ele suspira e volta a descer os degraus lentamente, enquanto seu olhar permanece fixo em um ponto da tela que, agora, exibe os créditos do filme.

Quando conseguimos sair da sala, Gustavo nem pensa duas vezes antes de correr para se sentar em um de seus lugares favoritos — o vão da janela do segundo andar do Cine Belas Artes, com vista privilegiada para a rua da Consolação.

— Ok, acho que *agora* é uma boa ideia. — Gustavo respira aliviado e sorri, antes de sugar novamente o canudo em seu copo.

— E quando vou poder saber o que é?

— Agora mesmo! — Ele indica o lugar ao seu lado e não consigo resistir a uma nova olhada para a paisagem da Consolação, antes de me concentrar novamente em meu namorado. — Uma sobremesa em homenagem à franquia Pânico.

Como em todas as vezes em que tem uma nova ideia supostamente genial, seus olhos brilham de um jeito especial e ele abaixa o volume da voz, quase como se estivesse contando um segredo.

— Em vez de ter o nome do prato e a descrição no cardápio, podemos escrever: "Qual seu filme de terror favorito?".

— E aí?

— Aí os clientes vão perguntar… — Ele começa a fazer uma voz aguda e caricata. — *Que prato é esse?* E vou responder: *Não é um prato, é uma pergunta de verdade. Qual seu filme de terror favorito?* As pessoas na mesa darão uma risadinha até alguém responder. Darei um olhar misterioso e irei até a cozinha…

Não sei se Gustavo está exatamente contando para mim ou apenas organizando suas ideias em palavras, mas ele fica lindo demais quando está empolgado desse jeito, então só apoio meu queixo na mão direita e continuo admirando.

— Você me entrega um prato com uma cloche, levo até a mesa e revelo um bolo em formato de telefone. Daqueles antigos, igual ao da cena com a Drew Barrymore, sabe? — Eu confirmo e ele continua: — Assim que a primeira pessoa aproximar o garfo para pegar um pedaço do bolo, apertarei um botão escondido no meu bolso que ativa um mecanismo e faz uma máscara do Ghostface de chocolate pular de dentro do bolo. Todo mundo leva um susto e a gente ganha uma estrela Michelin por isso.

Vejo gotas de suor escorrendo pela sua testa depois de Gustavo gesticular tanto para demonstrar sua nova ideia. Eu bato palmas e ele finge fazer um agradecimento, como um cantor de ópera.

— Mais uma ideia genial do rei das ideias geniais — digo, sorrindo. — Só me explica como eu vou fazer um mecanismo para um Ghostface de chocolate pular de dentro de um bolo em formato de telefone, por favor?

— E tem que se conectar com o botão no meu bolso! — ele emenda, como se estivesse me repreendendo. — Sei lá, o cozinheiro é você, eu só tenho as ideias.

Ele dá de ombros e eu reviro os olhos.

— Seu pai não trabalhava com esse tipo de coisa?

— Ele era engenheiro mecânico antes de se aposentar. — Gustavo arregala os olhos e fala com o canudo ainda na boca, o que faz sua voz soar um tanto confusa. — É isso! Ele vai descobrir como fazer e a estrela Michelin do Espresso Fantasma estará garantida.

Eu rio e beijo sua bochecha. Ele me retribui com um sorriso tímido, mas logo seu rosto se vira para a janela onde estamos apoiados.

O tempo que passamos juntos até agora foi o suficiente para me fazer identificar o mínimo traço de apreensão no rosto de Gustavo. Ainda que seu olhar pareça descontraído enquanto passeia pelos carros que avançam o sinal aberto, sei que detalhes como a força com a qual seus dedos agarram o copo vazio há muito tempo, o arco de suas sobrancelhas e seu maxilar nitidamente rígido são um aviso de que algo o preocupa.

— Ei! — Me sento à sua frente e repouso uma mão em seu joelho, assim que percebo que repeti o erro de tocar em um tópico sensível. — Vai dar tudo certo.

Ele solta o ar, abaixa a cabeça e envolve minha mão com as suas. Pela primeira vez em muito tempo, percebo Gustavo abaixar a guarda e deixar de lado sua expressão constantemente otimista e sorridente, mostrando um lado vulnerável que não consigo deixar de achar extremamente charmoso.

— Será que vai mesmo?

— Eles te amam. Eu não acho que a relação de vocês vá mudar depois de...

— Depois deles descobrirem que sou gay por conta de uma reportagem na televisão, que centenas de milhares de pessoas vão assistir? Eles nem assistem canais ocidentais, sabe?

— Eles assistem aquele programa das pessoas competindo pra ver quem come primeiro um prato de macarrão dentro de uma máquina de lavar roupa. Uma matéria do *Fantástico* vai ser bem tranquila perto dos programas do Japão.

Consigo fazer Gustavo rir, então aproveito para pensar bem antes de voltar a falar.

— Pelo menos vamos assistir juntos e você vai ter algumas horas de vantagem até voltar pra casa. Eles já vão ter esfriado a cabeça quando você chegar.

— E já vão ter tido tempo pra colocar todas as minhas coisas em uma caixa, me substituir por um robô e trocar a fechadura para que eu não entre nunca mais.

Sigo seu olhar e percebo que ele acompanha um homem e uma mulher de mãos dadas, caminhando pela rua.

— Eu duvido que seus pais façam isso, mas... — Encosto o dedo indicador em seu queixo e o puxo levemente para que olhe para mim. — Quero que saiba que vou estar aqui, não importa qual for a opinião ou a atitude deles. Meus pais já me disseram que você pode ficar um tempo lá em casa se precisar e... — Me aproximo ainda mais e sussurro: — Qualquer coisa a gente foge pra Roma igual ao Amir.

— Quem?

Me afasto rapidamente e cerro os olhos.

— Você não leu, né?

— O quê?

Em vez de responder, apenas cruzo os braços.

— A gente tá falando de novo daquele livro que você me emprestou, né? — Sua boca forma um sorriso tímido. — *Foi assim que o mundo explodiu*?

— *Foi assim que tudo explodiu* — corrijo —, o livro que, por mero acaso, é o meu favorito.

— Ainda acho estranho não ser um de terror.

— Eu também tenho um lado fofo, tá? — Aproveito a deixa para beijar sua boca novamente.

Ainda que ele retribua o beijo e segure em minha cintura, consigo sentir a tensão que ainda percorre seu corpo, então, não demora muito para que o beijo se transforme em um abraço. Ele apoia a cabeça no meu peito e fecha os olhos por um instante. As pessoas formam uma fila à nossa frente para comprar pipoca e doces para a próxima sessão.

— Ah! Você não terminou de contar a história do café da manhã. — Em um átimo, Gustavo volta para sua posição anterior.

— Verdade. Em que parte eu parei?

— Quando ele estava todo lambuzado de pastel de Belém e disse que a matéria não vai mais ao ar.

— Que bom que meu pai não te ouviu dizer isso, ele voltaria atrás com a ideia de você ficar lá em casa. — Gustavo me encara, confuso, e eu rio. — É que o pastel de Belém é aquele que foi *realmente* feito na cidade de Belém. Todos os outros são meros pastéis de nata e isso é assunto sério pro pessoal lá em Portugal.

— Nosso ouro também é assunto sério aqui no Brasil, vocês vão devolver quando?

Mostro a língua para ele.

— Ele não disse exatamente que a matéria não vai ao ar. Ele comentou que a repórter, a Mariana, lembra? — Gustavo confirma com a cabeça. — Disse que não tinha certeza se ela seria transmitida.

— Como assim?

— Esse é o problema, não faço ideia! Foi bem na hora em que você ligou. Quando voltei ele estava indo embora.

— Que decepção, achei que você fosse um fofoqueiro melhor! Era pra ter desligado na minha cara e voltado lá pra conseguir a informação completa, poxa. — Apesar da brincadeira, sei que sua vontade de saber a história completa é genuína. — Bom, de qualquer forma, gravar foi bem divertido.

— Ele comentou que a conversa entre eles foi bem difícil. Será que era com ela que ele estava gritando no telefone ontem à noite?

— Acho que ele não gritaria assim com alguém que ele nem conhece. Se a gente conseguisse dar um jeito de entrar na sala dele e pegar o celular...

— E perder nosso emprego só por conta de uma fofoca. Ótima ideia — ironizo.

— Não é qualquer fofoca! — Ele se ajeita no espaço limitado onde está sentado. — É uma fofoca premium, envolve nosso chefe, a imprensa, o futuro da televisão brasileira e pastéis de belém.

— Nata — corrijo e ele dá de ombros. — Nossa, a história da televisão brasileira? Para qual programa você acha que vão te convidar primeiro depois da matéria? *BBB* ou *A Fazenda*?

— Argh, nenhum dos dois! A gente vai ter o nosso próprio programa de receitas ensinando sobremesas excêntricas.

— Você nem sabe cozinhar...

— Mas eu sou o rostinho bonito e simpático que vai apresentar, conversar com os convidados e trazer o alívio cômico pra quando você estiver falando termos técnicos e chatos que ninguém entende.

— Ah, então eu sou o especialista feio e chato e você é o bonitão por quem todo mundo vai se apaixonar?

Ele pensa por um instante.

— Isso!

Rio e bagunço seu cabelo.

— Bobão!

— Você ama esse bobão!

— Pior que amo mesmo. E muito!

Voltamos a observar o dia claro do lado de fora até Gustavo tirar o celular do bolso.

— Que ótimo! — Ele praticamente grita, chamando a atenção da família à nossa frente. — Além de expulso de casa pela própria família, ainda vou ficar desempregado. — Gustavo levanta os braços, indignado, jogando o celular no meu colo.

Aproximo a tela do meu rosto e leio a última mensagem recebida.

**Carlos:** Precisamos conversar. Me encontre na minha sala, assim que chegar.

# *Capítulo 7*

A VOLTA PARA CASA É MAIS AGITADA DO QUE O NORMAL, PRINCIpalmente pelo nervosismo expressivo de Gustavo.

Sei que ele usa o salário e as gorjetas que recebe no Espresso Fantasma para ajudar nas contas de casa, e consigo imaginar como a perspectiva de perder esse dinheiro de uma hora para a outra pode ser assustadora. Ele está inquieto, emendando um assunto no outro, deslizando o dedo pelo celular sem absorver realmente nada do que está lendo.

Nos equilibramos segurando nas alças penduradas às barras do vagão cheio da linha azul do metrô, enquanto uma dupla de artistas canta músicas do Coldplay e arrecada algumas notas e moedas em um chapéu marrom velho.

— É... Definitivamente trouxas — diz Gustavo, tirando minha atenção dos artistas que pedem para o vagão todo cantar o refrão de "Paradise". — Nos preocupamos à toa.

Ele vira a tela de seu celular em minha direção. Vejo a foto de uma panela de fondue aquecendo o que parece ser um creme de queijos com a ajuda de um pequeno fogareiro. No pedaço da mesa mais próximo à câmera, consigo ver pequenos pedaços de pão e duas taças vazias. Não preciso me esforçar muito para adivinhar que se trata de uma postagem de Isabela, mesmo que ela continue ignorando minhas últimas mensagens.

— O que importa é que elas estão bem.

Começo a fazer algum comentário sobre os cacos de vidro no chão da sala dela, mas o anúncio sonoro do metrô avisa que chegamos à estação Sé, onde nossos caminhos se dividem.

Abraço Gustavo com mais força e mais carinho do que o normal, em uma tentativa mínima de tranquilizá-lo. Ele agradece e se despede com um beijo.

Mil Folhas não me recebe desta vez.

Está aninhado no colo de minha mãe, levantando e abaixando sua barriguinha conforme respira.

Sentados no sofá em frente à televisão, meus pais assistem a uma reprise de *Os fantasmas se divertem*. Quando fecho a porta, percebo minha mãe cutucar a perna de meu pai e sussurrar alto o suficiente para que eu ouça:

— Ele chegou!

Meu pai gira o pescoço e me olha por cima do ombro. Ele abaixa o volume da televisão e me cumprimenta com um aceno mínimo.

— Aconteceu alguma coisa? — O comportamento estranho dos dois me mantém em frente à porta, paralisado por alguns segundos.

— A gente quer conversar uma coisinha com você!

Percebo o sorriso tenso de minha mãe e sua voz soando mais aguda do que o normal. Me aproximo e afasto algumas almofadas para me sentar no outro sofá.

— Quem morreu? — brinco, mas me arrependo logo em seguida temendo que a brincadeira se torne realidade.

— Ninguém. É que hoje de manhã... — Meu pai pende a cabeça para baixo, o olhar fixo no movimento aleatório das mãos, apoiadas nas pernas. — O Carlos nos contou do investimento que o café vai receber.

— Sim...

— Bom, enquanto você estava dormindo ele elogiou muito os pastéis de nata. — Meu pai faz uma pausa e a expressão em meu rosto não consegue esconder a confusão em minha mente ao tentar entender para onde esta conversa está indo. — Elogiou a massa e o recheio que realmente estavam supersaborosos. Você sabe que a gente sempre congela alguns para visitas especiais como a dele, que é nosso amigo há tanto tempo.

— Bernardo... — Minha mãe revira os olhos percebendo que meu pai pretende enrolar ainda mais. — Ele queria demitir o Gustavo.

— O quê?

— Aparentemente ele cometeu algum erro grave no pedido de um cliente. Ameaçaram até abrir um processo.

— Qual cliente? Como assim? — Minhas costas estão arqueadas para a frente e tenho certeza de que é possível ouvir meu coração batendo de longe.

— A gente não sabe de tudo, ele não entrou em detalhes — acrescenta meu pai. — O que importa é que conseguimos fazer ele mudar de ideia.

— Conversamos bastante, não foi? — Minha mãe busca o olhar do meu pai, que concorda com a cabeça. — Lidar com funcionários pode ser mesmo bem complicado. Carlos ainda está aprendendo e é bem teimoso, então é normal que aja por impulso às vezes.

Permaneço alguns segundos em silêncio absorvendo tudo.

— Não faz sentido, eu saberia se alguma coisa grave tivesse acontecido. Ele vai ficar péssimo quando souber — digo, mais para mim do que para eles. Com a voz fraca, sou eu que mantenho a cabeça baixa dessa vez.

— Vai ficar tudo bem. — Minha mãe se estica para fazer um carinho leve em minha perna. — A gente sabe o quanto a companhia dele é importante para você e talvez ele nem precise saber, já está tudo resolvido.

— Obrigado por fazerem o Carlos mudar de ideia. — Minha voz sai mais embargada do que eu esperava, então minha mãe me puxa para um abraço.

— Tá tudo bem! Agora vai enxugar esse rosto, tem pudim lá na geladeira!
— Começo a responder, mas ela me interrompe. — Sim, é sem lactose.

Ela revira os olhos de brincadeira e eu sinto minha energia se renovar enquanto vou até a cozinha, sirvo uma fatia em um prato pequeno e pego um pouco do café da garrafa térmica.

Tomo cuidado para não derrubar o prato ou a xícara quente conforme Mil Folhas se entrelaça em minhas pernas no caminho até meu quarto.

O caderno sem pauta continua aberto na escrivaninha e as cores dos lápis de cor jogados ao seu lado combinam com o pôster de *O massacre da serra elétrica* pendurado na parede mais próxima. Ligo o notebook e percebo que as últimas guias do navegador continuam abertas. As referências para as sobremesas especiais que pretendo fazer amanhã preenchem a tela e sei que preciso correr para decidir quais serão as receitas e como serão as decorações. Encontro os últimos esboços que fiz no caderno, procuro por uma playlist *lo-fi* e tento me concentrar enquanto torço para que todo esse trabalho não seja em vão e que a matéria ainda seja transmitida.

Os rabiscos são intercalados por colheradas generosas da fatia do pudim cheio de furinhos, que enchem minha boca com um sabor doce e caramelado na medida certa, do jeito que só a minha mãe sabe fazer (eu já pedi a receita, mas ela guarda esse segredo como se sua vida dependesse disso).

Apesar de todos esses esforços meus pensamentos não conseguem focar em nada, a não ser na conversa de Carlos com meus pais e na simples ideia dele pensar em demitir Gustavo.

Ainda que ele atenda às mesas e passe mais tempo no salão do que eu, se acontecesse um erro grave a ponto de acabar em um processo para o Espresso Fantasma, eu provavelmente saberia.

Bato a ponta do lápis preto contra o tampo da mesa, o que não só chama a atenção de Mil Folhas, que acompanha as batidas com a cabeça, mas ajuda minha mente a formar uma ideia que me parece cada vez mais provável. Existe a possibilidade de que Carlos tenha se enganado e de que o pedido tenha sido atendido por Jorge ou Talita, os outros funcionários do café.

Apesar de não os conhecer tão bem, sei que se detestam e que estão sempre brigando. Isso com certeza deve refletir no desempenho deles no trabalho. Diferente de Gustavo, não seria a primeira vez em que eles teriam cometido um erro grave.

Pego o celular para conversar com qualquer um dos dois que estiver on-line, mas, no impulso, meus dedos seguem o caminho que já fazem automaticamente e abrem a minha conversa com Gustavo.

Centenas de novas mensagens se acumulam. Não preciso abrir cada um dos links que ele enviou para saber que são vídeos do TikTok com entrevistas dos integrantes das bandas que Gustavo curte, porquinhos-da-índia fazendo coisas fofas, indicações de livros de terror e receitas com níveis alarmantes de carboidrato e açúcar. É o que ele faz sempre que está ansioso ou preocupado e sei que não espera que eu assista todos eles.

Escrevo tudo aquilo que meus pais contaram sobre a sua "quase demissão", os motivos e como o convenceram a desistir.

Releio o texto algumas vezes até ficar satisfeito, mas meu dedo oscila sobre o botão de enviar, segundos antes de apertá-lo.

Sei como a ansiedade faz Gustavo perder o sono facilmente e como ele leva dias para se recuperar totalmente de horas angustiantes de insônia. Começo a me perguntar o que vai tornar a noite de Gustavo mais fácil — saber que um erro dele não só quase causou sua demissão, como pode acabar num processo pro café, ou continuar na incerteza das possibilidades de motivos pelos quais seu chefe o chamaria para uma conversa antes do início do turno?

No fim, apago tudo e envio apenas:

**Renan:** Passando só pra dizer que tenho certeza de que vai ficar tudo bem e que eu te amo! Boa noite <3

Envio também um gif da Gretchen dormindo antes de precisar impedir Mil Folhas de lamber a fatia de pudim. A ponta do lápis volta a criar sobremesas conforme risca o papel à minha frente e não demora muito para que minhas pálpebras fiquem cada vez mais pesadas.

* * *

Um barulho me acorda na manhã seguinte e levo algum tempo para conseguir esticar o pescoço, depois de passar tantas horas com a cabeça apoiada em cima de um caderno.

Esfrego os olhos e, aos poucos, eles distinguem a bagunça na mesa à minha frente e o celular que, aparentemente, estava na minha mão quando eu caí no sono. O som que me acordou deve ter sido o da nova mensagem que ocupa a tela do celular. Uma resposta para a mensagem que minha versão sonolenta parece ter enviado para Mariana de madrugada, mesmo que só tenham sobrado alguns fragmentos de memória desse momento. No texto, pergunto se a matéria será realmente transmitida de noite.

**Mariana:** Claro, ué. Tá tudo certo, está marcada para o programa de hoje. A matéria ficou ótima, inclusive!

Com um pouco de vergonha por ter enviado uma mensagem tão tarde para alguém com quem ainda não tenho tanta intimidade, decido responder com um emoji e me concentro em me arrumar o mais rápido possível.

Tomo um café da manhã apressado, ao mesmo tempo que reviso o cardápio exclusivo de hoje uma última vez, antes de jogar o caderno todo rabiscado no fundo da minha mochila.

Não estou acostumado a chegar tão cedo no Espresso Fantasma, mas, como preciso de tempo para testar e preparar as sobremesas novas, saio de casa às nove em ponto determinado a fazer desse um dia especial.

A rua está diferente do que costumo encontrar quando saio no horário habitual. Acho que a temperatura mais amena da manhã ajuda a criar uma atmosfera tranquila que fica refletida no rosto das pessoas que cruzam meu caminho.

O homem consertando um carro na calçada acena para o grupo de senhoras que conversam enquanto carregam sacolas e carrinhos de feira cheios de frutas. A garota de faixa no cabelo toma um longo gole de água assim que pausa sua corrida e um cachorro de pelo curto tira uma soneca protegido pela sombra do toldo da padaria do outro lado da rua.

Como sempre, assim que dou os primeiros passos pela calçada coloco os fones de ouvido e escolho um episódio de *Sombras do Crime*, meu podcast de crimes reais favorito. O episódio que escolho é de meses atrás, já que ouvi todos os mais recentes.

— Bem-vindes ao *Sombras do Crime* — começa a apresentadora. — Eu sou Júlia Cerqueira e espero que vocês estejam preparados para uma das histórias mais inacreditáveis e cruéis que já contei aqui. Nossa protagonista de hoje é uma mulher norueguesa, chamada Belle Gunness.

Assim que a apresentadora do podcast começa a narrar a história em meus ouvidos, meu olhar oscila entre as pessoas que passam por mim na calçada, mesmo que não preste atenção em nenhuma delas. As imagens que se formam em meus pensamentos me levam para o século XIX, quando Belle Gunness se mudou para os Estados Unidos e foi responsável pela morte de mais de quarenta pessoas, manipulando venenos e causando incêndios para conseguir o dinheiro do seguro de vida de seus maridos para depois se livrar de seus próprios filhos.

Uma história surreal demais para ser verdade e, justamente por isso, assustadora demais por ter sido verdade.

Conforme a narração avança e novos personagens são apresentados, começo a reparar mais nos dois adolescentes discutindo a alguns metros de mim, no homem de terno andando apressado e na mulher segurando o filho pela mão e ajudando-o a carregar a mochila da escola. Pessoas que provavelmente nunca mais verei, sobre as quais eu não sei absolutamente nada.

Movida pela trama do podcast, minha mente começa a viajar e a pensar em mil possibilidades para o cenário à minha frente. Não há marcas que denunciem a maldade oculta ou que avisem que eventos trágicos atravessaram a vida de qualquer uma dessas pessoas. Sendo assim, é impossível adivinhar se alguma dessas pessoas com quem esbarrei é um assassino em série ou uma vítima de um crime horrendo.

Quando descubro como o segundo marido de Belle morreu (com um moedor de carne que, segundo a própria Belle, caiu sem querer do topo de uma estante) me perco em um misto de fascinação e inquietação que acredito ser o motivo pelo qual sou tão apaixonado por esse tipo de conteúdo. Sinto um frio na barriga sempre que penso em como grandes tragédias não estão marcadas no calendário. Elas acontecem sem aviso e, de uma hora para a outra, transformam vidas em dias que seriam comuns como qualquer outro.

Dias como o de hoje.

A duração do episódio é o suficiente para que eu passe por oito estações de metrô e caminhe ao longo da rua do Espresso Fantasma. Cumprimento Freddy Krueger com um aceno assim que fecho a porta de vidro atrás de mim.

Ele me ignora tanto quanto Isabela e Luana têm ignorado minhas mensagens e noto balões prateados pendurados às vigas do teto, além de uma televisão presa a uma das paredes, a mesma na qual uma escada de metal se apoia.

— Gostou? — Gustavo vem da direção da cozinha, trazendo mais um pacote de balões, dessa vez, pretos.

— Muito! — Dou mais uma olhada ao redor do salão. — Você fez tudo isso sozinho?

— Aham — murmura ele enquanto abre o pacote com os dentes. Ele começa a encher um dos balões e meus olhos se fixam na jaqueta *puffer* vermelha que Gustavo veste.

— Essa não é aquela jaqueta que você me mandou foto outro dia?

— Aham.

— Aquela que custava mais da metade do seu salário?

— Aham.

— Quem te deu?

— Eu mesmo, ué. — Ele usa o dedo indicador para fazer um nó e admira o balão cheio por alguns instantes. — Comprei antes de vir para cá. Se for para terminar o dia desempregado e expulso de casa, que seja em grande estilo!

— Dá para parar com essa besteira? Você não vai ser demitido e seus pais jamais te expulsariam de casa!

— Você não tem como saber. — Gustavo sobe alguns degraus da escada. — Agora vou ter que tomar conta da minha própria vida, sem a ajuda de absolutamente ninguém. Essa jaqueta é um símbolo perfeito para essa nova fase de liberdade.

— Bem caro esse seu símbolo da liberdade, hein?

— O preço da liberdade é sempre alto. — Ele também usa os dentes para cortar um pedaço de fita adesiva e colar o balão preto na viga.

— Ainda deve dar tempo de devolver e conseguir o dinheiro de volta. Olha, na verdade... — Estou a ponto de contar sobre a conversa entre Carlos e meus pais, quando somos interrompidos por pequenas batidas no vidro.

Gustavo e eu trocamos olhares confusos quando percebemos duas pessoas próximas à entrada.

— Você é o único que tá com o emprego garantido, você atende.

Reviro os olhos e dou alguns passos na direção da porta, até distinguir os rostos de Guilherme e Rafael, que vestem aventais, chapéus de cozinheiro e, quando me veem, gritam em coro:

— Surpresa!

— Obrigado, eu acho — digo, um pouco envergonhado, depois que abro a porta. — Vocês sabem que não é meu aniversário, né?

— Óbvio. Achamos que você fosse precisar de uma ajudinha, hoje! — Rafael levanta um fouet.

— E se você tiver um avental menos hétero sobrando, eu aceito! — Guilherme aponta para o avental que veste, onde leio: "CHURRASQUEIRO BOM ASSIM, NEM O GOOGLE ACHA".

— Eu já tô com alergia só de ficar perto! — Rafael finge se coçar, enquanto tento recuperar o fôlego de tanto rir.

— E por que vocês acham que preciso de ajuda?

Rafael tira o celular do bolso.

— Você postou no Twitter que hoje seria uma "noite mais que especial no Espresso Fantasma" e ainda usou um emoji de olhos misteriosos. Até agora... — Ele interrompe sua fala para dar alguns toques na tela do celular. — Já foram trinta e cinco mil curtidas, então acho que você vai precisar *mesmo* da gente!

* * *

Camadas de farinha e açúcar de confeiteiro preenchem todos os cantos da cozinha. Do alto-falante do celular de Rafael, "Espresso", de Sabrina Carpenter, cria um contraste curioso com a estética soturna das sobremesas que preparamos (e com o avental hétero, claro).

Enquanto ensino Guilherme a textura exata do sangue comestível, Rafael tira do forno um Rocambole Iluminado — um rocambole de chocolate em que a massa é decorada com a estampa que cobre o carpete do hotel Overlook, de *O Iluminado*.

— Puts... A gente tá bem ferrado! — Apesar de já termos trabalhado muito, quando repasso mentalmente todas as sobremesas que ainda precisamos preparar, sinto um frio na barriga e, quase que de forma involuntária, começo a roer a unha do polegar esquerdo.

— Relaxa, vai dar tudo certo. Já somos praticamente confeiteiros profissionais! — Guilherme me passa a vasilha com o sangue pronto e começa a seguir a receita da base do BeetleBolo, até que pergunta: — Será que o Zé do Caixão também vem hoje?

— Quem?

— Aquele cara superestranho que está sempre de óculos e boina — explica Rafael. — A gente começou a chamá-lo assim.

— Aquele que vende drogas pela internet? — Gustavo entra na cozinha, trazendo a vassoura que usava para varrer o salão.

— É sério? É isso que tem naqueles pacotinhos?

— Renan acha que é por isso que ele age de forma suspeita e tanta gente vem encontrar com ele — Gustavo responde e segue até o armário de madeira onde guardamos os produtos e utensílios de limpeza.

— Ele está sempre aqui, já tentaram conversar com ele?

— Já tentamos de tudo! — acrescento. — Puxar assunto, perguntar o nome, mas ele é superfechado e eu, sinceramente, prefiro não insistir. Ele sempre responde resmungando.

— Igual ao meu gato — Rafael comenta. — Eu vou explodir de curiosidade, a gente precisa pensar em um jeito de conseguir alguma informação!

— Vocês podem criar um podcast para contar o que forem descobrindo. Vai ser o único jeito de saber, já que não vou estar mais por aqui mesmo.

Gustavo deixa a cozinha em passos pesados e respiro fundo.

— Que história é essa? — Guilherme diminui o volume de sua voz para que Gustavo não nos ouça.

— A família dele vai descobrir sobre o nosso namoro hoje à noite, quando assistirem ao programa. Eles ainda não sabem que o Gustavo é gay e ele está com medo da reação. Para piorar, o Carlos pediu para eles conversarem assim que ele chegar e agora o Gustavo tem certeza de que vai ser demitido.

— Ah, mas acho que eu pensaria a mesma coisa se recebesse uma mensagem dessa — diz Rafael.

— Eu sei, só que ele não vai ser demitido — sussurro e espio por cima do ombro de Guilherme para ter certeza de que Gustavo está longe o suficiente. — Meus pais me contaram sobre uma conversa que tiveram com o Carlos, mas foi meio esquisito e...

— Espera! — Rafael se aproxima, também sussurrando. — Você sabe que ele não vai perder o emprego e tá deixando ele passar por tudo isso sem precisar?

— É que, aparentemente, ele cometeu um erro bem grave e fiquei sem saber o que seria pior. Do jeito que ele se cobra com trabalho...

— Não, quem se cobra com trabalho desse jeito é você — acrescenta Rafael. — Acho que ele vai saber lidar muito bem, melhor do que está lidando com a ideia da demissão, pelo menos.

— Renan, não tem desculpa. Ele não merece passar por isso, já basta toda a pressão com a família. — Guilherme gesticula enquanto fala.

— É, melhor você ir conversar com ele.

Concordo com Rafael e, me sentindo o pior namorado do mundo, limpo a mão em um pano de prato e caminho até o salão, que agora já tem o triplo de balões pendurados.

Gustavo começa a organizar as cadeiras que estão apoiadas nas mesas para deixar o chão livre.

Observá-lo de longe faz com que me lembre de tudo que passamos juntos nos últimos meses. Na forma como sua presença parece me deixar mais leve e como ele transformou minha vida desde que se tornou parte dela.

Os poucos passos que dou são repletos de um tipo de medo que ainda não tinha sentido e da possibilidade apavorante de perder Gustavo.

— Gu, a gente precisa conversar.

Tento falar de um jeito gentil, mas ele arregala os olhos para mim como se eu tivesse dito algo inacreditável.

— Até você? Vai terminar comigo, é isso?

— Claro que não, tá doido? É que ontem...

Mais uma vez, somos interrompidos. Um ruído chama nossa atenção na direção da entrada. Viramos a cabeça ao mesmo tempo.

O som se assemelha ao de alguém batendo contra a parede. É apenas uma única batida, forte e certeira e meu corpo demora um tempo para reagir.

Gustavo dá de ombros, como fez antes de Rafael e Guilherme chegarem, então percebo que eu mesmo vou ter que dar uma olhada.

Abro a porta de vidro e olho para os dois lados da rua. A pessoa mais próxima anda rápido demais pela calçada e já está a algumas dezenas de metros de distância, sendo praticamente impossível distinguir sua silhueta.

No muro branco que fica ao lado da entrada do café, um pedaço assimétrico de fita adesiva segura um cartaz que exibe a foto de um garoto de óculos, algumas palavras e um número de telefone.

— Quem era? — Gustavo pergunta, assim que volto para dentro segurando o cartaz com cuidado.

A notícia me deixa atônito e não consigo responder de imediato.

Aproveito a mesma fita que grudava o cartaz ao muro para prendê-lo próximo de onde a televisão está, garantindo que ele será visto por todos que visitarem o café na noite de hoje.

Tanto Gustavo, quanto Guilherme e Rafael se aproximam.

— Não é o menino que faz a Serena?

Consigo notar a incredulidade na voz de Gustavo ao descobrir que Murilo, o garoto de óculos que frequenta o Espresso Fantasma e faz shows como drag queen aos finais de semana, está desaparecido.

# Capítulo 8

São poucos os lugares vagos no café.

Uma energia ansiosa, cheia de expectativa e entusiasmo parece ser compartilhada por todos que provam as sobremesas especiais e reagem todas as vezes em que um comercial do *Fantástico* exibe algum trecho da matéria que gravamos. Rafael criou uma playlist especial para hoje, então consigo identificar "This Is Halloween", de *O estranho mundo de Jack* preenchendo o ambiente e acompanhando o som das conversas que se misturam no salão.

De hora em hora vejo algum cliente se levantar e tirar uma foto do cartaz com a imagem de Murilo.

Ainda vestindo a jaqueta vermelha, Gustavo encanta a todos com sua simpatia conforme anota os pedidos. É praticamente impossível dizer que, há apenas algumas horas, ele estava furioso.

Por sorte, depois de conversar com Carlos e ter a certeza de que não ia ser demitido, Gustavo me desculpou (coisa que talvez nem eu mesmo faria depois que me toquei do tamanho do meu vacilo) e seu comportamento excessivamente desesperançoso deu lugar a uma mistura de alívio e empolgação por nos ver na TV.

No fim, Carlos não contou sobre o possível processo, só pediu para Gustavo tomar mais cuidado com os pedidos, então tenho certeza de que a conversa com meus pais realmente fez a diferença.

Nosso chefe elogiou as sobremesas novas e a decoração do salão com frases curtas e uma expressão distante. Então, se trancou em sua sala e continua lá dentro sem emitir nenhum som.

— Mais três Premonissonhos e um Croissommar. — Gustavo me entrega mais uma comanda.

— Beleza! Já pode levar esses aqui também!

Passo para ele a bandeja com rocamboles iluminados e biscoitos de fantasma.

Não consigo evitar uma última olhada nas gavetas da bancada e lamento mentalmente, mais uma vez, por não encontrar o glitter comestível, que seria perfeito para esta noite.

— Valeu. Certeza de que está tudo certo, né? — pergunta ele, como tem feito com todos os pedidos, movido pelo medo de cometer outro erro.

— Tenho. Fica tranquilo, ainda acho que o Carlos tá enganado. Amanhã a gente conversa com ele com mais calma.

— É... Amanhã a gente vê isso. — Ele ajeita os pratos na bandeja. — Hoje, nós somos estrelas da televisão!

Gustavo me manda um beijo com um biquinho, me fazendo rir antes de se virar para o salão. Depois de poucos passos, ele inclina a coluna para trás, virando o rosto para mim.

— Vem dar uma olhada em quem chegou!

Afrouxo o nó do avental e o penduro em um gancho na parede antes de acompanhar Gustavo. Meus olhos oscilam pelo salão cheio de clientes, até que um vestido amarelo chama minha atenção.

De longe, vejo Mariana tirando seu casaco, assim que dá os primeiros passos para dentro do café. Seus olhos também levam alguns segundos para encontrarem os meus, mas se iluminam assim que avanço em sua direção.

— Não acredito! — digo, antes de nos abraçarmos.

— Vi que vocês estavam preparando uma noite especial e pensei que seria uma experiência nova assistir uma reportagem minha no local onde foi gravada! — Mariana observa o salão ao seu redor por alguns instantes. — Uau, tudo isso por conta da matéria?

— Claro, né? Que bom que você veio! — Gustavo também a abraça e, antes de se afastar, indica uma mesa próxima à televisão. — Vai ser nossa convidada de honra!

— Espero que vocês gostem do resultado e... — Antes de continuar, Mariana se certifica de que Gustavo já não consegue nos ouvir. — E que fique tudo bem com o Gustavo e a família dele.

Não sabia que eles tinham conversado sobre algo tão pessoal, então levo alguns segundos até entender e agradecer pela preocupação. Peço licença e começo a me afastar, mas passos pesados contra o piso do salão prendem minha atenção e me impedem de voltar à cozinha.

O homem de sobretudo e boina parece trazer um cheiro azedo e pútrido junto de si, conforme caminha até a mesa de sempre próxima à janela. Ele não precisa dizer nada para que o casal de namorados que ocupa o lugar decida trocar de mesa, nem para que Gustavo entregue sua habitual xícara de chá preto.

A única diferença em seu comportamento de sempre é que, desta vez, o homem não olha para um ponto aleatório no horizonte, com a cabeça baixa e uma expressão austera.

Desta vez, por trás das lentes grossas, seus olhos apontam diretamente para os meus.

Segundos tensos e amedrontados se arrastam até eu notar suas pálpebras levemente contraídas, como se quisesse enxergar melhor do que aquilo que as lentes grossas de seus óculos permitem.

Como se quisesse enxergar para além de mim.

Giro o corpo na direção da cozinha e só então percebo que estou parado exatamente em frente ao cartaz com a foto de Murilo. De alguma forma, mesmo de costas, quando me afasto, consigo sentir os olhos do homem ainda fixos no mesmo ponto, não olhando para mim, mas observando atentamente o rosto sorridente do garoto desaparecido.

Preciso refazer a cobertura de chantili do Milk-shake Zumbi pelo menos três vezes, já que a ansiedade faz minhas mãos tremerem e derrubarem o creme branco e macio.

— Tá na hora! Vem! — Gustavo grita e corre até a cozinha. Ele me puxa pelo braço com um sorriso e, quando chegamos ao salão, todas as atenções estão voltadas para a tela da TV.

Três cadeiras estão separadas das demais, bem em frente ao aparelho, e Gustavo envolve minha cintura em um abraço assim que ocupamos duas delas. Imagino que a terceira seja para Carlos, mas estico o pescoço e descubro que ele está com as costas apoiadas em uma das paredes do fundo, o olhar fixo na tela.

Em vez do falatório e das músicas de Halloween que preenchiam o espaço até então, a voz de Maju Coutinho, a apresentadora, é o único som que ouvimos.

— Uma cafeteria temática de filmes de terror não só foi o local onde uma paixão inesperada surgiu, como se tornou ponto de encontro da comunidade queer em São Paulo. Tudo isso, por conta de uma foto postada em uma rede social.

Conforme fala, Maju caminha pelo palco decorado com animações digitais. Uma foto nossa aparece ao lado de seu corpo e todos comemoram com palmas e gritos.

— Foi aqui onde tudo aconteceu! — Mariana aparece em frente à fachada do café e não consigo deixar de olhar e sorrir para ela, mesmo que ela deva estar mais do que acostumada a se ver na televisão. Aos poucos, sua imagem se alterna com as gravações que fizemos naquele dia. — Depois que Gustavo foi contratado para trabalhar no Espresso Fantasma, não demorou muito para tirar as teias de aranha que cobriam o coração de Renan. — Ela brinca com algumas teias de aranha da decoração e todos riem. — O rapaz comanda a cozinha e prepara essas sobremesas inusitadas, inspiradas em filmes clássicos de terror.

É uma sensação absolutamente surreal pensar que minha imagem e as sobremesas que criei estão sendo transmitidas para tantas pessoas. Preciso de alguns segundos para processar que isso está *realmente* acontecendo, o que só acontece depois que Gustavo aperta minha cintura com força e esconde o rosto em meu pescoço, me fazendo rir.

— Ter a companhia dele e dos clientes que já se tornaram nossos amigos, deixa o trabalho muito mais fácil.

O Gustavo da televisão sorri para todos nós.

Eu sorrio para o Gustavo da vida real, que retribui com um beijo na bochecha.

* * *

O resultado foi bem melhor do que eu esperava. Aparentemente, consegui esconder o nervosismo que me consumia por dentro durante as gravações e todos disseram que me saí muito bem.

Gláucia, Letícia e Leandro, que formam o trisal que sempre compartilha o mesmo milk-shake, também deram seus depoimentos, contando sobre como se sentem acolhidos no café. Sorrio pela surpresa e dou algumas espiadas pelo salão para ver se os encontro, mas é impossível distingui-los entre tanta gente.

Neste momento, não consigo deixar de torcer para que Isabela e Luana também estejam assistindo e que encontrem tempo para enviar alguma mensagem, ainda que em meio a uma viagem de aniversário.

O final da reportagem é recebido com aplausos e pedidos insistentes para um beijo. Apesar da vergonha, Gustavo me puxa para um selinho rápido e tímido, mas todos comemoram mesmo assim.

Imagino que Carlos queira vir e dizer alguma coisa, mas ele ultrapassa o limite entre o salão e a cozinha a passos apressados, provavelmente, de volta à sua sala.

Então, Gustavo assume a palavra. Num discurso breve, mas sincero, agradece a presença de todos e coloca seus sentimentos em palavras de um jeito que eu jamais seria capaz. Ele chama Mariana para perto de nós.

— São raras as vezes em que vejo alguém aplaudindo uma reportagem minha! Na verdade… — ela sussurra para mim, assim que o salão é tomado por uma nova salva de palmas. —Acho que essa foi a primeira.

Aos poucos, a atmosfera vai voltando ao que era antes, mas, desta vez, uma animação muito maior é compartilhada por todos.

— Então é assim que a Taylor Swift se sente? — O rosto de Gustavo denuncia sua exaustão depois de atender todos que queriam conversar e tirar fotos com a gente.

— É, só que alguns bilhões mais rica — comento e ele ri.

— Minha diretora e a equipe do programa ficaram bem satisfeitas com a reportagem e todos estão animadíssimos para conhecer o café! — Mariana comenta, depois de beber um gole de seu chá gelado.

Sua fala é interrompida por um aviso sonoro no celular de Gustavo.

Vejo o rosto do meu namorado perder a cor instantaneamente, assim que ele lê a notificação na tela.

Gustavo vira de costas para nós, na direção da parede. Sei que ele quer privacidade, mas não consigo deixar de espiar, por cima de seu ombro, o grupo de mensagens que Gustavo mantém com os pais e a irmã. Na mensagem mais recente, consigo ler:

**Akemi:** Nós te amamos, filho!

A mensagem da mãe de Gustavo ainda acompanha palavras em japonês que não consigo decifrar, emojis de arco-íris e mais corações do que achei que fosse possível incluir em uma mesma conversa.

Sem pensar duas vezes, envolvo-o em um abraço. O mais longo de todo o tempo em que estamos juntos. Suas lágrimas molham minha camiseta e, junto delas, sinto a tensão que Gustavo acumulou silenciosamente durante todos esses anos indo embora de seu corpo.

Rafael e Guilherme nos cumprimentam, assim como a garota de jaqueta de vinil que Gustavo chamou de Tinderella. Ela finamente se apresenta e diz se chamar Valentina.

Nos abraçamos e Valentina faz uma selfie com a gente.

— O namoro de vocês é 100% gatilho para mim — confessa ela, colocando a mão no peito e fingindo estar supertriste. — Vidas solteiras importam, tá bom?

— Foi mal, a gente vai começar a andar com uma placa de aviso de gatilho antes de beijos em público — Gustavo responde, sério.

— Seria incrível! — Valentina ri e vejo seus olhos se arregalarem conforme seu rosto se vira na direção da porta da cafeteria. — Eita... Vou deixar vocês trabalharem, porque acho que hoje vocês não vão descansar tão cedo!

Ela se afasta e só então percebo a aglomeração na entrada do Espresso Fantasma. São dezenas de pessoas que consultam mapas em seus celulares e perguntam umas às outras se elas também estão ali por conta da reportagem.

Faltam só as roupas deterioradas e o sangue para essa ser uma cena digna de *The Walking Dead*.

— Você estava certo — diz Gustavo, ainda olhando para a frente. — Estamos bem ferrados! Eles não vieram só pra comer, querem ver a gente.

— O futuro apresentador do nosso reality show é você. Vai lá ser simpático com todo mundo enquanto eu tento agilizar as coisas na cozinha.

— Sim, chefe. — Gustavo respira fundo antes de ir na direção dos novos clientes, que comemoram sua chegada fazendo fotos e vídeos.

Apesar da preocupação com a quantidade de pedidos que virão, meu corpo parece atravessar o espaço com uma leveza que nunca senti. A excitação agiliza os meus movimentos e é impossível tirar o sorriso do meu rosto.

Em meus pensamentos, desejo que a repercussão da reportagem faça Carlos considerar um aumento mais do que justo nos nossos salários. A perspectiva de poder entrar no curso de confeitaria, enquanto vejo meu namorado melhorando a vida de sua família e, finalmente, sendo quem ele realmente é faz o futuro parecer mais atraente do que nunca.

Mais assadeiras vão para o forno e diversas canecas recebem café e leite vaporizado, seguindo as instruções das comandas que já me aguardavam antes da reportagem ser transmitida. Percebo que Gustavo continua preso do lado de fora, sendo tietado e recepcionando seus novos fãs. Então, decido que eu mesmo servirei esses pedidos.

— Ele já terminou! — Rafael sussurra depois de puxar a manga da minha camiseta com força. Por pouco, não derrubo a bandeja em minha mão.

— O quê?

— O chá. — Dessa vez, é Guilherme quem sussurra e aponta para a frente.

Vejo o homem de sobretudo, a algumas mesas de distância, levantar a caneca decorada com teias de aranha numa altura que não deixa dúvidas de que ele está desfrutando a última gota da bebida.

— E daí? — pergunto.

— É sua chance de conseguir alguma informação! Vai lá oferecer mais e pergunta... Sei lá, pergunta se ele não acha o clima de São Paulo uma loucura, todas as estações do ano num dia, essas coisas. — Rafael continua sussurrando.

— O que parece mais uma cantada ruim do que qualquer outra coisa.

— É só pra puxar conversa e descobrir coisas interessantes — explica ele.

— Não vou fazer isso!

— Poxa... A gente passou o dia te ajudando...

— Eu até queimei meu dedo no forno por você... — Rafael reproduz o olhar fofo do Gato de Botas do Shrek e eu suspiro antes de dar alguns passos até a mesa na qual o homem bate a caneca com força.

— O... O senhor quer... quer mais chá?

Sem alterar sua expressão indiferente, ele responde arrastando a caneca em minha direção.

Meu cérebro parece incapaz de formular qualquer frase coerente e viro o rosto levemente na direção de Rafael e Guilherme, que fazem mímicas indicando "chuva", "frio" e algum outro gesto relacionado ao clima tão esquisito que não consegui nem identificar.

— O São Paulo loucura é um clima, né? — Minha voz treme mais que a minha mão conforme coloco a caneca na bandeja. Me arrependo automaticamente da minha tentativa patética de puxar assunto e, pela visão periférica, consigo ver Guilherme cobrindo o rosto com as mãos.

A expressão do homem à minha frente continua inalterada. Sem coragem para dizer qualquer outra coisa, xingo mentalmente meus amigos e me afasto.

Quando volto com a caneca cheia, a mesa próxima à janela está vazia. Uma nota de dez reais ocupa o lugar onde, antes, o homem de boina apoiava suas mãos.

Ouço a porta se fechar, mas, em vez do sobretudo preto de tecido grosso, o que vejo pelo vidro é o vestido amarelo de Mariana, que se distancia rapidamente e logo se torna apenas um borrão.

# *Capítulo 9*

OK.

Por mais que queira negar, acho que agora posso dizer que, sim, com toda certeza — estou surtando!

Não cabe mais uma pessoa sequer no salão, mas isso não impede que mais e mais clientes continuem chegando ao café e se amontoando do lado de fora.

Aparentemente, a nova realidade de "subcelebridade pós-saída do armário para a família" de Gustavo não permitiu que ele voltasse para dentro e me entregasse as comandas. Então, eu mesmo preciso me dividir entre preparar os pedidos na cozinha e me espremer para ir de uma mesa à outra, enquanto recebo inúmeras solicitações para fotos, autógrafos em guardanapos e ouço relatos de pessoas que se sentiram muito tocadas com a nossa história pelos mais diversos motivos.

"Gays baristas" é o assunto mais comentado do Twitter, como um garoto de cabelo verde-limão fluorescente fez questão de me informar.

De alguma forma, há uma fila formada em meio à multidão, para que os interessados possam tirar uma foto com o Freddy Krueger de resina.

— Não suba no braço dele, por favor! — grito, de longe, para a menina que tenta inovar na pose da foto, mas duvido que tenha me escutado, já que, logo em seguida, tenta montar nas costas da estátua.

Por conta do barulho, preciso aproximar a orelha do rosto da senhora de casaco quadriculado, que me conta pela quinta vez sobre como ela achou minha história com Gustavo muito parecida com a dela e de sua namorada (o que não é nem um pouco verdade, já que elas se conheceram em um festival de frutas na Holanda e decidiram comemorar o início do relacionamento dando a volta ao mundo). Confirmo se ela vai querer apenas um Carrieppuccino e, com medo de que ela inicie outra longa história, ando o mais rápido possível para a mesa da frente.

Suspiro de alívio quando vejo Gustavo entrando.

Suor escorre pela sua testa. Ele tira o avental e passa por mim, com pressa.

— Gustavo!

Ele parece não me ouvir, então o sigo até a cozinha.

— O que a gente vai fazer com todo esse pessoal lá fora?

— Eu não sei, é gente demais e estou todo suado. — No lugar da empolgação que esperava, sua voz é tensa e ríspida. Ele joga o avental em seu armário com violência e abre o zíper da mochila, procurando pelo reserva que sempre trás.

— A gente pode tentar colocar algumas mesas lá fora, tem aquelas dobráveis que o Carlos trouxe para a inauguração.

— É... — Ainda ofegante, Gustavo termina de amarrar o novo avental com movimentos automáticos. — Mas a gente precisa pedir autorização para ele antes.

— Eu peço. Só vou entregar esses pedidos primeiro.

Volto para a bancada da cozinha, mas Gustavo me interrompe.

— Renan... — Sua mão puxa meu braço com mais força do que esperava e, no instante seguinte, não é mais possível distinguir sua boca da minha.

Tenho certeza de que suas unhas estão deixando marcas em meu pescoço e sinto seus lábios mais rígidos do que de costume. Com a mesma velocidade com a qual Gustavo iniciou um dos beijos mais intensos que já demos, ele o interrompe.

Eu cambaleio para trás e fico completamente desnorteado enquanto observo ele ajeitar o cabelo, colocar os pratos e canecas em cima da bandeja e seguir na direção do salão.

Preciso de alguns segundos para recuperar o fôlego.

Também ajeito meu cabelo e torço para as marcas do beijo não estarem tão aparentes, já que preciso conversar com Carlos o quanto antes. Me esgueiro na direção do pequeno corredor anexo à cozinha.

Apesar da iluminação fraca, percebo que a porta da sala de Carlos está fechada, então passo por ela e atravesso o corredor, esperando até que o sensor de movimento acione a lâmpada presa ao teto. Giro a maçaneta da porta seguinte e coloco o primeiro pé para fora.

O vento frio da noite atinge meu corpo e esvoaça meu cabelo. Como a maioria das vezes em que venho aqui, a rua onde jogamos o lixo, a mesma onde Carlos costuma atender ligações pessoais e fumar charutos de vez em quando, está completamente vazia.

Ainda que consiga ouvir a agitação dos clientes na rua paralela, minhas únicas companhias são as baratas que entram e saem de bueiros, atravessam portões e vasculham os sacos pretos espalhados pela calçada.

Quando me viro para a janela veneziana na parede externa do café, vejo pela fresta que a luz do escritório está acesa. Olho para os dois lados da rua para me certificar uma última vez de que estou sozinho, então volto para dentro e bato com os nós dos dedos na porta de Carlos.

Depois de alguns segundos sem resposta, repito o movimento e nada acontece.

— Carlos?

Minha mão oscila e quase giro a maçaneta, dispensando qualquer autorização prévia, mas desisto no último segundo.

— Não vi, não! — No salão, Gustavo precisa gritar para que eu consiga ouvir, mesmo que estejamos apenas a alguns centímetros de distância. — Deve estar na sala dele.

— A luz tá acesa, mas a porta tá fechada.

— Já pensou em bater?

— Óbvio, né? Mas ele não respondeu.

— Ei! —Uma mulher vestindo um conjunto de moletom cinza grita enquanto se coloca entre nós. — Você esqueceu da minha água com gás e limão espremido!

— Eu já vou trazer a sua água com gás! — Pela primeira vez na vida, vejo Gustavo gritar com uma cliente. — Não faz nem dois minutos que você pediu!

— E limão espremido! Não esquece do limão! Devolve meu celular, Giovana... — A mulher continua gritando conforme se afasta. Depois que Gustavo revira os olhos, seu olhar oscila por alguns segundos até encontrarem algo interessante. Tão interessante que faz suas sobrancelhas se contraírem.

Quando me viro, pela imagem disforme no vidro que separa os dois ambientes, consigo notar uma movimentação estranha na cozinha.

— É melhor a gente dar um jeito nisso, logo. Isso está virando um caos! — Antes que termine de falar, estou atravessando o salão o mais rápido que consigo.

Ultrapasso a área das vitrines refrigeradas e das cafeteiras, até me deparar com uma dúzia de adolescentes se espalhando pela cozinha.

Suas mãos não precisam de talheres para saborearem as sobremesas ainda em preparo nas bancadas e eles agem como se não comessem há semanas, lambendo os dedos, jogando chantili, gotas de chocolate e açúcar uns nos outros sem notarem minha chegada.

As esculturas de pasta americana estão destruídas, os bolos que esperavam para ser fatiados estão completamente esmigalhados e o sangue artificial deixado em uma vasilha agora se espalha por toda a cozinha, pelos corpos e pelas roupas dos adolescentes, o que faz meu cérebro acreditar, ao menos por alguns segundos, que estou assistindo a uma cena experimental de um filme de terror independente.

— Todo mundo pra fora! Agora! — Estendo o braço e aponto na direção da saída. Alguns segundos se passam até que todos percebam minha presença e minha expressão furiosa. Um por um, os adolescentes vão desistindo da ideia de saquear a cozinha, mas não parecem se sentir nem um pouco arrependidos com o ato. Pelo contrário, seus rostos exibem sorrisos vitoriosos e satisfeitos. — Quem deixou vocês entrarem aqui?

A última a sair, uma menina com uma jaqueta de couro preta com manchas do que parece ser pasta de amendoim, responde sem abrir muito a boca, com uma expressão entediada e um levantar de ombros:

— Ah, aquele cara... — Ela continua saboreando o cérebro ensanguentado que ainda está em suas mãos.

— Que cara? — Ela me ignora, então dou passos lentos e incrédulos pelo piso que estava branco há poucos minutos. Minha mente demora para aceitar que grande parte do meu trabalho de hoje está completamente arruinada.

— O que aconte... — A voz de Gustavo some assim que ele se aproxima da cozinha e percebe seu estado.

— Eu não faço ideia — digo, enquanto vejo pedaços do que já foram rocamboles iluminados. — Alguém falou para eles entrarem na cozinha e fazerem isso.

— Está com cara de boicote. — Seus tênis espalham ainda mais o sangue e estampam o chão com uma versão vermelha e chamativa da textura de seu solado. — A gente vai ter que encerrar o serviço.

— O quê? Não, nem pensar, tem um monte de gente faminta no salão! Eles vão ficar furiosos, toda a divulgação que a gente conseguiu com a reportagem vai...

— Renan... — Gustavo me interrompe e se aproxima com os olhos fixos nos meus. Quando chega perto o suficiente, ele segura meus ombros. — Não dá! Simplesmente não dá. A gente não tem como dar conta de tudo isso, ainda mais depois desse desastre. Quanto antes a gente avisar, mais rápido eles encontrarão outro lugar para comer.

— A gente não pode decepcionar todo mundo que ficou esse tempo todo esperando.

— Então atende sozinho, eu não vou servir mais nenhuma mesa! — Ele desamarra seu avental reserva e o joga no chão imundo. — As pessoas que estavam me cumprimentando e tirando foto comigo agora estão gritando, me xingando pelas costas por conta da demora e me tratando como se fossem superiores a mim! Tem noção do quão insuportável e humilhante é passar por isso?

Cubro o rosto com as mãos e respiro fundo. Penso em argumentar, mas sei que Gustavo está decidido.

— Avisa o pessoal no salão, então. O único problema é tomarmos uma decisão dessas sem avisar o Carlos.

— Você disse que a luz do escritório está acesa, né? — Confirmo com a cabeça e ele continua: — O barulho do salão está chegando até aqui, ele não deve ter te ouvido. Você tentou abrir a porta?

— Até pensei, mas fiquei com receio dele achar ruim...

— Dane-se. É o negócio dele, ele vai ter que assumir a responsabilidade pelo menos uma vez sem deixar tudo na nossa mão.

Balanço a cabeça mais uma vez e Gustavo se aproxima. Sua voz se torna mais suave instantaneamente.

— Desculpa se fui grosso com você, tá? — Ele beija minha testa. — Muita coisa acontecendo ao mesmo tempo.

— Eu entendo. Está tudo bem. — Acaricio sua bochecha com o dedo. Ele fecha os olhos e noto a camada de suor que parece cobrir todo seu rosto. Ainda que esboce um sorriso, ao aproveitar o carinho por alguns segundos, um vinco entre suas sobrancelhas denuncia que ele continua tenso.

Ele segue para o salão e preciso ignorar as manchas no chão e as sobremesas destruídas ao meu redor para não chorar enquanto caminho de volta ao corredor.

O sensor de movimento não funciona como deveria, então espero alguns segundos até minha visão se acostumar com o escuro. Aproximo minha mão e, depois de sentir o metal frio da maçaneta, hesito uma última vez antes de girá-la completamente e revelar o interior do escritório de Carlos.

Assim que termino de abrir a porta, encontro o ingrediente que procurava horas atrás.

Sob a iluminação amarelada, pontos luminosos se destacam, espalhados pelo chão, pela mesa e pela cadeira estofada com couro preto.

A maior concentração do glitter prateado comestível ocupa exatamente o centro da sala, cobrindo uma calça azul-marinho e uma camisa branca justa.

O ingrediente escorre de sua boca e se acumula na altura de seu peito.

O brilho dos pequenos grãos reluzentes se mistura a um líquido vermelho e se reflete por todo o ambiente, fazendo o corpo de Carlos cintilar, mesmo que esteja rígido, inerte e pálido, estendido no chão de sua sala com os olhos arregalados.

# *Capítulo 10*

Não importa para que lado eu olhe, as folhagens verdes e dançantes das árvores ocupam todo meu campo de visão.

As olheiras de Gustavo e seus bocejos constantes, causados por noites maldormidas e horas de ansiedade e incerteza na delegacia, não o impedem de pisar fundo no acelerador. Por mais que tente buscar algum resquício do entusiasmo, do brilho e da energia que sempre foram suas características mais marcantes, desde a morte de Carlos, a única coisa que encontro é um olhar vazio, opaco e desolado.

Diferente do cenário pacato e monótono que o carro percorre, as memórias dos acontecimentos das duas últimas noites continuam formando uma miscelânea de imagens em minha mente. Por mais que tenha certeza de tudo que vivi naquela noite, durante meu depoimento para a polícia precisei pausar minha fala algumas vezes para ter certeza de que estava contando como a descoberta do corpo realmente aconteceu, sem interferência de todas as especulações e acusações que tomaram conta de programas de TV, perfis de fofocas na internet e conversas entre amigos tão fanáticos por crimes reais quanto eu.

*Quanto eu era... eu acho.*

*Antes de estar envolvido em um.*

Naquela noite, assim que alguns clientes seguiram o som do meu grito e anunciaram o acontecimento pela internet, Mariana reapareceu com um cameraman, luzes e um microfone. Seu plantão em rede nacional anunciou para o resto do país que o dono do café, tema de uma reportagem naquela mesma noite, estava morto após uma asfixia causada por glitter comestível prateado.

O carro da jornalista, um sedã vermelho, está logo atrás de nós, seguindo nosso trajeto.

— Você acha que a gente fez certo em contar pra ela sobre a Isabela e a Luana? — digo, movido pelo meu desespero por puxar algum assunto qualquer quando o silêncio se torna insuportável. — Tipo, talvez não seja nada mesmo e a gente só esteja fazendo ela perder tempo.

— Olha... — Ele parece tentar colocar ordem em seus pensamentos, mas seus olhos continuam concentrados na estrada. — Sei lá... Depois do que rolou com o Carlos, não duvido de mais nada. Mas foi ela quem decidiu vir, não foi?

— Parece que ela quer fazer uma matéria investigando tudo que aconteceu no café nas últimas semanas. Perguntou sobre o Murilo depois que viu o cartaz e eu comentei sobre as meninas.

— A diferença é que o Murilo não está postando nada no Instagram.

Sem saber o que responder, continuo calado até Gustavo colocar a mão em meu joelho e acariciá-lo de leve.

— Mas você está certo. Depois do que aconteceu, é melhor a gente ter certeza de que elas estão bem.

Sorrio para ele do banco do passageiro e volto para minha pesquisa. Pelo navegador do celular, continuo vasculhando fotos de quartos do Airbnb em Campos do Jordão, assim como de todos os restaurantes que servem fondue na cidade.

Se não fosse pelo nome em francês, poderia até imaginar que esse fosse um prato inventado na região, já que a lista de restaurantes preenche dezenas de páginas do Google.

— Nossa, meus pais estão mandando mensagem até agora — digo, quando recebo mais uma de minha mãe pedindo que a gente volte. Ela e meu pai ficaram tão assustados quanto a gente com tudo o que aconteceu. Eles acham que ir atrás de Isabela e Luana possa ser perigoso de alguma forma e, por eles, eu passaria os próximos dias trancado em casa.

— Os meus também. — Ele respira fundo. — Pelo menos, com tudo isso escapei da conversa sobre o nosso namoro, mas parece que eles realmente aceitaram numa boa.

— Isso é ótimo! — Sorrio novamente, mas a expressão de Gustavo continua séria, o olhar alternando entre a estrada e o mapa em seu celular.

Volto a me concentrar nas imagens de restaurantes, mas minha mente só consegue desejar que as próximas semanas passem em velocidade acelerada. Que o tempo corra para que nossa vida possa voltar minimamente ao normal e para que eu veja Gustavo voltar a ser o cara otimista e sorridente de sempre.

— Você tem dinheiro guardado? — Ele puxa o assunto dessa vez e fala como se estivesse segurando a pergunta por muito tempo.

— Um pouco. O suficiente para uns dois ou três meses. Talvez menos. E você? — Me arrependo imediatamente da pergunta e Gustavo não se dá ao trabalho de responder. Se ele estava enlouquecendo com a mínima possibilidade de perder o emprego, nem consigo imaginar como estejam seus pensamentos depois da confirmação de que, pelos próximos meses, ele não vai conseguir ajudar a família com as contas.

Abro a boca para falar, mesmo sem ter encontrado as palavras certas, até que uma mensagem ajuda a quebrar a tensão do momento.

**Mariana:** Encontrei! Rua Djalma Forjaz, 312.

Olho pelo retrovisor e vejo sua sombra aproveitar que paramos em um farol vermelho para digitar no celular. Segundos depois da mensagem, ela envia uma foto de um restaurante com teto e piso de madeira. Poltronas aparentemente confortáveis se juntam a mesas de madeira, todas cobertas por toalhas bordô.

A cidade nos recebe com um céu amarelado de fim de tarde, telhados triangulares, paredes de pedra e um vento frio que gela minhas mãos.

Gustavo estaciona em frente a uma loja de chocolates, a alguns metros da entrada do restaurante Parmesão. Enquanto esperamos Mariana encontrar uma vaga, o aroma do chocolate e a calma da cidade parecem trazer um prazer irônico quando comparados aos acontecimentos dos últimos dias.

— Achei que fosse trazer alguém com você — diz Gustavo, conforme ela se aproxima. — Podia ter vindo no carro com a gente.

— Senti que vocês precisavam de um momento a sós. De qualquer forma, ninguém da equipe do programa estava disponível e, na verdade... — Ela tira uma caixinha preta da bolsa. — Esse é meio que um projeto pessoal, algo que prefiro fazer sozinha. Vai dar mais trabalho, mas, pelo menos, posso fazer do meu jeito.

Ela aperta alguns botões e, quando aproxima uma das pontas do aparelho de sua boca, percebo que é um gravador de voz.

— Treze de junho, Campos do Jordão. Cinco horas e trinta e cinco minutos. Estamos em frente ao restaurante Parmesão. Pelas fotos que encontramos, esse parece ser o local da última publicação feita por Isabela em suas redes sociais.

Gustavo e eu nos entreolhamos e Mariana segue, determinada, na direção do restaurante.

Um homem de camisa branca e calça social gira uma manivela na parede, ao lado da entrada. Conforme seu movimento continua, um toldo escuro se projeta para a frente e cobre parte da calçada onde estamos.

— Bem-vindos ao Parmesão! — diz ele, quando nos aproximamos. Apesar de toda a polidez e de seu sorriso aparentemente sincero, sei por experiência própria que esse é o tipo de sorriso que só os primeiros clientes do dia recebem. — Mesa para três?

— Na verdade, não — responde Mariana, em seu tom profissional. — Viemos atrás de uma informação.

O homem interrompe imediatamente o movimento com a manivela e bate uma das mãos na outra para se livrar de qualquer resquício de sujeira que possa ter ficado nelas.

— Pois não?

— Estamos procurando essas duas garotas. — Mariana desbloqueia o celular e, antes de entregar o aparelho para o homem, vejo uma foto em que Isabela e Luana estão usando vestidos longos e claros, em frente a um painel de plantas artificiais, no que parece ser uma festa de formatura. Ele segura o celular com as duas mãos, tomando o máximo de cuidado. — Sabe dizer se elas estiveram aqui?

— Bom, o restaurante recebe muitos clientes todos os dias... — Ele faz um movimento de pinça na tela e passa alguns segundos olhando atentamente para o rosto de cada uma delas. — É... Assim fica um pouco difícil de lembrar. É melhor vocês perguntarem para algum dos garçons, eles têm um contato maior com os clientes. Vocês podem conversar com o Lucas, ele tem uma memória visual ótima.

O homem devolve o celular para Mariana e se esgueira pela porta, olhando para os dois lados do interior do restaurante. Não demora muito para que coloque as mãos ao redor da boca, em formato de concha, e grite o nome do garçom.

— Ele já vai conversar com vocês. Podem entrar.

Mariana agradece e nós três seguimos na direção informada.

Por mais que o sol esteja difundindo um brilho dourado e cintilante pela rua, as janelas do Parmesão já estão com as cortinas fechadas e pequenas luminárias espalhadas pelas mesas de madeira ajudam a ampliar uma iluminação suave e criar um ambiente aconchegante e intimista no interior do restaurante. O calor dos pratos sendo preparados e servidos espanta o frio que percorre meu corpo e esperamos em frente ao balcão vazio da recepção, até ouvirmos passos vindo em nossa direção.

Lucas parece ser alguns anos mais velho do que eu. Uma tiara cinza joga seus dreads para trás e a pele negra de seu rosto é coberta por uma barba bem aparada.

— Precisam de ajuda? — Ele sorri enquanto olha para nós três. — Acho que tem uma mesa disponível no...

— Viemos atrás de uma informação, na verdade. — Ainda segurando o gravador, Mariana passa o celular para as mãos do garçom, que olha confuso para o aparelho por alguns segundos. — Estamos atrás dessas garotas da foto. — Lucas analisa a imagem por alguns segundos, mas seu olhar parece tão confuso quanto os nossos, então Mariana complementa: — Uma delas postou uma foto há alguns dias, numa mesa que se parece muito com aquela ali.

Ela aponta para uma das mesas encostadas nas paredes do canto e agradeço mentalmente pela sua memória fotográfica, já que a posição da mesa em relação às paredes do Parmesão parece ser exatamente a mesma de onde a última foto de Isabela foi tirada.

— Olha, estou atendendo umas cinquenta mesas por dia, fica meio difícil… — Ele interrompe a frase no meio e, assim como o homem na porta, Lucas repete o movimento para ampliar a imagem com as sobrancelhas contraídas como se algo chamasse sua atenção. — Elas são um casal.

— São — responde Gustavo, por mais que Lucas pareça ter afirmado e não perguntado.

— Então não passaram por aqui, não.

— Ué, como assim? — Mariana deixa a cabeça pender para o lado direito.

— Eu me lembro de todos os casais não heteronormativos que passaram pelo Parmesão. — Lucas sorri, num evidente orgulho da sua habilidade extremamente específica e devolve o celular. — É tipo meu superpoder.

— Mas tenho certeza de que… — O dedo de Mariana desliza freneticamente pelo celular. — Essa foto foi tirada aqui. Não foi?

Ela vira a tela para Lucas novamente. Ele espreme os olhos, analisa a foto de Isabela, e se vira para trás, na direção da mesa que Mariana havia indicado há pouco.

— É, com certeza! Foi tirada naquela mesa ali.

— E, segundo você mesmo, não existe a mais remota possibilidade de elas terem visitado o restaurante, sentado naquela mesa e tirado essa foto sem que você percebesse? Elas podem ter sido atendidas por qualquer outro garçom, ou podem nem ter demonstrado que são namoradas.

— Meu gaydar é muito bem treinado.

— Sua projeção de estereótipos é bem treinada — corrige Mariana.

— Cara, a gente tá falando sério — Gustavo se intromete, interrompendo Lucas. — Tem algo muito estranho rolando e precisamos saber se nossas amigas estão bem. Você não pode, pelo menos, perguntar para os outros garçons?

— Até posso, mas eles são mais desligados do que eu, então… — Lucas se vira para Gustavo e, depois que nota nossas mãos unidas, interrompe sua fala. — Ei! Eu conheço vocês!

— Você e o Twitter inteiro — responde Mariana, entredentes, ainda digitando algo em seu celular.

— Os namorados da cafeteria! — Ele arregala os olhos e a incredulidade faz cair seu queixo. — Não rolou uma morte por lá esses dias?

— É justamente por isso que estamos aqui! — Percebo que falei alto demais quando uma mulher em uma mesa próxima interrompe o caminho que o morango espetado em um garfo fazia rumo à panela de chocolate derretido. Tanto ela quanto o homem sentado ao seu lado nos encaram furiosos. Então, abaixo meu tom de voz. — Nossas amigas podem estar em perigo.

Ele permanece alguns segundos em silêncio, aparentemente em uma nova tentativa de lembrar dos clientes das últimas semanas.

— Olha, eu *realmente* acho que elas não passaram por aqui, mas... — Lucas destaca uma comanda de papel do seu bloquinho e usa a caneta presa ao seu avental para escrever no verso. Ele estende o papel para Gustavo. — Esse é meu WhatsApp. Me manda uma mensagem para salvar seu número. Se eu lembrar de alguma coisa ou se elas aparecerem aqui de novo, aviso.

Assim que Gustavo dobra o papel e o guarda no bolso, seu celular, assim como o meu e o de Mariana, apitam em uníssono. Nos entreolhamos com estranhamento, antes de desbloquearmos os aparelhos.

— Também ativaram as notificações. — Mariana se vira em nossa direção. — Espertos.

A notificação anuncia uma nova postagem compartilhada em colaboração nos perfis de Isabela e Luana, no Instagram. A foto mostra uma rua de pedra irregulares, na qual se enfileiram casas em estilo colonial. Pontos de luz amarelada vêm de pequenas lâmpadas redondas, presas por um fio suspenso, que se combinam à escuridão da noite e me fazem lembrar dos filmes de terror que se passam em cidades pacatas e afastadas. Na legenda, elas escrevem:

*No shirt, no shoes, only my features...*

*É pouca vida para tantos sonhos, tantos planos e, quando o corpo pede para desacelerar, a gente atende.*

*É hora de puxar o fio da tomada e nos desligar do planeta Vidas Perfeitas por um tempo.*

*Nos conectaremos de novo daqui a um mês.*

*Câmbio, desligamos.*

— Planeta Vidas Perfeitas? — releio em voz alta.

— Elas tiveram tempo para escrever uma legenda brega, mas não tiveram tempo pra responder minhas mensagens. — Gustavo consegue soar ainda mais irritado do que antes.

— Você também tá mandando mensagem para elas? — pergunto.

— Estou puto com o que elas fizeram, mas ainda me preocupo, tá?

— Então, vocês já têm a resposta que queriam. Acho que elas só... sei lá, se cansaram de vocês. — Lucas dá uma risada cínica que faz minha mandíbula tensionar no mesmo instante. — Olha, isso é tudo que vocês vão conseguir comigo. Se não forem fazer nenhum pedido, tenho clientes *de verdade* pra atender.

Sinto que Gustavo vai começar a dizer alguma coisa, mas apenas balanço a cabeça, seguro sua mão e nos guio para fora do restaurante.

— Bem-vindos à vida de jornalista — Mariana resmunga e a acompanhamos até seu carro.

Ela apoia as costas na janela do passageiro e cruza os braços, enquanto o rosto não se esforça para esconder todo o barulho que seu cérebro faz.

— A gente vai continuar procurando por elas, né?

— É óbvio! — Mariana me tranquiliza e suspiro.

— Você consegue imaginar a Isabela querendo um "tempo para descansar"? — Gustavo faz as aspas com os dedos e nem preciso responder.

— O que a gente precisa é organizar as informações. — Aos poucos, o olhar de Mariana deixa de encarar o horizonte e se direciona para nós dois. — Como chamam aqueles amigos de vocês?

— O Gui e o Rafa? — Gustavo arrisca e ela confirma.

— Seria bom a gente encontrar com eles. — Ela dá a volta no carro, tira um controle pequeno do bolso e aperta o botão que destranca as portas.

— Pra pegar mais informações? — pergunto, fazendo Mariana hesitar antes de sentar-se no banco.

— Isso! — responde ela, finalmente, depois de segundos que parecem se estender mais do que deviam. — Para pegar informações.

Ela se despede e seu rosto desaparece no interior do carro vermelho, que logo inicia seu retorno a São Paulo. Me viro para Gustavo, querendo saber se ele também percebeu.

— Eu acho que ela quer ter certeza de que eles estão seguros — comento, e logo depois acrescento: — E eles estão, você sabe disso!

Gustavo me beija e, apesar de mais frio do que seus beijos costumam ser, o gesto parece me tranquilizar instantaneamente. A luz do sol enfraquecendo pouco a pouco e a queda brusca na temperatura são avisos gentis de que a noite está se aproximando.

Os aromas dos diferentes pratos preparados pelos restaurantes ao longo da calçada se misturam e, como venho treinando nos últimos meses, tento identificar cada um deles.

Sopa, queijo, chocolate e pães sendo assados.

Conforto, aconchego e tranquilidade.

Giro o pescoço na direção do restaurante do outro lado da rua, de onde acredito que esteja vindo o cheiro delicioso de doce de leite, até que meu olhar se concentra em duas garotas paradas na entrada.

Uma delas interrompe a caminhada até o interior do restaurante e puxa a manga do casaco da outra, chamando sua atenção. Elas se viram e olham para nós.

— Vamos? — Gustavo segura minha mão e começa a me levar de volta ao seu carro, mas, mesmo ao longe, consigo ver uma das garotas tirando o celular do bolso.

Ela não se preocupa em ser discreta, nem em desligar o flash antes de tirar uma foto nossa.

# Capítulo 11

GUILHERME SERVE MAIS UMA CANECA DE *CHAI LATTE* PARA CADA um de nós, enquanto terminamos de contar sobre a viagem até Campos do Jordão.

Ao meu lado, Mariana nem percebe que a caneca do Snoopy à sua frente está cheia novamente, já que seu olhar continua focado nas anotações que fez em um caderno pequeno e estreito, de capa roxa. Em vez dos garranchos e traços apressados que sempre imaginei que jornalistas fizessem ao investigar e se aprofundar em um assunto, Mariana organiza suas notas com uma letra invejável, separando os tópicos em traços, asteriscos e setas. Gustavo segura com as duas mãos uma caneca estampada com a máscara do Fantasma da Ópera, enquanto Guilherme e Rafael se acomodam no outro sofá cobrindo-se com uma manta rosa.

A sala do apartamento de Gustavo e Rafael tem uma árvore de Natal que permanece montada o ano inteiro e é decorada com pequenos pôsteres de musicais clássicos da Broadway. A cor da árvore se mistura ao tom de bege que eles escolheram para a sala, enquanto o cheiro da canela que Gustavo utilizou no preparo da bebida preenche o ambiente.

— Ainda não consigo acreditar que a Isabela concordou em ficar um mês sem internet.

— Ainda não consigo acreditar que elas usaram a pior música da Lorde na legenda! — Guilherme completa a fala do namorado. — Se bem que depois do que fizeram no aniversário da Isa, não duvido de mais nada. Sumiram sem falar nada...

— Pelo menos, agora a gente sabe onde elas estão. — Rafael abre seu notebook e aperta algumas teclas. — Alguma novidade sobre o Murilo?

— Os policiais pediram os arquivos das câmeras para a empresa de segurança e, como o Espresso Fantasma foi o último lugar onde ele foi visto, pediram para incluir as imagens da última vez em que ele esteve lá também. Pode ser que ajude. — Mariana ainda mantém a cabeça baixa e escreve enquanto fala.

— Tem câmeras de segurança no Espresso Fantasma?

— Você achava que aquele negócio preto no teto fosse o quê? — respondo Gustavo com outra pergunta.

— Sei lá, alguma decoração... Parecia um morcego mal feito.

— A Serena ainda tem um show marcado para esta semana, tá aqui no calendário. — Rafael aponta para a tela do próprio computador. — Vai ser na Casa Fluida, aquela galeria na Consolação. A gente pode ir e ver se ele aparece por lá.

— Será que a família dele era contra os shows de drag e, por isso, ele decidiu fugir de casa? — diz Guilherme.

— É uma possibilidade, infelizmente — responde Rafael. — De qualquer forma, o que não consigo parar de pensar é que, por mais que todos sejam acontecimentos muito bizarros, que ligação ele, Isabela, Luana e Carlos poderiam ter?

Um desejo súbito por novos goles de *chai latte* é compartilhado por todos, já que ninguém parece saber a resposta.

— Talvez a gente devesse só concordar com a polícia e aceitar que o que aconteceu com o Carlos foi, realmente, um caso de suicídio, sem nenhuma relação com essas outras histórias — Rafael argumenta. — Não é como se as pessoas sempre dessem muitos sinais antes de fazer algo do tipo. Distúrbios mentais podem ser bem silenciosos e, pelo que sei, vocês não tinham uma relação tão próxima assim com ele, né?

— Ele parecia cada vez mais distante — concordo — mas tinha acabado de conseguir um bom investimento, estava até pensando em transformar o Espresso Fantasma em uma franquia.

— É um bom ponto, mas não significa que outras coisas na vida pessoal dele não estivessem acontecendo — Guilherme rebate. — Talvez a gente nunca descubra.

Quando imagens da manhã em que Carlos apareceu em casa para o café voltam a minha mente, me lembro de uma pergunta que precisava fazer desde aquele dia.

— Mari, o que o Carlos conversou com você por telefone?

— Por telefone? Quando? — Ela vira o rosto em minha direção.

— Gente, vocês saíram no *Fofocas Fritas*! — Rafael grita, antes que eu consiga responder. Ele acompanha a leitura da manchete na tela com o dedo. — "Grave: casal do Espresso Fantasma viaja e tem almoço romântico só alguns dias após morte trágica de seu patrão."

— Almoço romântico? Quê? — Me levanto num sobressalto e me aproximo do computador de Rafael, onde consigo ver uma foto com Gustavo e eu de mãos dadas, em baixa qualidade. — Foram aquelas meninas.

— Que meninas? — Gustavo pergunta e explico sobre as duas garotas que vi do outro lado da rua. — Então elas mandaram a foto pro *Fofocas Fritas*?

— Foi o garçom.

A certeza que a voz de Mariana transparece atrai nossa atenção instantaneamente e nos mantém em silêncio por alguns segundos aguardando a explicação completa.

Mariana nos mostra em seu celular uma foto do garçom que nos atendeu no restaurante. Em vez da camisa e do colete preto que usava quando visitamos o Parmesão, Lucas veste uma jaqueta prateada que reflete a luz do sol em mil cores e uma camiseta com uma ilustração da Florence Welch. Ele olha para a câmera com um sorriso largo.

— Lucas Ribeiro é um dos principais colaboradores do *Fofocas Fritas*. Foi ele que anunciou a guerra na Ucrânia antes de todo mundo, lembra?

— E a gravidez da Gretchen! — Rafael relembra.

— Aquelas garotas devem ter enviado a foto para ele, talvez sejam até conhecidos — ela explica.

— Tá, mas por que alguém se interessaria em saber sobre a gente num restaurante? — Gustavo pergunta.

Um silêncio se estende por segundos suficientes para se tornar incômodo. Ainda que de forma sutil, consigo notar Mariana, Guilherme e Rafael se entreolhando. Ela é a primeira a falar:

— Vocês não deram uma olhada nas redes de vocês desde aquela noite, né?

— Tivemos coisas mais importantes para fazer — respondo o óbvio.

— Pessoal? O que tá rolando? — Gustavo arruma as costas que, até então, descansava no encosto do sofá.

— A gente não queria contar... — Rafael não consegue olhar para nós enquanto fala. — Porque imaginamos que vocês não estivessem acompanhando e parecia melhor assim. Vocês já estão passando por tanta coisa e...

— Acompanhando o quê? Dá pra falar logo? — Gustavo mantém a expressão irritada que parece ter assumido o controle do seu rosto nos últimos dias.

— Começou no Twitter, obviamente, mas foi no TikTok que ganhou mais força — Guilherme continua a explicação que, a essa altura, acelera meu coração e cria uma combinação nada agradável de ansiedade e antecipação.

— As pessoas estão fazendo vídeos e criando uma teoria da conspiração sobre como a morte do Carlos foi, na verdade, um plano de vocês dois — continua Rafael. — Como se vocês fossem um casal que se uniu para matar o chefe e tomar posse da cafeteria.

— Tem até pessoas questionando se vocês são um casal de fato — acrescenta Guilherme, tentando expressar toda sua incredulidade em uma risada mínima.

— E alguém acredita nisso? É uma história completamente absurda...

— A hashtag "gays criminosas" já tem quase dez milhões de visualizações e pelo menos dez perfis foram criados para falar exclusivamente sobre vocês — Mariana responde, também sem olhar na minha direção.

Gustavo se levanta e grita alguma coisa que não consigo distinguir. Só consigo ouvir os batimentos do meu coração, que alcançam uma velocidade absurda. O movimento chacoalha cada parte do meu corpo e, logo, a sala inteira está chacoalhando também. A árvore de Natal se desfaz em pedaços e as imagens dos atores e atrizes da Broadway se tornam borrões conforme se juntam ao resto dos móveis derretendo como gelo e escorrendo pelo chão, antes de se juntarem em espiral e se transformarem em um amontoado de vazio e inexistência.

# Capítulo 12

— Cuidado com o gato, Manoel! — Minha mãe segura minha mão com firmeza conforme entramos, mesmo que eu consiga andar sozinho.

Meu pai carrega Mil Folhas no colo e o impede de sair. Assim que fechamos a porta, ele leva a sacola de remédios até a cozinha e prende a receita médica na geladeira com um imã velho.

— Vai descansar, vai? — Sinto minha mãe afastar os fios de cabelo que insistem em cair sobre minha testa e concordo com a cabeça enquanto ela me acompanha até o quarto.

O umidificador está ligado e o efeito do remédio que tomei no hospital faz com que a luz azul que o aparelho emite pelo cômodo, o vapor de água e os pôsteres de filmes de terror se misturem em um borrão que me desorienta completamente.

Assim que me deito e abraço um dos travesseiros com o pouco de força que tenho, desejo que Gustavo estivesse aqui comigo. Que pudéssemos repetir as tardes maratonando filmes ruins e comendo pizza congelada. Fofocando sobre a vida dos outros e planejando as viagens que faríamos se fôssemos muito ricos.

Desejo que pelo menos um de nós estivesse emocionalmente estável para dar suporte ao outro.

Ouço minha mãe fechar a porta e me deixar sozinho, então cerro os olhos tentando aproveitar a química que desacelera meus pensamentos e deixa meu corpo menos tenso, de um jeito que há muito tempo não experimentava. Aqui, em meu lugar seguro, rodeado pelas minhas coisas favoritas, é até difícil imaginar que, há algumas horas, o pânico tomava conta do meu corpo.

Não é a primeira vez que isso acontece.

As lembranças que tenho são tão nítidas que sempre que reaparecem em meus pensamentos, tenho a sensação de que meus nervos e músculos estão revivendo toda aquela experiência.

Em um dia qualquer de aula, durante o sexto ano do ensino fundamental, esqueci o uniforme para a aula de educação física, então não podia participar do jogo de futebol que decidiria o time campeão, por mais que tivesse me esforçado o semestre inteiro. Fiquei na arquibancada da quadra assistindo os outros alunos jogarem. Os ventiladores não davam conta do calor que circulava pela quadra coberta, e o menino ao meu lado, um aluno de outra sala que raramente se lembrava do uniforme para essas aulas, batucava com uma caneta na cadeira à sua frente, cantando o jingle de algum comercial da época.

Aos poucos, o som da caneta, o efeito do calor sobre meu corpo e o medo pelo bullying que sofreria se minha ausência prejudicasse o time foram se tornando cada vez mais incômodos e a mesma sensação de ver o mundo derretendo à minha frente me acometeu sem nenhum aviso ou orientação. Naquele instante, tive a certeza de que meu fim seria em uma fileira de cadeiras de plástico presas sem firmeza a uma barra de ferro, pingando de suor, ao som do apito do professor. Me lembro de acordar no hospital completamente desnorteado e levar muito tempo para entender o que tinha acontecido. Depois dos meus pais conversarem com os médicos, eu estava aqui, nessa mesma cama, encarando essas mesmas paredes que, na época, deixavam claro para quem visitasse meu quarto que eu era o maior fã brasileiro dos Jonas Brothers.

Quem diria que, anos depois, esse garoto estaria nessa mesma situação, logo depois de descobrir que milhares de pessoas escondidas pela barreira da anonimidade o acusam de ser uma das mentes por trás de um crime?

Me estico para pegar o celular e descobrir se Gustavo finalmente mandou alguma mensagem.

Tateio algumas vezes a mesa da cabeceira vazia, então coloco as mãos nos bolsos da calça e estico o pescoço para procurá-lo pelos outros cantos do quarto, até que me lembro de que minha mãe o confiscou até que esteja bem o suficiente.

Afundo o rosto no travesseiro pela frustração e, por mais que me esforce, é inútil tentar esvaziar a mente e pegar no sono depois da sucessão de acontecimentos que tomou conta desses últimos dias. Após insistir muito, me sento e encaro o restante do quarto, procurando por algo que me distraia.

Os DVDs dos meus filmes de terror favoritos, dispostos em ordem cronológica em uma estante preta, sempre me trouxeram um conforto instantâneo. Nos filmes, as situações mais desastrosas e horripilantes acontecem nos momentos mais previsíveis e, ainda por cima, são anunciadas por uma trilha sonora característica.

Bem diferente da vida real, na qual elas simplesmente são colocadas em nossas narrativas sem precisarem fazer sentido ou não. Agora que minha vida parece inspirada em um roteiro nada verossímil de filme de terror alternativo, os DVDs não despertam meu interesse tanto assim.

Uma caixa esquecida na parte de baixo da estante chama minha atenção o suficiente para me fazer levantar e superar a tontura por caminhar em sua direção. A curiosidade vem, principalmente, do fato de não conseguir me lembrar do que guardei ali, por mais que eu a veja nessa mesma posição há anos. Afasto os DVDs em cima dela e a levo com cuidado até a escrivaninha. Utilizo as duas mãos para levantar a tampa da caixa de papelão colorida de um verde-água-escuro e espirro assim que uma nuvem de poeira atinge meu rosto.

Quando vejo os cadernos, livros, brochuras e folhas avulsas que se espalham pelo seu interior, a tarde em que ganhei essa caixa passa como um filme em minha mente.

Eu tinha dez anos e quis trocar as brincadeiras com meus primos por uma tarde fazendo a receita de sequilho de leite condensado que meu avô sempre fazia para a gente. Apesar de pequenas, minhas mãos conseguiram fazer uma bagunça enorme na cozinha e espalhar amido de milho e açúcar pelos quatro cantos do cômodo. Me lembro de segurar com os dedos sujos o livro de capa dura que, na época, parecia tão enorme e intimidador quanto um livro de feitiços de um mago. Meu avô me disse que era o livro de receitas que tinha ganhado da mãe dele para aprender a cozinhar quando veio para o Brasil, o que explica a lombada quase se descolando das páginas e o fato de ser escrito em português de Portugal. No fim daquele dia, ele se despediu com um presente diferente de todos que eu já tinha recebido — uma caixa repleta de receitas da família.

Seguro o livro que ensinou meu avô a cozinhar e observo sua capa vinho com "Cozinha tradicional portuguesa" escrito em letras douradas. Logo abaixo, uma ilustração de uma panela com a tampa meio aberta reforça o ar sofisticado da edição. Mesmo antes de abrir, consigo recordar o cheiro das páginas amareladas e como elas me acompanharam em tardes semelhantes àquela, indicando ingredientes e instruções para o preparo de diversos pratos.

Coloco o livro de lado e pego o próximo, um pouco maior e mais conservado, com detalhes em bege e marrom. Um volume com as técnicas básicas para o preparo de bolos, massas de tortas, cremes deliciosos e sobremesas dos mais diferentes tipos.

A visão de todos os livros, minhas anotações em cadernos e ideias para novas sobremesas rabiscadas em folhas avulsas me traz uma sensação prazerosa o suficiente para espantar a sonolência que sentia até então.

Estico o braço para alcançar uma das folhas jogadas ao fundo da caixa e encontro o rascunho de uma sobremesa que imaginei há algum tempo, mas falhei todas as vezes em que tentei trazer minha ideia para a realidade.

Olho mais uma vez para a mesa de cabeceira vazia, um novo lembrete de que ainda vou continuar longe da internet por um bom tempo, o que parece uma eternidade ociosa e angustiante pela frente.

Então, levo o papel amassado até a sala, completamente vazia e escura, meus pais já devem ter ido dormir. Avanço até a cozinha e, com uma olhada rápida pela geladeira, descubro que tenho todos os ingredientes que preciso.

— Alexa, tocar a playlist "Cozinhando de madrugada" — sussurro na direção do dispositivo em formato de esfera, aproveitando o último resquício de tecnologia do qual ainda não fui privado. A voz da inteligência artificial atende ao meu pedido, fazendo com que "This Town", de Niall Horan, soe através do alto-falante.

Encontro a balança de precisão em um dos armários e começo a separar as gemas das claras, conforme indicado na receita.

Ouvir a playlist que criei pouco antes de começar a trabalhar no Espresso Fantasma me faz lembrar da época em que cozinhava sem nenhum tipo de pressão, empolgado com cada mínimo detalhe novo que aprendia sobre a combinação de ingredientes e as técnicas de preparo.

Enquanto sigo à risca as recomendações do papel amarelado, deixo minha mente repousar no conforto de ter um propósito guiando meus próximos movimentos.

Medir.

Misturar.

Despejar.

Assar.

Sem espaço para improvisos, nem para imprevistos.

Só me dou conta de que são três da manhã quando noto a playlist se repetindo pela terceira vez. Termino de rechear o último macaron red velvet com a mistura de creme de manteiga e cream cheese e começo a decorar o topo de cada um deles com muito cuidado, inspirado pelas temáticas de cada filme da franquia *Premonição*. Alinho os doces intercalando as figuras desenhadas — um avião, um carro, uma montanha-russa, uma bandeira quadriculada e uma ponte, então volto ao meu quarto e vasculho uma das gavetas da escrivaninha até encontrar uma câmera fotográfica que não utilizo há meses. Aproveito a bateria restante e a iluminação suave que preenche a cozinha durante a madrugada para fotografar os pequenos doces vermelhos.

Mil Folhas me encontra horas depois, na mesma posição em que estava depois de pegar no sono sem perceber, com a cabeça apoiada na bancada e a mão esquerda insistindo em segurar um macaron com uma montanha-russa no topo.

Ele me acorda com uma patada no rosto.

# Capítulo 13

DA TELA DO COMPUTADOR, UM OLHAR DE COMPADECIMENTO E solidariedade encara meu rosto pálido e abatido. Não é difícil supor que seu caderno de anotações esteja aberto na superfície organizada da mesa à sua frente, mas minha atenção se concentra por alguns segundos no fundo da imagem, que parece ser o quarto de Mariana.

Um quadro preso à parede branca indica os dias da semana e imagino que os cartões coloridos presos com alfinetes pretos sejam para organizar as tarefas diárias. Em uma pequena prateleira, livros como *Notícia de um sequestro,* de Gabriel García Márquez, e *O olho da rua,* de Eliane Brum, esperam por uma releitura ao lado de uma luminária em formato de foca.

— Dá pra ver que você curte mesmo isso!

— Curto o quê?

— Jornalismo. — Aponto para a estante em minha tela, mesmo que ela não consiga saber para onde apontei. Ainda assim, ela se vira na direção dos livros que chamaram minha atenção.

— Ah... — O sorriso um pouco envergonhado que estampa o seu rosto é o mesmo que sinto formar no meu sempre que alguém elogia alguma sobremesa que eu faço. — Gosto. Muito, para falar a verdade. Saber o quão importante pode ser levar uma informação confiável até o público é a melhor sensação do mundo. Não consigo me ver em nenhuma outra profissão, apesar dos pesares.

— Eu imagino, ainda mais agora que estou sentindo na pele do que fake news são capazes.

— O que foi mais um dos motivos para me dedicar tanto ao caso de vocês. Mais do que uma matéria ou duas, acho que a gente pode, e deve, usar a visibilidade que estamos tendo para realmente fazer a diferença. Igual ao que o Ivan Mizanzuk e o Chico Felitti fizeram, sabe?

— Nossa, *A mulher da casa abandonada* parecia um roteiro de filme de terror, bizarro pra caramba. — Gustavo e eu acompanhamos e comentamos juntos cada episódio do podcast em que Chico Felitti investiga uma mulher estranha que vive em uma casa destruída, em um dos bairros mais caros de São Paulo. Ele vai descobrindo coisas cada vez mais sinistras e, no fim, até o FBI estava envolvido na história.

— Sim, só que na vida real, o que torna tudo ainda pior. É isso que quero, sabe? Conseguir investigar algum assunto a fundo, fazer uma grande matéria e ser reconhecida por isso.

— Então, trabalhar no *Fantástico* deve estar sendo incrível, né?

— Tem seus pontos fortes e fracos, mas tive que batalhar muito pra conseguir a vaga. Estava competindo com um outro candidato que sabia tudo sobre ciência de dados e achavam que poderia ser útil nas investigações. Por sorte, a diretora do departamento é uma mulher e estava cansada de ser minoria por ali, então me dei bem! — Apesar de ficar feliz por ela, preciso me esforçar para sorrir, o que faz com que Mariana logo mude de assunto. — E você?

Respiro fundo e considero não responder, já que acho que a resposta está bem evidente, mas decido falar mesmo assim.

— Peguei meu celular de volta, mas o Gustavo não responde mais as minhas mensagens, ele está lidando com isso bem pior do que eu. Tem uma galera reunida no portão da minha casa, tem até gente gravando dancinha pro TikTok e meus pais estão chorando na sala, então não sei se já inventaram uma palavra para descrever exatamente como estou.

— E foi justamente para mudar tudo isso que te chamei para essa conversa. — Em uma mudança repentina de atitude, ela ajeita a postura e tira a tampa de uma caneta. — Vamos ao que interessa! Eu estava indo bem com os contatos que tenho, mas ficou um pouco difícil conseguir mais informações depois que descobriram que sou jornalista. Soube que já inspecionaram bastante o local e o corpo. Obviamente, tinham resquícios do seu DNA e do de Gustavo, o que já era de esperar, mas a disposição dos objetos no escritório estava dentro do esperado para um dia de trabalho e as declarações de vocês foram bem satisfatórias. Nenhum indício de luta ou briga no exame de corpo, nenhum conteúdo no celular dele que chamasse a atenção da perícia.

— E as imagens das câmeras?

— Foi aí que as coisas começaram a ficar estranhas. — Ela ajeita a postura. — A câmera da sala do Carlos e a câmera externa, que aponta para a rua dos fundos, nunca foram ligadas. A empresa de segurança disse que, quando Carlos contratou o serviço, pediu que essas fossem apenas presas ao teto da mesma forma que as outras, mas que não se preocupassem com a fiação para ligá-las à energia.

— Isso quer dizer que ele tinha...

— Alguma coisa a esconder. Hipoteticamente, por enquanto.

— E a polícia não estranhou isso?

— Claro que estranharam. Estavam investigando a fundo todos os negócios que ele mantinha, mas... — Noto uma hesitação mínima nela, assim como a tentativa de esconder essa hesitação. — Não encontraram nada e decidiram encerrar as investigações de uma hora para a outra. A impressão que dá é a de que eles não *querem* encontrar nada.

— Isso não tá estranho demais?

— É o que tudo isso está parecendo, mas foram as informações que consegui.

— Alguma pista sobre o Murilo?

Ela usa um post-it colado na margem de uma das folhas do seu caderno para abrir exatamente na página que procura.

— Pelas imagens do salão, da última vez em que ele foi visto no Espresso Fantasma, nada de extraordinário aconteceu. Ele passou algumas horas comendo bolo de cenoura e lendo um livro. Depois, pagou a conta, trocou algumas palavras com Gustavo, se levantou e foi embora. Nada muito relevante, então a ideia de procurar a casa de shows onde ele se apresenta é realmente boa.

— O Guilherme e o Rafael prometeram que vão passar lá.

— Ótimo. Então, é isso. Apesar dessas investigações, pela falta de evidências do contrário, vão realmente encerrar o caso da morte de Carlos como suicídio.

Abaixo a cabeça num movimento quase involuntário.

— Muita informação ao mesmo tempo, eu sei. — Sua voz é suave, mas séria. — Mas a expectativa é que a repercussão na internet e todas essas acusações contra vocês diminuam um pouco depois que anunciarem publicamente.

— Um pouco?

— A confirmação dos policiais não significa que todos vão acreditar, da mesma forma que nós mesmos não acreditamos.

— Isso é um pesadelo. — Me seguro para não chorar enquanto cubro o rosto com as mãos.

— Eu conheço uma boa advogada. Vou te passar o contato dela, acho que você vai precisar. Ficou sabendo do velório, hoje? — Balanço a cabeça afirmativamente e ela continua: — Ótimo, a presença de vocês pode ajudar a melhorar a situação e a narrativa na internet.

— Mas não vou ao velório para melhorar minha narrativa na internet. — As palavras escapam da minha boca com mais rispidez do que esperava. — Carlos era praticamente da família. Pra você, essa pode ser só mais uma reportagem, mas Carlos me deu o emprego com o qual sempre sonhei, ele conhecia meus pais tanto quanto eu e ver minha família abalada desse jeito é a pior sensação que já tive.

— Não foi o que quis dizer…

Mariana fica em silêncio por um instante e percebo que está me dando um espaço para respirar e pensar. Agradeço silenciosamente pelo seu gesto, ainda que continue irritado com seu conselho.

— Antes da gente desligar, posso fazer mais uma pergunta? — Ela interrompe o esforço de minha mente para colocar sentido em todas as informações que recebi nos últimos minutos. Dou de ombros e ela prossegue: — O que você sabe sobre o homem de sobretudo?

— O quê? — Aproximo a cadeira da tela do computador.

— Rafael comentou comigo sobre o homem que está sempre no café, que encontra pessoas diferentes a cada dia e entrega um pacote para elas.

Ele me disse que vocês estavam tentando fazer algum contato naquela noite, conseguiu descobrir alguma coisa?

— Isso é relevante, agora? Ele é só um cara aleatório...

— Renan, a gente não faz ideia do que realmente aconteceu. — Agora é a vez dela soar um pouco mais incisiva. — Tudo é relevante.

— Bom... — Enquanto tento me lembrar, coço o topo da cabeça, onde uma gota de suor se forma. — Não consegui descobrir absolutamente nada. Ele sempre pede chá preto e vai embora um pouco depois de encontrar com a pessoa que espera no dia. O Rafael deve estar certo, talvez ele venda drogas pela internet ou algo do tipo.

— É um bom palpite, mas, ainda assim, vale a pena a gente tentar falar com ele.

— Mas como a gente vai atrás de uma pessoa completamente desconhecida?

— Eu vou dar um jeito... — Pelo seu tom de voz, percebo que Mariana também não faz ideia de como vamos encontrar o cara.

— Nós vamos. — Apesar do avanço de nossa conversa, meus pensamentos continuam presos aos detalhes sobre a investigação da polícia que Mariana descreveu. Por algum motivo, ainda que não saiba dizer qual, um detalhe me incomoda mais do que os outros. — Glitter comestível...

Os olhos de Mariana se fixam em mim, nitidamente confusos.

— Se a gente estiver considerando que foi realmente um suicídio, como ele foi pensar nisso? Não é um método um tanto inusitado demais?

Ela vira algumas folhas do seu caderno, procurando pela resposta.

— Que bom que perguntou, esqueci de te contar sobre essa parte. — Mariana encontra a anotação e a acompanha com o dedo. — O que um amigo meu me contou foi que, num primeiro momento, isso poderia indicar que foi um ato de impulso, sem planejamento prévio, no qual ele teve que se virar com o que tinha disponível. A questão é que a asfixia não foi a única *causa mortis*. Misturada a esse pó prateado, encontraram *Brugmansia suaveolens*. — Em movimentos ágeis, ela compartilha a tela do seu computador comigo e exibe os resultados do Google para a palavra em latim que acabou de dizer.

As imagens na tela mostram uma flor de cor clara. Nas legendas dos resultados da busca está escrito "saia-branca".

— É uma espécie vegetal utilizada para fins medicinais, mas, em grandes quantidades ou quando administrada de forma errada, pode atacar o sistema nervoso central e os nervos periféricos… — Ela abre o arquivo de uma pesquisa científica sobre a flor. — Podendo levar, inclusive, à morte. O fato dele ter inalado a substância intensificou seu efeito, o que exclui a primeira hipótese e faz a gente concluir que, sim, ele planejou isso e sabia muito bem o que estava fazendo.

Mariana segue falando por algum tempo, mas, ainda que meus olhos continuem focados na tela à sua frente, minha mente divaga e encontra as memórias do aniversário de Isabela e da primeira mordida que ela deu na sua fornada especial de biscoitos fantasma.

Aqueles que, minutos antes, eu havia coberto com um ingrediente extra, prateado, apetitoso e potencialmente fatal.

# Capítulo 14

A primeira vez em que estive em um velório foi quando meu avô morreu.

Eu tinha cinco anos e fiquei impressionado com a atmosfera do luto e com o quanto ela era diferente do mundo leve e divertido que conhecia até então. A ideia de que não havia mais vida no corpo do homem que estava à minha frente, que tinha brincado e conversado comigo por horas em várias das melhores tardes da minha infância, simplesmente não fazia sentido, por mais que meus pais tenham insistido em conversar sobre isso com muito cuidado e paciência.

Talvez não faça sentido até hoje.

Chegamos cedo e Isabel recebe meus pais com um abraço apertado. Assim que eles se desvencilham, consigo imaginar a expressão dos seus olhos por trás dos óculos escuros. Ela me abraça e tenho um vislumbre do resto da família de Carlos, que ocupa os fundos da sala de velório.

Ironicamente, uma coroa de flores brancas compõe a decoração, atrás do caixão fechado de madeira escura.

Depois que cumprimento o restante da família de Carlos, meus pais passam alguns minutos conversando com alguns familiares do finado que conheciam da época em que nossas famílias eram mais unidas.

É curioso perceber como cada um está lidando com o luto de uma maneira diferente. Enquanto uma senhora de vestido preto chora silenciosamente, mantendo um lenço de papel encostado em seu nariz e subindo e abaixando os ombros em movimentos mínimos conforme soluça, um homem que parece ter uns cinquenta anos emenda uma frase na outra, quase sem respirar, falando com qualquer um que dê atenção a ele. Seus braços e mãos fazem movimentos grandiosos e ele consegue manter os olhos arregalados por mais tempo do que achei que fosse humanamente possível.

Não importa a maneira como eles lidam com o luto, o que eles têm em comum é que todos, sem exceção, me olham das formas mais esquisitas possíveis. Não preciso ser um especialista em decifrar significados por trás de expressões faciais para saber que esses olhares dizem: *olha só o garoto que foi uma das últimas pessoas a ver o meu (insira aqui o parentesco) e que teve alguma relação com a morte porque todo mundo está dizendo isso na internet, então com certeza é verdade.*

Esses olhares chamam tanto minha atenção que quase não noto Mariana se aproximar.

— E aí, confeiteiro? — Ela me cumprimenta com um abraço apertado. O perfume que ela usa é intenso, amadeirado, mas doce.

— Não achei que você fosse aparecer. — Tento falar o mais baixo que consigo.

— Era o mínimo que podia fazer depois de me envolver tanto com vocês e...

— E pode ser bem útil para sua investigação — completo e ela só balança a cabeça em resposta.

Mariana também cumprimenta a família de Carlos. Eles a reconhecem da matéria na televisão e a agradecem.

Mesmo que minhas mensagens ainda não tenham tido nenhuma resposta, aproveito para observar atentamente os quatro cantos do espaço, procurando por Gustavo. Não o encontro em lugar algum, mas me surpreendo quando vejo um rosto familiar.

— Eu não acredito...

Mariana escuta minhas palavras e percebo quando seu olhar tenta seguir na mesma direção que o meu.

— Ele só pode estar de sacanagem. — Apesar de baixo, o tom de voz de Mariana é furioso, assim como a expressão que seu rosto assume ao atravessar todo o ambiente, até estar com o corpo quase colado ao de Lucas. Conforme fala, ela passa o braço em volta dos ombros de Lucas e o empurra sutilmente na direção da porta, até a sala anexa à do velório. Eu a acompanho o mais rápido que consigo, a tempo de ouvir suas últimas frases. — Tá fazendo o quê aqui? Não devia estar trabalhando?

— Eu estou — Lucas responde sem olhar para ela, digitando com rapidez em seu celular. — Estou de folga do restaurante, mas a fofoca não me dá um dia de descanso. Tive que vir buscar a informação na fonte. — Ele olha para mim e não preciso ser muito inteligente para perceber que sou a própria fonte.

— Olha... — Mariana respira fundo e posso notar como ela está se controlando para não gritar com ele. — Você não foi convidado, você nem conhecia o Carlos, isso é um desrespeito tremendo com a família. — Então, ela aponta para mim. — Tem noção de que as pessoas estão filmando a fachada do prédio do Renan por causa das mentiras que você está espalhando por aí? Tem noção do quão irresponsável e perigoso isso é?

— Eu só divulgo as informações que chegam até mim, só isso! Não posso controlá-las e vocês não podem me responsabilizar pelo que as pessoas pensam disso, nem pelo que fazem. — As palavras saem rapidamente de sua boca, como se ele tivesse decorado e repetido isso uma centena de vezes. Não sei o que me irrita mais, seu tom indiferente ou o fato dele continuar fingindo que não estamos ali.

— Já ouviu falar em injúria?

— Já ouviu falar na equipe jurídica do *Fofocas Fritas*? — retruca ele. — Conseguiram até desbancar os advogados da Gretchen — ele responde, satisfeito, e Mariana resmunga algo ininteligível.

— Não tem nada de interessante aqui. É só um velório, não é material para você.

— Tudo é material pra mim! Vocês são o assunto do momento, qualquer informação nova vai viralizar em questão de segundos. — Ele se afasta, na direção da saída.

— Inacreditável... — Mariana apoia as costas na parede. — A gente precisa encontrar um jeito de garantir que as pessoas vão saber o lado certo da história.

— Mas tentar desbancar um perfil tão conhecido quanto o *Fofocas Fritas* é quase impossível.

— Quase! Sabe que desde que a gente foi no restaurante... — Seu olhar se perde pela parede branca à nossa frente. — Eu sinto que o rosto dele é familiar demais. — Consigo perceber o cansaço impedindo seus pensamentos de relacionar o rosto de Lucas a alguma pessoa conhecida. — Olha, acho que preciso de um tempo sozinha, em silêncio, para colocar os pensamentos no lugar. Vou estar por perto, mas me ligue se precisar de qualquer coisa, tá?

Eu concordo e ela se afasta a passos pesados. Volto para a sala e vejo que meus pais continuam completamente entretidos em conversas com os familiares de Carlos. Me aproximo para fazer companhia a eles, por mais que não participe de fato da conversa.

Com a constante visão das flores brancas, preciso me esforçar para afastar a lembrança de Isabela e Luana dando mordidas entusiasmadas nos biscoitos cintilantes, então viro meu rosto para o outro lado da sala e descubro que o espaço que já era um pouco apertado, agora precisa ser compartilhado com um grupo ainda maior de pessoas que passam pela porta.

Os olhos do grupo aglomerado denunciam temor e insegurança, como um penetra iniciante invadindo uma festa e tentando passar despercebido.

A diferença é que isso não é, nem de longe, uma festa. Não há música ou comida para distrair aqueles que realmente deveriam estar ali, então é um pouco difícil não perceber quando pelo menos trinta pessoas decidem entrar em um espaço que, a princípio, deveria ser reservado a familiares e pessoas próximas.

Eles esticam os pescoços num movimento nada sutil, como se procurassem por alguma coisa específica.

Ou por alguém.

Assim que seus olhos encontram meu rosto, as pessoas apontam umas para as outras, se comunicando através de sussurros, cutucadas e olhares enfurecidos.

— Mãe... Pai... — chamo por eles, mas meus pais continuam entretidos na conversa com Isabel. Então insisto, colocando a mão em seus ombros: — Mãe!

— O que foi? — Minha mãe se vira e seus olhos logo se tornam grandes como bolas de gude assim que nota o grupo formado atrás de nós.

— Quem é essa gente toda? — Isabel também se vira, mas imagino que já saiba a resposta.

Começa com um movimento sutil de uma garota de casaco rosa próxima a mim. Ela desliza a mão pelo bolso lateral e tira um celular preto cuja câmera traseira se torna tão intimidadora quanto um revólver quando apontada na direção do meu rosto. Ela projeta um flash que me faz piscar na mesma hora.

Sua atitude parece funcionar como uma autorização silenciosa para que os outros curiosos saquem seus celulares e repitam o mesmo movimento.

Eu, meus pais, Isabel e seus familiares compartilhamos alguns segundos de uma mistura de espanto e surpresa que é capaz de nos paralisar completamente, até meu pai se colocar na minha frente e me cobrir com seu corpo.

Conforme os integrantes do grupo se sentem confortáveis para gritar frases e protestos que não consigo distinguir, suas vozes se misturam em um ruído angustiante, uma fusão de sons nada agradáveis.

O homem que falava alto e gesticulava bastante no início do velório é o primeiro a se impor contra os invasores. Ele grita, mandando que todos se retirem da sala. A senhora de vestido preto que chorava silenciosamente se esconde atrás de sua bolsa minúscula e a confusão aumenta até os funcionários do cemitério chamarem os seguranças.

Apesar do preparo profissional, por estarem em minoria, os seguranças também têm dificuldade para controlar a multidão. Meu olhar se fixa nas expressões raivosas que os invasores compartilham, até que sinto alguém segurar minha mão.

Num sobressalto, me viro para trás e grito, antes de perceber que é Mariana quem me segura com força e me puxa na direção de um segurança próximo que parece estar aguardando para me escoltar até o lado de fora, onde o espaço amplo faz o grupo de curiosos parecer muito menos ameaçador.

Mariana continua me guiando com nossas mãos unidas. Corremos o mais rápido que conseguimos pelo gramado do cemitério. Mesmo que eu saiba que estamos chamando ainda mais atenção fazendo isso, minhas pernas se movem na direção do estacionamento movidas pela perspectiva de me livrar dessa situação aflitiva.

A preocupação em me afastar o mais rápido possível me impede de perceber o cadarço desamarrado do meu tênis. Poucos segundos depois eu tropeço, minhas pernas se entrelaçam, jogam meu corpo para trás e o mundo parece girar.

Encaro o céu do fim da tarde enquanto uma dor lancinante atinge meu tornozelo e minhas costas, por isso não hesito quando uma mão aberta entra em meu campo de visão. Agarro-a com o que sobrou de minhas forças.

Ao contrário da pele macia que senti durante todo o trajeto ao correr de mãos dadas com Mariana, sinto uma textura áspera na mão que agora seguro. Conforme me levanto, um cheiro azedo entra pelas minhas narinas e meus olhos vão descobrindo, aos poucos, um sobretudo sujo e uma boina gasta.

O homem me encara por trás dos mesmos óculos de sempre e suas sobrancelhas formam uma expressão intimidadora.

Grito antes que ele consiga falar qualquer coisa. O susto parece recarregar a energia do meu corpo, então me desvencilho de sua mão e volto a correr, desta vez, em velocidade dobrada, na direção do carro que parece estar cada vez mais distante.

# Capítulo 15

Levo algum tempo para conseguir regular minha respiração. Meu peito sobe e desce em movimentos rápidos e minha boca parece estar seca como nunca esteve. Mariana afivela o cinto para mim, gira a chave na ignição e dá a partida o mais rápido que pode.

— Você viu quem estava lá? — pergunto, ainda ofegante, assim que consigo recuperar a voz.

— Não só vi, como consegui o número dele.

— O quê? Como assim? — Tento recuperar alguma imagem mental do homem de sobretudo dizendo mais do que uma ou duas frases para mim, mas não me lembro de nada.

— Também não acreditei quando saí aquela hora e encontrei com ele, um pouco distante de onde a gente estava. Decidi arriscar e... — Um sorriso orgulhoso se forma no canto de sua boca. — Por incrível que pareça, ele me reconheceu da reportagem e pareceu bastante disposto a conversar comigo, o que foi bem inesperado.

A informação me deixa completamente sem palavras, então me viro para o outro lado, observando a aglomeração de curiosos e o cemitério ficarem para trás.

As primeiras estrelas começam a despontar no céu enquanto a adrenalina que percorre meu corpo começa a diminuir pouco a pouco.

Mariana é ágil no volante e xinga constantemente os carros que entram na sua frente, o que, somado aos acontecimentos de minutos atrás, faz com que eu leve um tempo para perceber que não estamos no caminho para a minha casa.

— Pra onde a gente tá indo?

— Vocês precisam conversar.

Quando abro a boca para perguntar de quem ela está falando, me surpreendo com um rastro de fumaça que sobe de uma casa no fim da rua que acabamos de pegar.

Passamos por uma sequência de sobrados estreitos e quase idênticos, até pararmos em frente a um com parede de tijolos protegido por um portão amarelado e baixo. No parapeito da janela, um boneco vermelho e com apenas um dos olhos desenhados remete à tradição do *daruma*. Alguém na casa à minha frente espera que o boneco de madeira traga sorte e ajude a realizar um determinado desejo, para que, então, o outro olho possa ser pintado.

Sem dizer mais nada, Mariana abre a porta do carro e toca a campainha. Aperto o botão para me livrar do cinto e me juntar a ela o quanto antes, mas, quando piso na calçada em frente à casa, Mariana já está novamente se dirigindo ao interior do carro, e em seguida dá a partida. O barulho de alguém mexendo num molho de chaves leva minha atenção até uma mulher de feições familiares que abre a porta da casa e se aproxima curiosa.

— Eu não via a hora de você aparecer. — Ela abre um sorriso assim que consegue identificar meu rosto iluminado apenas pela lâmpada do poste mais próximo.

Ela me envolve em seus braços curtos e noto que seu sorriso carrega uma quantidade considerável de tristeza, cansaço e, por algum motivo, alívio. Continuo sem conseguir dizer nada enquanto a mulher fecha o portão atrás de nós e aponta para o corredor paralelo à casa.

Meus passos são tímidos e movidos completamente pela curiosidade, já que faz meses que fantasio como seria conhecer esse lugar, como seria recebido e quais seriam os desdobramentos da minha visita. Entretanto, em minhas fantasias, essa visita acontecia num contexto um pouco mais feliz e prazeroso do que o que vivo agora.

Passamos por mais algumas janelas com vidros turvos que revelam pouco dos cômodos no interior da casa, até chegar a um quintal amplo. Plantas de diversos tipos preenchem o espaço e são iluminadas pelas chamas da fogueira que ocupa o centro do ambiente.

Envolvendo os próprios joelhos com os braços, Gustavo encara o movimento da fogueira com um olhar vago e distante.

— Vou deixar vocês dois sozinhos, mas pode me chamar se precisar de qualquer coisa. Se conseguir convencer ele a, pelo menos, comer alguma coisa, seria ótimo — ela sussurra para mim, antes de se afastar.

Me acomodo ao lado do garoto. O frio que sinto quando utilizo as mãos para me apoiar e cruzar as pernas se opõe ao calor aconchegante que vem do fogo à nossa frente.

— Oi — digo, enfim. — Senti sua falta no velório.

O olhar de Gustavo continua vazio, ainda que por vezes acompanhe algumas fagulhas e faíscas que deixam os limites da fogueira e se aventuram em um voo só de ida para o céu. Aguento alguns segundos até que o silêncio e a ausência de uma retribuição pelo meu cumprimento começam a me incomodar.

— Não que eu esteja te cobrando algo, mas… Sei lá, só seria legal ter você lá comigo. A gente quase não conversou desde que… — As palavras saem quase como se eu não pudesse controlá-las.

Sua resposta vem na forma de um gesto. Pela primeira vez desde que cheguei, Gustavo se vira e olha direto em meus olhos. O movimento é o suficiente para fazer com que me cale na mesma hora.

— Oi.

Ele continua me olhando. Metade de seu rosto está colorida pela luz dourada das chamas, enquanto a outra metade permanece na escuridão. Uma combinação que, somada à sua expressão indiferente, começa a me assustar. Percebo-o analisando os detalhes do meu rosto, como se estivesse os descobrindo pela primeira vez, mesmo que eu possa me lembrar de uma centena de vezes desde que nos conhecemos em que ele fez a mesma coisa.

— Desculpa, eu não tava com cabeça pra ir. — Gustavo se vira para a fogueira novamente. — Desculpa não ter respondido suas mensagens também. Tô meio fora de mim.

— Não precisa se desculpar. Você tem motivos suficientes para isso. Eu mesmo não sei como ainda não surtei completamente.

Apesar da situação, ainda desejo silenciosamente que Gustavo solte, de repente, uma de suas piadas sem graça ou faça qualquer comentário espontâneo como os que ele sempre costuma fazer.

— O que vão fazer com a gente?

— Como assim?

— A polícia, os advogados, a justiça, sei lá como funcionam essas coisas. — Ele aumenta o volume da voz, de repente. — O que vão fazer com aqueles depoimentos que a gente deu? E com todo esse pessoal na internet nos acusando?

— Eu acho que nada... A Mariana me contou que eles vão encerrar o caso e declarar a morte do Carlos como suicídio. Por algum motivo, não vão continuar investigando o local do crime, nem as outras empresas dele. — Paro para respirar por um momento e decido deixar de lado a conversa com Lucas no velório, mas tem uma informação que não posso ignorar. Afasto o cabelo que cai sobre meus olhos com a mão e me preparo para dar a notícia. — A única coisa relevante é que identificaram uma substância misturada ao glitter comestível. Uma espécie de planta que pode ser tóxica quando inalada.

Gustavo se vira para mim novamente. A expressão neutra se altera automaticamente e seu rosto parece alternar entre o espanto e a confusão.

Uma gota de suor começa a escorrer pela minha testa por conta da proximidade com o fogo.

— O mesmo glitter que você colocou por cima dos biscoitos que demos para a Isabela e para a Luana?

Sou incapaz de responder. Apenas abaixo meu olhar e ele entende a mensagem.

— Renan! — Lágrimas começam a se formar no canto de seus olhos. — O que foi que a gente fez?

— A gente não fez nada! — Antes que eu perceba, estou imitando o tom agressivo da sua voz, de um jeito que nunca ouvi antes. — Gustavo, a gente não tem culpa de nada. Provavelmente essa substância foi o que fez elas passarem mal naquele dia da festa, mas foi só isso.

Foi uma quantidade mínima. Elas estão fazendo esse retiro de sei lá o quê porque querem!

— Você mesmo não acredita nisso. Não precisa me enganar só pra tentar me acalmar, o que a gente precisa é descobrir o que *realmente* está acontecendo com elas e por que sumiram desse jeito.

Ele termina a frase como quem encerra um assunto e vira o rosto para frente novamente.

— A gente vai descobrir. Eu prometo.

Minha incerteza sobre como continuar essa conversa faz com que eu decida concentrar minha atenção em um bonsai ali perto. Apesar do movimento irregular e tortuoso, o tronco que surge de um pequeno vaso marrom e retangular parece ter sido desenhado meticulosamente para receber os galhos e as folhas que compõem a árvore em tamanho reduzido.

— Eu sempre pensei em como seria esse momento, sabia? — A voz de Gustavo me surpreende. — Como seria a primeira vez em que você viria aqui em casa. Como meus pais te receberiam, o que a gente faria...

— Eu também — confesso. — Pelo menos, sua mãe parecia feliz com a minha visita.

— Ela está. — Seus dedos brincam com uma pedrinha que ele encontra no chão. — Eles já sabiam há muito tempo, só estavam esperando o momento em que me sentisse confortável para conversar sobre isso. Passei tantos anos temendo o dia em que contaria para eles sobre a minha sexualidade, que parece até que esqueci que o desfecho feliz também era uma possibilidade. Se bem que... — Gustavo atira a pedra na fogueira à nossa frente. — Nem sei se a gente pode chamar isso de um desfecho feliz.

— Mas também não acho que desfechos completamente felizes existam. Apesar de todas as coisas bizarras que estão acontecendo, o fato do seus pais te aceitarem e lidarem bem com nosso namoro é sim algo pra gente comemorar!

— Comemorar... — Ele ri, incrédulo. — Será que algum dia a gente vai conseguir voltar a comemorar alguma coisa? Será que algum dia as coisas vão voltar minimamente a ser como eram?

— Eu não sei. — Volto meu olhar para o bonsai, como se a árvore em miniatura pudesse me trazer alguma explicação. — Não dá pra prever o futuro, a gente só pode torcer para que o melhor aconteça.

— Eu estava quase conseguindo começar a juntar grana pra pagar aquele curso de programação, lembra? — Concordo com a cabeça e Gustavo continua: — Ele nunca pareceu tão distante.

— Tá tudo bem, a gente vai ter o nosso próprio programa de receitas, lembra? Você vai ser meu Louro José e tal.

Gustavo ri com a lembrança da nossa piada.

— Só você para me fazer rir num momento como este. — Desta vez, quando seus olhos encontram os meus, percebo que possuem um pouco mais de ternura e brilho. Apoio minha cabeça em seu ombro e unimos nossas mãos.

— Aranha! — Ele se levanta em um sobressalto, e o medo que ele nutre por insetos o faz correr na direção da fogueira.

— Calma, olha o tamanho dela... — Vejo as oito perninhas se movendo pelo espaço onde, segundos antes, Gustavo estava sentado. — Aposto que ela tem mais medo de você do que você dela.

— Nada a ver, eu não construo teias com as minhas mãos pra capturar qualquer animal que se aproximar de mim! — Mesmo a alguma distância, consigo notar o corpo de Gustavo tremendo.

— É melhor vocês entrarem. — Sua mãe reaparece e aponta para uma porta próxima. Gustavo corre para dentro e percebo sua mãe revirando os olhos, antes de esconder uma risada.

— Fique à vontade! — Ela sorri para mim e, assim que dou os primeiros passos para dentro, sinto um cheiro de comida sendo preparada. Mais especificamente, o cheiro de uma panela grande de arroz no fogão.

Acompanho Gustavo por uma cozinha ampla. Pedaços de peixe, tofu e vegetais estão separados em pequenos potes na mesa, aguardando para serem preparados.

Ele me guia por um corredor, onde um quadro com um casal chama minha atenção. Dá para perceber que é uma foto tirada por um profissional. Eles sorriem e estão com roupas muito bonitas em tons de preto e dourado.

— Esta é a foto das bodas de ouro da minha *bachan* e do meu *dichan*. — Ele já me contou uma vez que são as palavras em japonês para "avó" e "avô".

Concordo com a cabeça, impressionado pela informação de que o casal que sorri pra mim na fotografia está junto há cinco décadas. Penso no quanto eu evoluí e me transformei nos últimos anos e como espero continuar mudando ao longo dos próximos. Devem ser mínimas as probabilidades de um casal passar por todas essas transformações durante décadas e, ainda assim, quererem continuar juntos, mas o quadro à minha frente me prova o contrário.

Gustavo também se detém alguns segundos observando a imagem. Não posso ouvir seus pensamentos, então apenas torço para que ele esteja pensando o mesmo que eu e desejando que nosso relacionamento também consiga atravessar as transformações do tempo e do futuro.

— Por aqui! — Ele segura na minha mão e me guia até uma porta de madeira.

Depois que a empurra, percebo que estou conhecendo seu quarto pela primeira vez.

A bagunça que ocupa os quatro cantos do cômodo combina perfeitamente com a sua personalidade agitada e preciso me esforçar bastante para imaginar Gustavo tendo paciência e calma de dobrar suas roupas e guardá-las no guarda-roupa.

As paredes não são tão decoradas quanto as do meu quarto. A parte inferior foi pintada em um tom aconchegante de verde-escuro, enquanto a metade de cima parece um meio-termo entre o bege e o branco.

Três quadros pendurados exibem pinturas abstratas com cores vibrantes.

— São suas? — Aponto para os quadros e percebo que meus olhos estão arregalados.

— Uhum. — Sua boca forma um sorriso tímido.

— Você nunca me contou que pintava!

— Tem muitas coisas que você não sabe sobre mim. — Ele tenta fazer um olhar misterioso conforme afasta os cobertores bagunçados da cama, abrindo espaço para que eu me sente ao seu lado. — Brincadeira. Sei lá, foi uma coisa que a minha psicóloga me disse para experimentar para controlar a ansiedade e eu curti bastante, mas ainda tenho vergonha de mostrar para as pessoas.

— Não deveria, estão lindos!

— Mas sua opinião não vale, é sua obrigação social como namorado aplaudir qualquer coisa que eu fizer.

— Até parece! — Eu cruzo os braços. — Se eu não gostar, vou falar "Gustavo, isso está uma porcaria, um lixo, isso está podre, melhore!".

Gustavo ri por alguns segundos. É a primeira vez que o vejo sorrir hoje. A visão de um sorriso tão sincero no rosto dele é capaz de me trazer uma sensação de conforto e felicidade inigualáveis.

— Vai fazer o que amanhã? — Seu braço envolve minha cintura e, desta vez, é ele que afunda o rosto em meu pescoço.

Me lembro imediatamente que combinei de acompanhar Mariana no encontro com o homem do sobretudo e pondero por alguns segundos se devo estragar o momento trazendo esse assunto de volta.

— Vou ajudar a Mariana em um negócio... — Hesito e ele levanta a cabeça, me olhando com curiosidade. — Você quer saber exatamente o quê?

Gustavo fecha os olhos e respira fundo.

— Definitivamente, não. Prefiro não me envolver com nada disso por um bom tempo, tudo bem?

Concordo balançando a cabeça e Gustavo me abraça em agradecimento.

Ele me abraça e deitamos juntos. Apoia a cabeça em meu peito e acaricio seu cabelo. Em poucos minutos, ele cai em um sono pesado.

# Capítulo 16

— QUE LUGAR É ESSE? — PERGUNTO, NA TARDE SEGUINTE, ABRINDO a porta do carro de Mariana.

— Nem queira saber, foi ele quem escolheu — ela responde, assim que coloca os pés na calçada.

A fachada do bar está coberta por pichações com palavras que não consigo distinguir. Um portão de aço nos recebe, um daqueles que você precisa empurrar para abrir manualmente. É provável que tenha sido vermelho algum dia, mas, hoje, sua superfície apresenta uma cor estranha, um meio-termo entre ferrugem e cor de barata.

Ao lado do portão, tem uma janela, mas está repleta de manchas que cobrem a visão do lado de dentro.

— Tem certeza de que é aqui? Parece que está fechado... — Olho de um lado para o outro da rua, na esperança de estarmos no lugar errado, mas só encontro uma farmácia mal iluminada e um mercado pequeno a algumas dezenas de metros de distância.

— Eu recebi algumas instruções. — Ela também olha para os dois lados da rua antes de pegar o celular e acessar seu bloco de notas.

Mariana lê as instruções por um instante e, depois, fecha uma das mãos para dar quatro batidas espaçadas no portão. Uma camada de sujeira é transferida para a sua pele, mas ela não se importa. Um par de olhos surge e nos encara através de uma pequena abertura retangular.

— Qual o número do quarto? — A voz da pessoa que nos observa soa potente e incisiva.

— Duzentos e trinta e sete. — Mariana responde, como se já esperasse por essa pergunta.

A abertura retangular se fecha novamente. Alguns segundos se passam até ouvirmos o som do portão sendo aberto.

Do outro lado, é possível reparar em pouca coisa fora um espaço amplo e completamente escuro à nossa frente.

— Mari... — sussurro, colando meu corpo ao da jornalista. — Pode ser uma emboscada.

Ela não responde. Seus olhos estão fixos no smoking vinho que a mulher à nossa frente está vestindo.

Está com o cabelo preso num coque que parece sustentado por uma camada espessa de gel para que fique completamente grudado à cabeça. As sobrancelhas arqueadas emolduram seus olhos que nos observam, desconfiados, de cima a baixo. O formato de sua boca não expressa emoção alguma, mas o batom em seus lábios reproduz o tom exato de sua roupa.

— Entrem. — A voz grave que sai de sua boca ressoa imediatamente dentro de nós e damos passos desajeitados até entrarmos ali.

Me controlo para não espirrar por conta da poeira acumulada ali, enquanto aguardamos, paralisados, as novas instruções.

Assim que a mulher termina de abaixar o portão novamente, estamos num completo breu. Meus olhos levam mais tempo do que esperava para se acostumarem com a escuridão e Mariana agarra meu braço com força, em uma tentativa de não se perder de mim.

Um isqueiro ilumina os lábios acobreados da mulher e essa é a única fonte de luz que ela utiliza para nos guiar pelo ambiente amplo e aparentemente vazio. Depois de darmos uns vinte passos, ela interrompe sua caminhada de repente e dobra suas pernas.

Sob a luz fraca do isqueiro, vejo Mariana me encarando e percebo que, assim como eu, ela se pergunta se devemos fazer o mesmo e também nos agacharmos. Entretanto, um estampido corta nossa comunicação silenciosa e, quando nos damos conta, um alçapão foi aberto e uma nova nuvem de poeira entra pelas minhas narinas.

A mulher se mantém inerte ao lado do buraco no chão que ela acabou de abrir e emana uma luz roxa e azul. Ela indica com a mesma mão que segura o isqueiro que a partir daqui nós seguimos sozinhos.

Mariana é a primeira a tomar uma atitude. Ela move seus pés vagarosamente até a beirada do alçapão, encurva sua coluna para observar o que nos aguarda lá embaixo e fica de costas para poder encaixar o pé no primeiro degrau da escada que, agora, consigo distinguir em meio à luz colorida.

Vejo a silhueta de Mariana desaparecendo aos poucos e só consigo me mexer depois de notar o olhar impaciente da mulher à minha frente. Meu corpo treme conforme repito os movimentos de Mariana e vou tateando com o pé os próximos degraus da escada de ferro tentando evitar uma queda.

Assim que chego no piso de cimento queimado, o alçapão que agora está metros acima de mim, se fecha. Giro o corpo e permaneço completamente petrificado quando tenho o primeiro vislumbre do ambiente onde estou.

As paredes de tijolos aparentes são coloridas pelas luzes que variam entre o azul, o rosa, o roxo e o vermelho. Uma das paredes mais extensas está coberta por centena de garrafas, exibidas em um painel luminoso sustentado por enormes prateleiras. Seus rótulos estão perfeitamente alinhados, exceto pelas vezes em que o homem que veste o mesmo smoking que a mulher no andar de cima os retira de suas posições para preparar bebidas sedutoras em copos reluzentes.

Apesar de vestidos com roupas casuais, os clientes que ocupam os bancos giratórios do balcão parecem ostentar, na pele lisa, na risada despreocupada e nas joias minimalistas que, sim, eles têm muito dinheiro.

Além do bar luminoso, algumas mesas altas e redondas adornam o espaço, enquanto outras maiores e retangulares se alinham em uma das paredes e recebem bancos acolchoados para criar lugares mais reservados e intimistas.

Ouço jazz tocando por todo o ambiente.

— Eu obviamente dei uma pesquisada antes de vir. — Mariana me tira do meu estado de contemplação e incredulidade. — O que foi bem difícil, já que eles recebem apenas clientes que foram convidados por outros clientes e que sabem a senha.

— Quarto 237... — Quando consigo pensar com mais calma na resposta de Mariana para a estranha pergunta da mulher no portão enferrujado, percebo o quanto o número me soa familiar. — Esse é o número do quarto...

— Do quarto assombrado do hotel Overlook. Esse mesmo!

Um sorriso se forma automaticamente em meu rosto quando percebo que a senha secreta faz referência a uma das cenas mais assustadoras de *O Iluminado*.

— Ou da quantidade de milhas até a lua se você curte teorias da conspiração e for um daqueles que acreditam que o Stanley Kubrick foi contratado para forjar a chegada do homem ao nosso satélite. — Outra pessoa vestindo o uniforme vinho se aproxima de nós segurando uma prancheta. Ela utiliza cílios postiços longos, que realçam seus olhos escuros, brincos redondos e dourados que chegam até os ombros e um bigode fino com as pontas enroladas. — Mariana e Renan, certo? — Nós concordamos. — O Fabrício está esperando por vocês.

A pessoa sorri e nos guia até a última das mesas intimistas. Mariana é a primeira a ocupar o banco acolchoado, mas levo algum tempo para conseguir distinguir o homem à nossa frente.

Seu cabelo castanho claro é liso e brilhante. Ele veste uma camisa preta com alguns botões abertos o suficiente para demonstrar o resultado da musculação em seu corpo. Suas mãos envolvem um copo com uísque e o sorriso revela dentes brancos e possivelmente artificiais.

Apenas quando percebo os óculos apoiados na mesa, identifico o homem que nos aguarda como o estranho cliente do Espresso Fantasma, que veste sobretudo e pede chá preto todas as vezes.

— Surpreso? — A voz dele é rouca e ele ri assim que nota minha expressão.

— Completamente — consigo dizer, de alguma forma.

— Achei que ficaria. — Ainda sorrindo, o homem leva o copo até a boca e toma um gole curto da bebida.

— Obrigada por concordar em conversar com a gente — diz Mariana, num tom profissional, enquanto abre sua bolsa e tira de dentro o gravador e seu caderno.

— Eu que devia ter marcado essa conversa há muito tempo.

É esquisito demais fazer meu cérebro entender que o homem educado e bem-arrumado à minha frente é o mesmo cara que temi por meses, mas, aos poucos, consigo reconhecer alguns traços que eram visíveis apesar do sobretudo, da boina e dos óculos.

— Por conta da casa! — A pessoa que nos levou até ali coloca dois copos na mesa. — Drinques de boas-vindas!

Nós agradecemos e não deixo de hesitar alguns segundos antes de puxar pelo canudo o líquido gelado e quase fluorescente que mistura tons de azul-turquesa e verde-água. O gosto é cítrico, refrescante e, definitivamente, alcoólico.

— Por onde começo? — Fabrício pergunta, apoiando os braços na mesa e aproximando seu tronco de nós.

— Precisamos atualizar o Renan do que conversamos ontem, por que não começa contando sobre seu interesse no Espresso Fantasma?

Ele balança a cabeça, toma mais um gole da bebida e seca o canto da boca com a mão, aumentando ainda mais a minha expectativa e ansiedade.

— Carlos era o meu único interesse. — Da forma como ele fala, parece que essa é uma informação óbvia, da qual eu já deveria saber há muito tempo. — Meu cliente ficou sabendo de possíveis coisas ilegais que ele andava fazendo e precisei acompanhar de perto o funcionamento do café para entender o esquema.

— Seu cliente? — Não me contenho e interrompo a fala de Fabrício.

— Digamos que eu trabalho descobrindo informações importantes para pessoas importantes.

— Um detetive particular?

— Esse é um jeito menos sofisticado de explicar o que faço — admite Fabrício, depois de ponderar por um instante.

— Que tipo de coisa ilegal? — Mariana pergunta, aproximando o gravador do centro da mesa, o que atrai o olhar de Fabrício diretamente para o aparelho.

— Sonegação de impostos, estelionato, coisas do tipo.

— Também conhecidos como crimes — acrescenta Mariana, irônica. — Vocês suspeitavam de algo assim com o Espresso Fantasma?

— Não! Nem eu, nem Gustavo, a gente não fazia ideia. — Alterno meu olhar entre Mariana e Fabrício.

— É claro que não sabiam. Desde a primeira vez em que pisei lá percebi que vocês estavam apenas trabalhando normalmente.

— Então por que continuou indo até lá se o Carlos mal aparecia no café e muito menos no salão?

Ele se ajeita no estofado antes de voltar a responder minha pergunta.

— Tem uma coisa que você precisa entender. Carlos era uma marionete, só isso. Um cara sonhador, determinado e cheio de vontade de se tornar um empresário de sucesso. O perfil favorito de vários charlatões que desejam multiplicar fortunas em cima desse tipo de pessoa.

— Lembra que comentei com você que a Polícia Civil desistiu de investigar a fundo as outras empresas do Carlos? — Balanço a cabeça, afirmando, e Mariana continua: — Consegue imaginar por que isso aconteceu?

Por ser um assunto novo para mim, tento buscar alguma referência em séries e filmes sobre crimes que já assisti, mas Fabrício interrompe meus pensamentos batendo o copo de uísque na mesa com força.

— Dinheiro, garoto! — Se ele estivesse mais perto, tenho certeza de que daria um tapa na minha nuca. — É assim que esse tipo de pessoa resolve qualquer problema. Quem está por trás disso pagou a esses policiais uma quantia suficiente para eles se aposentarem e deixarem de lado a investigação.

— Sabe se o Carlos tinha algum mentor ou algo do tipo? — Mariana vira o rosto na direção do meu. — Alguém em quem ele confiava e que o ajudava a tomar decisões importantes.

— Não que eu saiba. — Vasculho a memória das minhas conversas com Carlos, mas não me lembro de ter ouvido a palavra "mentor" em nenhuma delas. Nesse momento, a visão de Carlos sentado à mesa de casa, conversando com meus pais, chama minha atenção. — Em uma das últimas vezes em que nós conversamos, ele estava todo feliz. — Começo a transformar minha lembrança em palavras.

— Sabe dizer o porquê? — pergunta Mariana.

— Ele estava prestes a conseguir um investimento que permitiria que abrisse uma nova unidade do Espresso Fantasma.

— Esse é o tipo de informação que a gente precisa! — Fabrício aponta na minha direção e seu olhar toma um brilho diferente. — O que mais ele disse?

— Acho que falou algo sobre um investidor.

— Um investidor? — Mariana parece perguntar mais para os seus próprios pensamentos do que para mim.

— É isso! O investidor é a pessoa que precisamos encontrar. — A empolgação de Fabrício faz o volume de sua voz aumentar.

— E como a gente faz isso? — pergunto.

— Isso aí eu respondo depois de mais uns dois ou três copos. — Ele se recosta no banco com um sorriso quase sarcástico. — Mais alguma dúvida?

— Você ainda não respondeu minha primeira pergunta. — Depois de me surpreender com a minha ousadia, percebo que a bebida à minha frente me deu uma encorajada com seu poder de inibir vergonhas e receios. — Por que continuar visitando o salão do café se você estava investigando o Carlos?

— Quer mesmo saber?

— Quero.

Ele se mexe no banco estofado e, do bolso de trás, tira um broche dourado em formato de abelha.

— Deixei escondido em um restaurante onde ele costumava almoçar. — Continuo confuso, enquanto Fabrício vira o objeto para baixo e me mostra um pequeno círculo preto grudado em uma das asas. — Ele estava conversando com alguém no telefone e sua expressão ficava cada vez mais furiosa. Esperei ele ir ao banheiro e escondi esse microfone embaixo do guardanapo de pano que sei que ele nunca usa. Quando ele voltou, consegui ouvir a pessoa no telefone usando a expressão "clientes do Espresso Fantasma".

Sinto um calafrio percorrendo meu corpo e arrepiando todos os pelos do meu braço.

— Não sabia se era algo bom ou ruim, mas decidi ver mais de perto o que acontecia no café. Não descobri nada de concreto, mas... — acrescenta ele, depois de devolver o objeto para o bolso traseiro. — Pelo menos o chá preto de vocês é uma delícia!

— Eles estão sumindo, é isso o que está acontecendo! — Todo o medo que senti nas últimas semanas por conta de Isabela, Luana e Murilo começa a vir à tona. — Três deles não tinham relação direta nenhuma com o Carlos e estão...

— Desaparecidos? — Fabrício tenta completar minha frase.

— Bom, não exatamente... — Hesito e vejo o homem à minha frente contraindo as sobrancelhas grossas.

— Duas delas fizeram uma viagem inesperada e postaram uma foto anunciando que se afastariam das redes sociais para um retiro em Minas Gerais — diz Mariana. — Pelo que eles me contaram, isso não tinha muito a ver com o comportamento habitual delas.

— Nem um pouco! — faço questão de acrescentar.

— Então precisamos começar a agir! Vamos ao único lugar onde podemos encontrar qualquer coisa que nos ajude. — Ele bate na mesa, deixa algumas notas próximas de seu copo e se levanta.

Nós o acompanhamos de volta à escada de aço que leva para o andar de cima, até que não consigo controlar minha curiosidade e uma pergunta simplesmente escapa da minha boca:

— Já que você está me respondendo, o que tem naqueles saquinhos de papel que você entrega para as pessoas?

Ele interrompe sua caminhada imediatamente, se vira e me encara com os olhos arregalados.

Começo a recuar e ele dá passos lentos e amedrontadores em minha direção.

Quando Fabrício está perto o suficiente para que eu sinta sua respiração, ele olha para os dois lados do bar subterrâneo e, do outro bolso de sua calça, tira um dos sacos de papel pardo que o vi entregar tantas e tantas vezes.

Ainda em movimentos vagarosos, desamassa as pontas que fecham o pacote e mostra para mim o que há em seu interior.

# Capítulo 17

— Ele vende minhocas na internet? — Guilherme pergunta em choque e sua boca continua entreaberta quando termina de falar. O espanto, somado aos seus passos largos, faz com que ele quase bata a cabeça em um poste na calçada.

— Minhocas-californianas — acrescento. — Pelo que ele me contou, elas ajudam a transformar restos de comida em adubo.

— Eu achei fofo! — Rafael diz, assim que termina de rir.

— Vou começar a te chamar de minha minhoquinha-californiana, então! — Guilherme bagunça o cabelo de seu namorado, que fica extremamente irritado com o gesto.

Interrompo nossa caminhada e, pela primeira vez em dias, encaro a fachada do Espresso Fantasma.

Impressionante o que alguns dias de inatividade fazem com uma construção.

A impressão que tenho é a de que todas as falhas e imperfeições da entrada do café, agora estão muito mais visíveis e proeminentes. Tivemos que manter tudo intocado enquanto as investigações estavam acontecendo, por isso, pelas portas de vidro, consigo espiar as cadeiras e mesas desordenadas, os pratos, copos, canecas e talheres bagunçados e espalhados pelo ambiente, exatamente do jeito que estavam quando todos saíram correndo após meu grito ecoar pelo salão.

Ver um lugar que sempre me serviu de refúgio e conforto completamente desordenado traz uma sensação de tristeza profunda que parece me corroer por dentro.

Guilherme coloca a mão em meu ombro e o acaricia levemente, percebendo meu estado melancólico. Agradeço com um olhar gentil, respiro fundo e empurro a porta já destrancada. Damos os primeiros passos e preciso admitir que, por mais que esteja acostumado, a estátua do Freddy Krueger assume um aspecto ainda mais assustador em meio ao cenário atual. Da mesma forma, os pôsteres de filmes de terror deixam de ter um aspecto vintage e parecem velhos e ultrapassados de um jeito que nunca achei que fosse possível. Então, passamos direto pelo salão e seguimos para a cozinha.

— Parece que um furacão passou por aqui — Guilherme comenta.

— Pois é... A Mariana e o Fabrício estão esperando a gente, é melhor irmos rápido — relembro, tentando impedir que meu próprio medo me paralise.

As paredes e o chão, anteriormente brancos, preservam as consequências da guerra de comida que Carlos permitiu que fosse feita com os doces que preparei. Tento ignorar todas as dúvidas e incertezas daquela noite que parecem gritar em minha mente e levo Guilherme e Rafael pelo corredor anexo. Um trecho da iluminação amarelada que vaza para o corredor nos avisa que a porta da sala de Carlos está aberta.

É estranho estar de volta ao lugar no qual a última lembrança que tenho é a de um corpo inerte no chão, manchas de sangue e pontos prateados cintilantes, mas tento me manter forte já que sei que as próximas horas podem ser decisivas.

— Ah, que bom que chegaram! — Assim que nos aproximamos da porta, Fabrício percebe nossa presença. Em vez da camisa limpa e do cabelo penteado, ele veste novamente seu disfarce, como contou que faria para preservar a identidade caso algum curioso aparecesse. Ele limpa a poeira da palma das mãos em seu sobretudo, se aproxima e tira os óculos para cumprimentar Guilherme e Rafael. — Fabrício Alencar, muito prazer.

O casal permanece paralisado e meus dois amigos têm dificuldade para cumprimentar o homem sobre o qual especulamos por tanto tempo.

— O prazer é todo nosso, acredite. — Guilherme aperta sua mão, com um sorriso nervoso.

Da mesma forma como a presença de Fabrício os impactou, eu preciso de alguns segundos para me acostumar a estar de volta a essa sala. Não deixo de notar que o chão foi limpo, ainda que resquícios do glitter comestível possam ser vistos aqui e ali.

— Bom, acho que vocês podem nos ajudar fazendo a nossa segurança. — Mariana se aproxima, segurando um porta-retratos com um casal genérico na foto. Carlos nunca teve tempo para substituir a foto, ou nunca se importou o suficiente com a decoração da sala para isso. — Temos duas entradas, na frente e nos fundos. Fiquem atentos e nos avisem se alguém aparecer.

Eles concordam e se dividem entre as duas saídas do café, nitidamente aliviados por não terem que passar mais tempo no mesmo lugar que Fabrício.

— Eu peço desculpas pelo cheiro — diz ele. — Meu gato fez xixi no meu sobretudo e até agora não encontrei um jeito de deixá-lo cheiroso novamente. A essa altura, acho que já faz parte do personagem.

Mariana se concentra no grande arquivo de metal no fundo da sala, investigando pastas cheias de documentos e outros papéis deixados ali. Fabrício retira as gavetas da escrivaninha para analisar o conteúdo de cada uma delas e eu continuo parado, no mesmo lugar desde que entrei na sala, incerto sobre o que fazer.

— Você pode ficar com aquela prateleira. — Mariana percebe minha confusão e a vontade de ajudar, então aponta na direção da parede direita da sala.

— Bem desafiador... — digo, ironicamente, o mais baixo que consigo.

A superfície branca e estreita da prateleira comporta uma estatueta de um leão de cor bronze, um vaso pequeno com uma suculenta, uma caneca com lápis, canetas e três livros empilhados.

Provavelmente o último lugar onde alguém esconderia algo importante.

Mesmo assim, me lembro do conselho de Mariana, de não descartar nenhuma possibilidade em um momento como esse, e atenho minha atenção ao leão por alguns segundos.

A boca do animal simula um rugido feroz. O focinho, a boca e os dentes se projetam para fora, complementando o olhar amedrontador. A juba é rica em detalhes e o tronco faz questão de ressaltar a proeminência de suas costelas. As unhas afiadas das quatro patas se agarram em uma base feita do mesmo material que o leão, também acobreada e um tanto desgastada.

Ignoro o vaso com a suculenta, mexo um pouco nos lápis e nas canetas dispostas no interior de uma caneca branca com o logotipo de um aplicativo de aluguel de bicicletas, mas me concentro mesmo nos livros apoiados na outra ponta da prateleira.

São três volumes que parecem compor uma coleção. Quando retiro o primeiro livro, ele se revela mais pesado do que aparenta. A lombada é decorada com sofisticação e exibe figuras geométricas que se juntam e se repetem, formando uma espécie de padronagem em tons de cinza e vermelho. A lombada do livro seguinte apresenta algumas modificações na estampa, que nesse caso está colorida de verde e roxo, enquanto o terceiro livro utiliza formas mais arredondadas em preto, cinza e verde.

Não há qualquer indicação de título nas capas, então vou direto para as primeiras páginas do livro cinza e vermelho, com bordas amareladas e um cheiro característico de um livro fechado por muito tempo.

Descubro ser *O mistério do trem azul,* de Agatha Christie. Dou algumas folheadas rápidas, em busca de papéis que possam ter sido deixados entre as folhas, mas não encontro nada além de um marcador de página do sebo onde imagino que essas edições foram compradas.

O segundo livro da pilha é *Rebecca,* de Daphne du Maurier, que só conheço por ter inspirado o filme de Alfred Hitchcock que eu e Gustavo assistimos uma vez. As edições parecidas me fazem imaginar que os livros fazem parte de alguma coleção de mistério ou algo do tipo.

Seguro com as duas mãos o terceiro volume, que mistura figuras pretas, cinzas e verdes, e tenho a impressão de já ter visto aqueles contornos em algum lugar. Quando percebo que é um exemplar de *O Clube do Terror,* de R. L. Styne, a nostalgia me causa uma comoção instantânea. Esse foi o primeiro livro de mistério que li, recomendação da bibliotecária da escola onde estudava e, apesar da sensação de familiaridade com a capa, a edição era bem mais simples e mais antiga.

Foram os acontecimentos dessa história que me fizeram descobrir que, assim como nos filmes, os livros também podiam me deixar assustado e serem os responsáveis por noites maldormidas e pesadelos indesejados.

Começo a folhear as primeiras páginas e fragmentos da história começam a voltar à minha mente. Passo pelas falas estereotipadas dos personagens, pelos cenários tipicamente norte-americanos e me lembro que o enredo fala sobre um grupo de amigos que se reúne para contar histórias de terror, até que os horrores contados por eles começam a acontecer na vida real.

— Achou alguma coisa, aí? — A voz de Mariana atravessa a sala.

— Não exatamente... Eu lia esse livro quando era mais novo. — Assim que aponto para a capa com um sorriso bobo na cara, me arrependo e penso que a jornalista vai achar minha distração a coisa mais idiota do mundo.

Pela expressão indiferente em seu rosto e pela velocidade com que ela volta a analisar as pastas arquivadas, percebo que acertei em cheio. Ainda assim, continuo passando pelas páginas amareladas até encontrar uma ilustração interessante.

O grupo de protagonistas está reunido em um semicírculo no chão. Seus rostos exibem expressões sérias e reflexivas de quem acabou de testemunhar uma cena aterrorizante. Em um canto da imagem, traços arredondados formam uma fogueira que espalha suas chamas sobre pedaços de madeira e ilumina o rosto dos personagens. Fico impressionado com a coincidência entre uma história de ficção escrita há tantos anos e meu último encontro com Gustavo.

A imagem não possui muitos detalhes, então só preciso de alguns segundos observando seus traços para me dar por satisfeito, mas, quando tento passar para a página seguinte, o papel áspero e amarelado permanece imóvel. Repito o movimento de deslizar o dedo pela margem da folha mais algumas vezes até perceber que, daquele trecho em diante, as páginas do livro parecem estar coladas.

Contraio as sobrancelhas e depois de uma nova tentativa percebo que estou errado. As folhas não estão coladas. A superfície completamente lisa revela que elas nunca sequer estiveram separadas, já que formam um bloco único, pintado para simular as páginas restantes do livro.

— Gente... — Minhas mãos tremem pela expectativa de ter encontrado algo de fato relevante, então giro meu corpo e volto para perto de Mariana e Fabrício. — Vocês não querem dar uma olhada nisso aqui, não?

— Um livro? — Sinto o desdém na voz de Fabrício, assim que Mariana pega o objeto de minhas mãos.

— As últimas páginas. — O nervosismo me impossibilitou de formar uma frase completa, então apenas aponto de um jeito patético para a ilustração dos adolescentes na fogueira. Mesmo sem entender, Mariana tenta empurrar a folha com o dedo para chegar à página seguinte.

— São falsas — completa ela.

Imediatamente, suas mãos começam a experimentar todo tipo de movimento que possa revelar se há algo escondido por trás das páginas falsas.

— Acho que podemos experimentar uma técnica um pouco mais aprimorada para isso — diz Fabrício com sua voz rouca, pegando o livro para si.

Ele examina os quatro lados de *O Clube do Terror* e, em um impulso, levanta e abaixa os braços em alta velocidade, atirando o objeto ao chão.

Sua técnica é eficaz apenas em nos assustar, já que o livro permanece como estava antes, apesar das beiradas agora um pouco amassadas.

— Ótima técnica se quiser quebrar o que quer que esteja escondido aí dentro! —Mariana é ríspida e a voz combina com sua expressão zangada. Me abaixo para recuperar o livro e, quando me aproximo, percebo que ele caiu com a contracapa virada para cima.

Conforme subo, noto que o padrão abstrato e curvilíneo formado pela arte gráfica que decora o verso do livro me parece familiar. Entretanto, o que realmente chama minha atenção não são os detalhes artísticos elaborados, nem a preservação do acabamento verde metálico do texto que resume a história. Meus olhos se fixam em um quadrado no canto inferior esquerdo, que interrompe a continuidade da ilustração e cria um desnível com o resto da contracapa, uma espécie de cavidade.

— Ele estava escondendo alguma coisa no verso do livro? — pergunto.

— Não, eu já vi essa técnica antes. — responde Fabrício, esticando o pescoço para observar por sobre meu ombro. — Essa abertura no verso do livro funciona como um tipo diferente de trava. É preciso preencher esse espaço com uma espécie de objeto-chave para liberar o acesso ao compartimento secreto.

Mariana faz algum comentário que não consigo entender.

A explicação de Fabrício intensifica minha sensação de familiaridade com as curvas pretas e cinzas da edição e me mantenho absorto em meus pensamentos por algum tempo.

Mas não sou o único distraído pela descoberta, uma vez que todos levamos alguns segundos para notar o som de passos que atravessam a cozinha e se aproximam do escritório. Assim como eu, Fabrício e Mariana só se dão conta de que alguém está vindo em nossa direção quando o vulto está na porta, nos fazendo pular de susto.

Seguro o livro com o máximo de força que consigo enquanto observamos o rosto de Guilherme surgir e se aproximar.

— Acho que é melhor a gente ir embora!

— Apareceu alguém? — Mariana segura seu ombro, percebendo que o suor que cobre o rosto de Guilherme não é consequência da curta corrida que ele fez da entrada até aqui. Os olhos arregalados e a boca entreaberta denunciam um nervosismo extremo.

— Quatro homens de terno e óculos escuros passaram em frente ao café várias vezes e, na última, ficaram um tempão olhando na minha direção de um jeito superbizarro.

— A gente tem que ir, agora! Renan vai com Fabrício no carro dele, você e o Rafael podem ir comigo. — Mariana volta ao arquivo onde estava e começa a devolver as pastas para as gavetas do móvel, sem tomar muito cuidado em mantê-las como estavam antes. — Renan, leve o livro com você!

— Mas para onde a gente vai? — pergunta Fabrício, também devolvendo as coisas que encontrou na gaveta da escrivaninha.

— Qualquer lugar longe daqui — ela responde, no impulso.

A adrenalina que acelera meu coração parece servir como um combustível para minhas lembranças. Aos poucos, o motivo pelo qual achei a capa do livro familiar vai se tornando mais nítido até não restar mais nenhuma dúvida.

— Eu sei onde.

# *Capítulo 18*

Fabrício ouve jazz.

O cheiro de seu carro me lembra lojas de sabonetes chiques e não combina em nada com o odor do sobretudo que ele largou no porta-malas.

Pela espessura dos vidros, imagino que sejam blindados e, apesar do clima ameno, todas as janelas estão fechadas. Me controlo para não tremer por conta do frio do ar-condicionado.

— Eu encaro como algo positivo — ele continua a longa explicação que vem consumindo boa parte de nossa viagem de carro. — Se esses homens estão vindo atrás de nós é porque estamos encontrando aquilo que não querem que a gente saiba.

Um carro azul entra na pista e bloqueia o meu retrovisor, por onde eu acompanhava o carro de Mariana.

— Uma vez, encontrei uma joia roubada em uma mansão de uma atriz famosa. Ela estava escondida dentro da caixinha de areia de um gato. A joia, não a atriz — acrescenta Fabrício, após uma pausa, embora continue concentrado no trânsito. — Assim que terminei de tirar o último grão de areia que cobria o diamante, luzes vermelhas tomaram conta da casa inteira e um alarme com som de miado de gato começou a tocar em todos os cômodos. Eu saí correndo assim que vi uns dez seguranças vindo atrás de mim. Precisei dar um mortal triplo pra conseguir pular de uma janela do segundo andar direto na calçada. Quase esmaguei um carrinho de bebê com a minha queda, mas deu tudo certo. Foi uma tarde e tanto!

Ele ri e eu apenas sorrio em retribuição, cansado demais para contestar a legitimidade da história.

— Aproveitando... — O trânsito do fim da tarde paulistana o obriga a parar o carro. Fabrício pega uma caneta no bolso de seu sobretudo e rabisca o verso de um folheto que estava no porta-moedas antes de estendê-lo para mim. — Se precisar de alguma coisa.

Escrito em uma letra rebuscada, está o número de seu celular. Eu agradeço, dobro o papel duas vezes e o guardo no bolso.

O livro em meu colo é uma lembrança constante de que podemos estar muito perto das respostas que espero há tantos dias. Tento me agarrar a essa esperança para me manter acordado apesar do banco do carro de Fabrício ser muito mais confortável do que a minha própria cama. O conforto, unido ao balanço do carro, acaba em um bocejo inevitável que faz Fabrício desviar o olhar da avenida Nove de Julho para a nada agradável imagem da minha boca se escancarando.

— Noite difícil?

— Passei a madrugada testando uma receita de torta de noz-pecã que nunca tinha feito. Tive que fazer umas três vezes até acertar a consistência do recheio. Acabei dormindo em cima da mesa da cozinha e queimei a última fornada. — Meus olhos lacrimejam assim que termino de bocejar. Uso a ponta da manga do meu suéter para limpar o rosto. — Tem acontecido com frequência nos últimos dias.

— O que você precisa é de uma xícara de café à prova de balas.

— Essa receita eu ainda não conheço — confesso.

— Isso porque você não conheceu o capitão Bento. — Fabrício ri como se essa fosse uma piada interna. — Ele cuidou de mim como pôde, mas acho que "pai" é uma palavra forte demais. Éramos só nós dois e seu sonho era que eu entrasse para algum time grande de futebol, então o capitão me fazia treinar dia e noite. Sempre que eu reclamava que estava cansado ou começava a bocejar, ele me obrigava a tomar uma xícara cheia de café misturado com manteiga e óleo de coco quase que em um gole só.

— Parece horrível.

— E você acha que agora eu só tomo chá preto por quê? Eu engolia aquilo o mais rápido possível e saía correndo pela quadra para que ele não me fizesse tomar outra xícara.

— E você chegou a entrar para algum time?

— Esse era o sonho dele, não o meu. Era um cronograma muito rígido, tinha horário pra tudo. Acordar, comer, treinar, limpar a casa, treinar mais um pouco... Tinha até hora certa para ir ao banheiro. — Fabrício ri. — Parei de treinar depois que ele morreu e comecei a me dedicar ao que eu realmente queria.

— Descobrir informações importantes para pessoas importantes.

Ele hesita e encara o vazio por alguns segundos.

— É... Isso. — Apesar de me responder, percebo que Fabrício está mais perdido em seus pensamentos do que presente em nossa conversa. — Você devia ter conhecido ele. O capitão Bento colocava todo mundo na linha.

Um sentimento confuso me domina assim que paramos em frente ao portão de barras de ferro. É como se os últimos dias tivessem sido um sonho.

Ou um pesadelo.

Por um segundo, posso jurar que o homem ao meu lado não é mais aquele que frequentava o Espresso Fantasma com um sobretudo, mas Gustavo, que me acompanha para mais uma noite de filmes de terror na casa de Isabela.

Quando esse pensamento é substituído pela realidade de que eu provavelmente não vou encontrar minhas amigas do outro lado do portão, um sentimento desolador logo interrompe os meus segundos de esperança e meus ombros se projetam para baixo involuntariamente.

— Vamos? — Fabrício toca meu ombro esquerdo.

— Não é como se a gente tivesse muita escolha.

Coloco os pés na calçada e fecho a porta do passageiro com um pouco mais de agressividade do que esperava. Pouco depois, Mariana estaciona seu carro na vaga de trás.

Guilherme e Rafael deixam o veículo e encaram o portão cinza à nossa frente.

— Como a gente vai entrar? — pergunta Rafael.

— Traz o Mil Folhas! Pede pra ele pular o muro e abrir o portão pra gente! — Guilherme brinca.

— Da última vez o portão estava aberto — respondo, enquanto caminho até o trinco do portão e, com um teste rápido, descubro que desta vez ele está trancado.

— Acho que a gente pode começar pelo óbvio. — Mariana se aproxima e toca a campainha, que emite o mesmo som de dias atrás.

Entretanto, em vez do silêncio absoluto que dominou a casa da última vez em que toquei essa mesma campainha, podemos ouvir uma movimentação no interior.

Mariana arregala os olhos em nossa direção e eu torço com todas as minhas forças para que a pessoa abrindo a porta não seja a mesma que Gustavo e eu encontramos aqui.

Mas é claro que minha torcida é inútil.

A mulher que se aproxima com um rosto desconfiado não veste mais uma blusa de tricô, nem está com os característicos óculos vermelhos.

A mãe de Isabela veste uma blusa amarela desbotada e espreme os olhos tentando distinguir o rosto de pelo menos uma das cinco pessoas que se amontoam na entrada da casa de sua filha. Conforme se aproxima, Mariana vem até mim e puxa meu capuz até ele esconder quase completamente o meu rosto.

— Quem é? — Ela continua com a mesma expressão confusa.

— Boa noite! Como a senhora se chama? — Mariana exibe seu melhor sorriso profissional.

— Hmm… Neide. — responde ela, a contragosto.

— Muito prazer, Neide! Meu nome é Mariana. Eu e meus colegas estamos trabalhando em uma reportagem, um trabalho para a faculdade de jornalismo sobre adolescentes que se desligam das redes sociais em busca de uma vida mais tranquila e pacata.

Eu e Rafael nos entreolhamos e percebo Guilherme e Fabrício fazendo o mesmo.

— Conversamos com a Isabela e a Luana há alguns dias e elas comentaram que estavam pensando em passar algum tempo off-line. Tínhamos marcado a gravação da nossa reportagem para hoje. Elas estão por aí? — Mariana continua, confiante.

Neide observa cada um de nós mais uma vez, em completo silêncio, antes de responder:

— Não, não estão. — Ela escolhe uma chave do molho que segura para abrir o portão e conversar com Mariana sem as barras de ferro que cobrem seu rosto.

— Ah, que pena! A gente estava contando com os depoimentos delas pro nosso trabalho, não é?

Todos concordamos balançando a cabeça de forma exagerada, enquanto tentamos esconder nosso espanto com as habilidades de atuação de Mariana.

— Elas pareciam *tão* animadas para participar.

— Acho que você pode fazer uma matéria sobre filhos que se afastam dos pais e das responsabilidades sem dar nenhuma satisfação — diz Neide, irônica.

— Esse também é um ótimo tema, mas, já que elas não estão, por que não conversamos com a senhora? É muito importante para a nossa média final. Podemos entrar e conversar um pouquinho?

— Mas todos vocês *precisam* entrar?

— Claro, eles são do meu grupo! — Mariana se vira e aponta para cada um de nós. — O Rafael vai filmar, o Guilherme é o operador de áudio. — Rafael e Guilherme acenam com sorrisos constrangidos. — Fabrício e Risadinha vão fazer imagens do restante da casa, pra dar uma caprichada no vídeo, sabe?

O contraste entre o sorriso forçado de Mariana e a expressão de desprezo de Neide é quase cômico.

Por fim, percebendo que a jornalista não vai desistir tão cedo, ela apenas revira os olhos, permite nossa passagem e se afasta.

— Risadinha? — pergunto sussurrando para Mariana.

— Todo grupo de faculdade tem alguém com um apelido esquisito — ela responde, convicta. — E você me contou como ela reagiu quando encontrou você e Gustavo aqui. Ela provavelmente não deixaria a gente entrar se soubesse que você está no grupo.

— Posso saber exatamente o que a gente vai fazer? — Guilherme também sussurra enquanto atravessamos a garagem que antecede a casa.

— O Rafa pode filmar do celular dele e você usa o seu fone de ouvido pra fingir que é um microfone. Nós a distraímos enquanto Renan e Fabrício procuram pelos outros cômodos da casa, beleza?

Todos balançamos a cabeça e Neide retorna vestindo uma camiseta preta e usando óculos vermelhos um pouco tortos.

— Acho que aqui na sala pode ficar legal...

— Que tal na cozinha? — eu interrompo Mariana, arregalando um pouco os olhos. Ela entende a mensagem.

— Isso, na cozinha vai ser ótimo! Podemos ir até lá?

Neide resmunga e nos guia até a cozinha. Enquanto isso, aproveito mais alguns segundos para observar o espaço. A sala parece diferente e menos amedrontadora sem os cacos de vidro no chão, mas percebo que toda a decoração parece estar exatamente no mesmo lugar. As mesmas fotos nos porta-retratos e os mesmos móveis de madeira.

— Encontrou? — Fabrício mexe os lábios sem emitir nenhum som.

Respondo silenciosamente que não e seguimos o resto do grupo.

— A senhora tem ficado aqui? — Ouço a voz de Mariana alguns metros à frente.

Quando coloco os pés na cozinha, Neide se movimenta com rapidez para guardar a louça que está em cima da pia, enquanto o resto do grupo finge preparar os seus "equipamentos" para a gravação. Rafael testa a câmera de seu celular, procurando por um ângulo interessante, enquanto Guilherme desenrola o fio de seu fone de ouvido com uma expressão ocupada e experiente.

— Eu venho todos os dias, mas fico só algumas horas. — Ela se esgueira para abrir a porta de um armário alto. — E pode me chamar de você.

— Por quê?

— Porque eu aposto que não sou tão velha quanto vocês pensam que sou.

— Não, por que você continua vindo aqui todos os dias?

A pergunta de Mariana faz Neide congelar. Minha atenção se fixa em seu rosto, que parece incerto sobre o que responder.

— Para cuidar da casa — responde Neide, após uma longa pausa.

Mariana parece estranhar o tom de insegurança da resposta tanto quanto eu, já que permite que um momento de silêncio preencha a cozinha.

Quando Neide se dá por satisfeita com a arrumação da louça, Guilherme aproveita para prender o cabo de som na blusa de nossa entrevistada e Mariana usa seu pincel de maquiagem para espalhar um pouco de pó no rosto dela.

— Vamos começar com algumas perguntas gerais sobre o tema, tudo bem? Ignore a câmera e olhe diretamente para mim. — Mariana tira o caderno de sempre de sua bolsa, repetindo a mesma frase que disse para mim em nossa entrevista. — Sabe dizer o momento específico em que Isabela teve essa ideia de se desconectar das redes?

Antes de responder, Neide dá uma risada mínima, cínica e incrédula.

— Era só o que eu queria saber. — Apesar do aviso, são diversas as vezes em que ela olha, um tanto intimidada, na direção exata da câmera. — Eu não faço a menor ideia. Descobri quando vi a foto dela e da namorada em sei lá onde.

— Então ela nunca demonstrou interesse em explorar outro estilo de vida?

— Não que eu saiba, mas não é como se ela me contasse tudo que se passa pela sua cabeça.

— E vocês já conversaram desde que elas começaram esse período sem internet?

— Que nada, parece até que elas estão em lua de mel! Nunca vi um casal ficar tão apaixonado a ponto de se afastar de todo o resto do mundo, mas vocês sabem com são essas paixões da juventude, né?

— Com licença... — A voz rouca de Fabrício interrompe a resposta de Neide. — Acho bom começarmos as outras gravações enquanto vocês fazem a entrevista, que tal?

— Claro! Façam imagens lindas, meninos! — Mariana responde, num tom nitidamente falso.

Fabrício tenta conter uma risada conforme deixamos o cômodo e o guio de volta à sala.

— Foi aqui que o vi pela última vez — falo no volume mais baixo que consigo, assim que Neide começa a responder mais uma pergunta. Fabrício assente e se abaixa, analisando os detalhes e a decoração do rack onde a televisão está apoiada.

O móvel de madeira clara próximo de mim sustenta um porta-retratos com uma foto de Isabela e Luana, abraçadas e sorridentes, com uma montanha-russa no fundo. Ainda que esse não seja o objeto que procuro, me permito alguns segundos para observar seus rostos alegres e relaxados.

Devolvo o porta-retratos ao lugar onde o encontrei e, em meus pensamentos, lamento o fato de Neide ter arrumado a bagunça que se espalhava pela sala, o que facilitaria muito meu trabalho.

— Elas namoram há muito tempo?

Fabrício me assusta e, quando me dou conta, ele está colado em minhas costas, também mantendo os olhos fixos na fotografia.

— Acho que estão para completar um ano.

Fabrício assente e passa mais alguns segundos observando a imagem antes de se afastar novamente. Forço minha atenção nos outros elementos dispostos pelas três prateleiras do móvel.

Encontro uma vela aromática de cereja.

Um incensário.

Um Funko da Moana.

Um globo de neve de Halloween com duas bruxinhas dentro.

— E sua infância? Você percebe reverberações de traumas da sua infância na criação da sua filha? — Percebo que Mariana está ficando sem ideias para novas perguntas, então decido acelerar o ritmo.

Me jogo no chão e acendo a lanterna do celular para olhar embaixo dos sofás.

— Desculpa, mas o que isso tem a ver com o assunto? — A voz de Neide, de alguma forma, consegue soar ainda mais impaciente.

— Você ficaria impressionada com a minha capacidade de abordar um assunto por caminhos improváveis.

— E você ficaria impressionada com a minha capacidade de expulsar estudantes universitários que fazem perguntas inconvenientes. — Neide se esforça para imitar o tom profissional de Mariana.

Pelo tempo que convivemos nos últimos dias, não preciso estar por perto para ter uma visão nítida da expressão no rosto de Mariana enquanto ela tenta esconder a insegurança e manter a postura confiante.

Embaixo do sofá, o feixe de luz que meu celular emana permite que eu descubra restos de cacos de vidro, um dado de dez lados e um brinco com uma pedra azul.

— Eu acho que podemos fazer uma pausa de quinze minutos, que tal, pessoal? — pergunta Mariana, por fim.

— Ótima ideia — retruca Neide, ríspida.

Fabrício e eu nos encaramos com olhos arregalados, assim que ouvimos a mãe de Isabela se levantar.

A mulher segue na direção da sala e eu imediatamente me viro de barriga para cima e faço alguns movimentos completamente aleatórios com o celular, fingindo filmar uma fissura no teto.

Pela visão periférica, noto Neide me observando por alguns segundos. Ela apenas resmunga e sai arrastando o fio do fone de ouvido de Guilherme pelo chão em passos zangados.

Antes de abrir a porta da sala, tira um maço de cigarros do bolso, mas, pelo volume no tecido de sua calça jeans, percebo que ainda há outra coisa guardada ali.

— Onde ela foi? — Rafael se aproxima junto dos outros e leva alguns segundos para me encontrar estirado no chão. Ele oferece sua mão para dar apoio e me levanto com algum esforço.

Todos encaram a mulher do outro lado do vidro sujo e um pouco embaçado e, aos poucos, o cheiro da fumaça vem até nós.

Continuamos em silêncio enquanto Neide caminha de um lado para o outro do quintal, balançando a cabeça de tempos em tempos. Guilherme se joga no sofá e enterra o rosto em suas mãos. Eu e Fabrício nos juntamos a ele, ocupando os lugares restantes.

— Encontraram alguma coisa? — pergunta Mariana, na minha direção, e a expressão derrotada em meu rosto é o suficiente para ela entender a resposta.

— Nada, acho que eu viajei — confesso. — Que droga, fiz a gente vir até aqui à toa.

— Talvez a gente ainda tenha uma chance. — Fabrício se levanta e sai pela porta pela qual Neide passou há alguns minutos.

Depois de nos entreolharmos, confusos, espiamos a movimentação de Fabrício pela janela. Devagar, ele se aproxima de Neide e parece chamar sua atenção. Vemos a boca de Fabrício se mexer, mas é inútil tentar ouvir o que ele diz. Ainda com sua expressão enfezada, Neide entrega um cigarro para Fabrício, que agradece com um sorriso amplo. Ele tateia os bolsos algumas vezes, até suspirar de forma quase teatral.

Ele se vira para Neide novamente, mas ela nem espera que ele comece a falar para colocar a mão no bolso de trás e tirar o objeto que estava guardado ali desde que chegamos.

O objeto pelo qual eu pensei que seria uma boa ideia vir até aqui.

Me levanto e dou alguns passos na direção da janela, a tempo de ver o isqueiro deixando o bolso de Neide e revelando a cobra desenhada no metal, com seu olho esverdeado que tanto chamou minha atenção na última vez em que estive aqui.

— A arte da capa do livro. — Mariana é a primeira a entender. Ela olha para mim orgulhosa. — Arrasou, confeiteiro!

Deixo escapar um sorriso sincero, mas ele desaparece assim que Neide percebe nossa movimentação e se vira. Seu olhar encontra o meu e me dou conta de que meu capuz deve ter caído quando me levantei do sofá.

Ela me reconhece imediatamente.

Suas mãos se fecham formando duas garras, que não só parecem refletir toda sua raiva por me ver novamente ali, como encobrem a cobra prateada que pode ser a chave para pelo menos um dos vários segredos que Carlos parece ter guardado durante a vida.

# Capítulo 19

Respiro fundo e me concentro no aroma que tomou conta da cozinha.

Uma tentativa inútil de fugir da conversa complicada que teremos pela frente.

Consigo identificar notas de castanhas e amêndoas e prever que o café que Neide prepara usando um coador de pano será encorpado e com uma acidez suave.

— Obrigado! — Guilherme sorri genuinamente quando a xícara com a bebida fumegante é colocada à sua frente.

— Então, quem vai me explicar o que vocês estão fazendo aqui? Sem mentiras desta vez. — Neide nos olha por cima dos óculos e toma um longo gole de café.

— Talvez a gente tenha inventado uma coisa ou outra, mas foi por um bom motivo, eu juro. — Mariana se adianta e toma a palavra. — Nós suspeitamos que alguma coisa possa estar acontecendo com a Isabela e a Luana.

Neide desvia os olhos de Mariana e, por um instante, encara o vazio.

— Por que você continua vindo aqui todos os dias, Neide? — Mariana insiste e Neide assume uma expressão ainda mais taciturna. — Você também tem suas suspeitas, não tem?

— Simplesmente não faz sentido! — A voz da mulher de óculos vermelhos explode, em um volume mais alto do que esperávamos. — Eu e a Bela sempre fomos muito próximas, quase como amigas. Mas, desde o aniversário dela, ela não me manda uma mensagem sequer. Fica fazendo viagens malucas, parece que abandonou a faculdade... Eu sabia que essa Luana não era boa influência para minha filha.

— Eu não acho que isso seja coisa da Luana — me intrometo, principalmente por saber que, entre as duas, Luana sempre foi a mais responsável. Ainda que esteja incerto sobre a forma mais cautelosa de continuar esta conversa, prossigo: — Na verdade, elas podem estar envolvidas com pessoas bem perigosas.

— Perigosas como? — Os olhos de Neide se arregalam.

— Pessoas com muito poder — Fabrício responde dessa vez.

— Mas por que alguém com tanto poder se importaria logo com a minha filha? Ela não é ameaça para ninguém, mal consegue se sustentar com o salário que recebe.

— É o que a gente está tentando descobrir — digo.

— E é por isso que... — Mariana respira fundo. — Viemos atrás desse isqueiro que está no seu bolso. Sei que parece improvável, mas existe uma grande possibilidade dele ser a chave para descobrirmos algo importante.

— E precisava fazer esse escarcéu todo? Mentir pra mim desse jeito? Era só pedir, ué. — Nenhum de nós é capaz de responder. Neide apenas balança a cabeça, incrédula, antes de levantar e tirar do bolso de trás de sua calça o objeto que procuro desde que chegamos.

Quando o metal pesado atinge a madeira, um estampido forte e seco nos surpreende, mas ninguém se assusta. Estamos todos hipnotizados. Os olhos verdes da cobra, de alguma forma, parecem encarar todos com uma expressão desafiadora. A lâmpada da cozinha reflete o material prateado e sua língua bifurcada tem um aspecto ainda mais ardiloso do que na primeira vez em que a vi.

— Eu nunca tinha visto este isqueiro aqui até aquela noite — explica Neide.

— Você nunca viu a Isabela ou a Luana com ele, então? — pergunta Mariana e Neide confirma.

Ouvimos o som da porta da entrada sendo aberta e, em poucos segundos, Rafael volta à cozinha carregando o livro que nos trouxe até aqui, depois de pegá-lo no banco do passageiro do carro de Fabrício.

— Parece que chegou a hora — diz Fabrício em um tom dramático ao receber as chaves da mão de Rafael.

O pequeno objeto captura a atenção das seis pessoas no cômodo no momento em que seguro o livro em minhas mãos. A expectativa de todos faz com que ele pareça pesar uns dez quilos a mais. Todos permanecem em silêncio e o efeito do café intensifica a ansiedade palpável que compartilhamos.

Coloco o livro de cabeça para baixo, sobre o tampo de madeira da mesa e sei que, assim como eu, todos percebem imediatamente que a abertura quadrada no canto inferior esquerdo parece acomodar com exatidão o pequeno objeto reluzente ao seu lado.

— Ah, vamos logo com isso!

Me tirando do meu estado de torpor causado pelo suspense da situação, Neide se adianta, agarra o isqueiro e o encaixa no espaço cavo da quarta capa do livro.

A experiência que tenho com filmes de terror e mistério faz com que, involuntariamente, minha mente espere por uma revelação com direito a alertas sonoros, luzes piscando ou até sangue e pedaços de corpos humanos, como na cena clássica dos biscoitos da sorte em *It: uma obra-prima do medo.*

A decepção vem através de um sonoro *clec.*

Um estalo clássico de uma trava se abrindo e nada mais.

Nos entreolhamos e percebo que não sou o único decepcionado.

Obrigo minhas mãos a se aproximarem do centro da mesa e elas obedecem receosas e vagarosas. Aperto os olhos e consigo ver que, depois do *clec,* uma distância quase imperceptível surgiu entre o bloco único formado pelas páginas falsas e a quarta capa do livro.

Utilizo as pontas dos dedos para separar essas duas partes e prendo o ar conforme revelo o que há no interior da metade falsa do livro. Todos nos esgueiramos para observar o objeto que preenche o espaço e nos surpreendemos com nossos próprios rostos refletidos em uma tela preta.

Com cuidado, retiro um tablet de dentro do compartimento secreto do livro e aperto o botão na parte inferior do dispositivo.

Assim que a tela acende, Neide e Fabrício aproximam suas cadeiras da minha enquanto Mariana, Guilherme e Rafael se levantam e dão a volta na mesa, ficando atrás de nós.

Um papel de parede genérico com uma paisagem aleatória ostenta um relógio que marca a hora errada.

Deslizo o dedo e um teclado numérico exige uma senha.

— Legal, a gente fez tudo isso pra, no fim, a porcaria de uma senha barrar a gente! — Guilherme reclama. — Tenta um, dois, três, quatro!

Obedeço e nada acontece.

— E se for que nem naqueles jogos de enigma? — pergunta Rafael, nitidamente empolgado com a situação. — A senha pode ter alguma relação com o livro onde o tablet estava. Sabe qual o ano dessa edição?

Folheio novamente as primeiras páginas.

— Aparentemente... Mil novecentos e noventa e quatro. — Digito assim que encontro a informação na ficha catalográfica. A tela luminosa informa que continuamos errados.

— A gente vai ficar nisso o dia inteiro, deve ter um milhão de combinações possíveis! — Neide gesticula na direção do dispositivo enquanto fala.

— Alguém conhece algum hacker? — Rafael brinca.

— Talvez eu conheça.

A voz de Mariana obriga meu pescoço a se virar em sua direção. Percebo que, diferentemente de todos nós, ela está concentrada em seu próprio celular.

— Eu sabia que conhecia ele de algum lugar! — Mariana se vira para mim. — Lembra quando comentei sobre o outro candidato que estava competindo comigo pela vaga no *Fantástico*?

— Aquele que ficava se gabando por ter estudado ciência de dados e coisas do tipo?

— Era o Lucas!

— O do *Fofocas Fritas*? — Dessa vez, é Guilherme quem pergunta.

— No dia do velório, eu tive certeza de que conhecia ele de algum lugar. A gente já percebeu que ele não é alguém fácil de lidar, mas pelo menos ele sabe tudo sobre o caso e, se a gente conseguir oferecer algo realmente valioso em troca, talvez possa nos ajudar a descobrir a senha.

— Algo valioso?

— Uma troca de favores — explica Mariana para Guilherme. — Se tivermos uma informação relevante o suficiente para garantir uma publicação de grande repercussão no *Fofocas Fritas*, ele vai topar na hora. Vocês são o assunto do momento, a gente pode tentar aproveitar alguma informação que ele ainda não tenha...

— A gente pode oferecer uma nude do Renan, então!

— Não seria má ideia! — Ela finge considerar a sugestão de Guilherme por um instante e eu apenas reviro os olhos. — Pra sua sorte, sei que a gente consegue encontrar alguma informação menos invasiva. O importante é trazer ele pro nosso lado, aproveitar os conhecimentos que ele tem e, quem sabe, ter uma ajuda para fazer a mídia largar do pé de vocês? — ela completa e é interrompida por um alerta sonoro.

Todos nos viramos imediatamente para o tablet, até percebermos que o som vem da direção do bolso de Rafael.

— Ah, foi mal! Meu alarme. — Ele tira o aparelho do bolso e interrompe o som que se assemelha a notas agudas de uma harpa. — Gente, eu e o Guilherme precisamos ir. Está quase na hora do show da Serena... — Rafael hesita quando diz o nome da drag queen. — Se tiver show, né?

— Podem ir. Eu também vou e tento conversar com o Lucas! — Mariana volta até a cadeira onde estava sentada para pegar sua bolsa.

— Eu acompanho vocês até a porta. — Noto certo pesar na voz de Neide e imagino que voltar a ficar sozinha, na casa da filha desaparecida, não seja muito tentador. — Me avisem se descobrirem qualquer coisa, tá? Qualquer coisa, mesmo.

— Pode deixar. — Tento confortá-la com um abraço e um sorriso sincero.

Desta vez, não temo seu olhar atrás de mim quando ela nos acompanha até a saída. Entretanto, assim que piso novamente na sala da casa de Isabela, meu cérebro começa a juntar os pontos das nossas últimas descobertas.

O isqueiro é tão valioso quanto o livro, já que eles são objetos complementares.

Se o livro estava na sala de Carlos, existe uma probabilidade enorme desse livro pertencer a ele, assim como uma probabilidade ainda maior do isqueiro também ser seu.

Na última vez em que estive aqui, o objeto prateado que revelou o compartimento secreto no livro estava misturado aos diversos cacos de vidro que se espalhavam pelo chão. Se nossas suspeitas estiverem certas, Carlos esteve aqui na noite do aniversário de Isabela.

Enquanto passo pelo portão de ferro e piso na calçada, tento afastar os pensamentos que, munidos dessas novas informações, criam combinações infinitas e aterrorizantes do que pode ter acontecido naquela noite e do que Carlos pode ter feito com minhas amigas.

# Capítulo 20

— Eu sou perita criminal e garanto a vocês — diz a mulher de óculos e camisa preta que ajeita sua franja antes de continuar: — É só prestar atenção! A posição em que o corpo foi encontrado, o trajeto que a substância teria que fazer da mão dele até o nariz, simplesmente não é possível. Não restam dúvidas, não foi suicídio! Tinha mais alguém com ele na cena do crime.

— Gente, vocês viram isso? — Agora, um adolescente com camisa de time de futebol fala entredentes. — Vazaram fotos da cozinha do Espresso Fantasma e se a gente aproximar a imagem… — Seu rosto é substituído pela tela de seu computador, filmada com uma mão trêmula. — Dá pra ver uma mancha em formato de caveira na parede! Juro, eu não tô zoando, olhem isto!

— Eu terminei a linha do tempo! — Uma garota com lápis de olho azul mostra a parede do seu quarto, onde diversas folhas estão coladas e rabiscadas. — Pelos relatos de quem estava lá, a morte aconteceu um pouco depois de encontrarem um fio de cabelo em um brownie. Coincidência? Eu acho que não!

— Você gosta de teorias da conspiração? Então, presta atenção! — A senhora com tiara de pelúcia rosa encara a câmera frontal de seu celular com os olhos arregalados. — Renan tem cinco letras. Carlos tem seis letras. Gustavo tem sete. Se a gente somar, dá dezoito. Espresso Fantasma tem dezesseis letras. Juntando tudo, temos trinta e quatro. Somando três mais quatro, sete! Sete, gente! O número dos pecados capitais, quem cometeu esse crime se inspirou nos sete pecados para...

Quando vejo um vídeo de duas adolescentes fazendo uma dancinha animada em frente ao Espresso Fantasma, saio do TikTok e devolvo o celular à escrivaninha, enquanto me certifico de que o computador continua transferindo as fotos das sobremesas que preparei nos últimos dias.

Aproveito o silêncio que preenche o quarto por alguns segundos, mas a quietude não é exatamente um dos pontos fortes de São Paulo. Já faz algum tempo que comecei a perceber que o silêncio nunca é exatamente quieto por aqui. É só questão de prestar um pouco mais de atenção para notar uma buzina denunciando alguma briga entre dois motoristas, a sola de um sapato encontrando o concreto da calçada com um pouco mais de força, batidas de uma música em caixas de som ou um grito cortando a madrugada de repente, não importa o quão deserta a rua pareça estar.

A impressão que tenho é a de que nunca é tarde demais para que algo completamente extraordinário aconteça em qualquer um dos prédios, em qualquer uma das avenidas.

Enquanto a imprevisibilidade percorre a cidade lá fora, meu quarto não oferece nada além do trivial. Talvez, me tornar um personagem de incontáveis teorias da conspiração na internet já preencha a parcela de excepcionalidade reservada para mim. Então, abro o guarda-roupa e procuro por uma bermuda, uma camiseta velha, uma cueca e uma toalha.

Arrisco uma espiada pela janela e minhas suspeitas se confirmam. Lá embaixo, pequenos grupos de curiosos ainda se aglomeram pela calçada próxima ao meu prédio. Espero que não estejam fazendo o mesmo na casa de Gustavo.

O rosto abatido por noites maldormidas me encara de volta no espelho do banheiro com uma expressão cansada e um tanto melancólica. Puxo minha camiseta pela gola e descubro que ela ainda preserva uma mistura do cheiro do carro de Fabrício com o aroma do café que Neide preparou, ao mesmo tempo que percebo que os ossos das minhas costelas nunca estiveram tão aparentes.

Ligo o chuveiro e, quando me dou conta, a voz que vive em meus pensamentos sugere que a parte boa de Gustavo estar tão distante e ausente é que, pelo menos, ele não está me vendo neste estado. Ainda que minhas esperanças tenham sido renovadas depois do nosso último encontro, assim que deixei sua casa naquela manhã, nosso namoro voltou ao estado silencioso e incerto de antes.

É um pensamento estranho, incômodo e que me faz lembrar do início do nosso relacionamento, quando sentia uma vontade incontrolável de gritar para qualquer um que cruzasse nosso caminho na rua que finalmente éramos um casal, de querer passar cada segundo do dia sentindo a minha pele tocar a de Gustavo, de querer conhecer cada detalhe de cada uma das suas manias.

Depois de algum tempo, comecei a notar sentimentos mais complexos se misturando à empolgação inflamada do início da paixão. Começou com um desejo inquietante e até angustiante de querer agradar e impressionar a todo instante, um comportamento que só depois fui identificar como um reflexo da minha insegurança.

Quando me dei conta, eu estava questionando cada frase que dizia, cada roupa que escolhia e me arrependia de piadas e brincadeiras assim que elas saíam da minha boca. Tudo isso motivado pela perspectiva de Gustavo se cansar de mim, descobrir que não sou tão interessante quanto ele imaginava ou perceber que meus pontos positivos não superavam os negativos. Que lidar com meus defeitos não valia a pena.

Levou um tempo até minha mente se tornar um lugar pequeno demais para tantas incertezas e eu não ter outra opção a não ser me abrir para Gustavo.

Como sempre, ele foi atencioso, compreensível e paciente nos meses mais difíceis do namoro, em que precisei lutar contra meus próprios pensamentos para conseguir aproveitar, de fato, o tempo que passávamos juntos e construir um relacionamento sereno, sem desconfianças ou receios.

É estranho sentir toda essa insegurança voltando à minha mente depois de tanto tempo.

Acho que os acontecimentos dos últimos dias abalaram um pouco as certezas que demorei tanto tempo para construir. Por isso, depois de enxaguar o cabelo, me permito um instante para torcer para que esses pensamentos não tomem conta de mim como da última vez. Para que logo possamos voltar a nos encontrar em cinemas, livrarias e cafeterias, andar de mãos dadas pelas ruas movimentadas da cidade e repetir piadas internas que nunca perdem a graça.

*Será que consigo ficar cinco minutos sem pensar em absolutamente nada?*

Uma ideia me atinge e move meus pés molhados. Me afasto do chuveiro e me aproximo da porta do banheiro a passos lentos, até conseguir alcançar o interruptor e desligá-lo. O vapor e a claridade dos azulejos brancos agora se escondem por trás da escuridão que toma conta do cômodo estreito. Preciso me apoiar em uma das paredes para não escorregar, mas assim que os jatos de água me aquecem novamente, sou atingido por uma sensação extremamente reconfortante. Permaneço parado por alguns instantes, deixando que meus pensamentos vaguem pelo ambiente, antes dos meus olhos se acostumarem totalmente à falta de luz.

Meu corpo parece se transportar para um universo paralelo e particular. Logo, minha imaginação começa a criar formas indefinidas pelo ambiente, como se estivesse procurando imagens em nuvens. Elas se misturam ao vapor do chuveiro e vagam pelo espaço até formarem determinadas figuras cujos detalhes continuam frescos em minha mente.

Aos poucos, começo a distinguir um livro.

Suas páginas são folheadas por mãos invisíveis, que percorrem vagarosamente as linhas, explorando suas palavras até elas se embaralharem pelo ar e o livro se dissolver através do vapor.

Não demora muito para uma nova imagem surgir. Os movimentos instáveis da névoa produzida pela temperatura da água logo começam a formar chamas crepitantes de uma fogueira, como a que Gustavo fez em seu quintal.

Quando a fogueira é substituída por um isqueiro, uma cobra salta de seu interior e viaja através da fumaça clara, movendo seu corpo em linhas onduladas bem à minha frente. Ela não tem olhos verdes, mas nem por isso deixo de ter a sensação de que ela me observa.

Aos poucos, os objetos dão lugar a rostos.

Sorrisos e olhares familiares se misturam em uma progressão que vai desde minha última lembrança de Gustavo sorrindo para mim, até o olhar intimidador de Fabrício no dia do velório, um dia antes de nos conhecermos melhor. A escuridão absoluta faz com que me sinta constrangido e sufocado, como se os olhos que sei que são frutos da minha imaginação pudessem realmente me ver.

Não sei mais dizer quanto tempo estou aqui, embora meus dedos bastante enrugados possam dar uma pista. As expressões indiferentes de Mariana, Murilo, Isabela e Luana flutuam à minha frente e demoram um pouco para dar lugar a um sorriso cínico emoldurado por uma mandíbula quadrada. Encolho meu corpo involuntariamente conforme o rosto de Carlos termina de se formar.

Seus olhos encaram os meus e, aos poucos, ele começa a se aproximar de mim. Seu rosto se torna cada vez maior e, em poucos segundos, a boca assume um tamanho capaz de engolir meu corpo inteiro sem qualquer esforço.

O som que me faz sair do estado de torpor e afasta as imagens que projetei é o toque do meu celular. A tela, agora acesa, dissemina uma luz fraca pelo espaço.

Em movimentos rápidos, desligo a água e deslizo pelo banheiro, quase escorregando antes de conseguir alcançar o celular. Só então reparo que o som que ouvi não é o toque que escolhi para ligações, mas um aviso sonoro que não me lembro de ter ouvido antes.

Depois que aperto o interruptor novamente, as paredes, agora claras e inofensivas parecem rir da minha cara, então me visto o mais rápido que posso e volto para o quarto. Me seco com a toalha, depois observo a tela do celular que mostra que recebi um SMS de um número desconhecido.

*Quem ainda usa isso em 2023?*, é meu primeiro pensamento.

*Que merda é essa?*, é o pensamento seguinte, que surge assim que leio o conteúdo da mensagem curta, concisa, mas suficiente para que um calafrio percorra meu corpo.

Você confia demais nas pessoas

Encaro a tela com a testa franzida até meus dedos praticamente se moverem sozinhos e digitarem: "Quem é?"

Envio minha resposta e, em questão de segundos, a mensagem que recebo em retorno, dividida em duas partes, consegue ser ainda mais intimidadora.

"Mariana" pula na tela do meu celular e, logo depois: "Você precisa se afastar dela o mais rápido possível".

Considero ligar para o número que enviou essas mensagens, mas, como se estivesse monitorando minha troca de mensagens com o interlocutor desconhecido, a foto de Mariana preenche a tela.

Ela está ligando para mim.

A coincidência me assusta e quase derrubo o aparelho, mas consigo me recompor e atender antes da ligação cair.

— Renan? — Sua voz ofegante parece denunciar certa ansiedade. — Você precisa vir para cá, agora!

— O que aconteceu?

— É melhor contar pessoalmente. — Suas palavras são rápidas, mas sua dicção continua impecável.

Eu hesito.

Não tenho dúvidas de que tudo que Mariana fez por mim e Gustavo desde a morte de Carlos foi com a melhor das intenções. Também sei que todo seu esforço vale mais do que qualquer mensagem de um desconhecido, mas a sequência inusitada dos acontecimentos, ainda assim, me deixa apreensivo.

— Mari, são quase dez da noite. Vocês descobriram alguma coisa? — arrisco.

— Ainda não sei exatamente, mas com certeza estamos no caminho certo. Também quero que você acompanhe de perto pra gente poder filmar para a minha reportagem. Estou te mandando o endereço. Vem logo!

Assim que coloco os pés no vagão do metrô, ajeito as hastes dos óculos para dentro do boné e mantenho minhas costas apoiadas no fundo do vagão, tentando chamar o mínimo de atenção possível e torcendo para que ninguém estranhe o fato de estar usando óculos escuros à noite.

O endereço de Mariana fica próximo à estação Alto do Ipiranga.

Por sorte, os poucos curiosos que restaram em frente ao meu prédio se dispersaram por conta da chuva que tomava conta da rua quando saí, então meu disfarce estapafúrdio recebeu um guarda-chuva como acessório adicional e foi o suficiente para que eu caminhasse alguns metros sem causar nenhuma comoção.

Minha tentativa de ligar para o número que enviou as mensagens foi inútil. Segundo a voz eletrônica que me atendeu, aquele número de telefone não existe.

Pelas lentes dos óculos escuros observo as pessoas que compartilham o mesmo vagão comigo, espalhadas pelos bancos azuis. Há uma senhora no assento preferencial carregando uma sacola que consegue ser quase maior do que ela e um homem de cabeça raspada e moletom cinza com uma expressão cansada. Além deles, vejo dois adolescentes que parecem voltar de um encontro, já que riem com entusiasmo de absolutamente qualquer coisa que o outro tenha dito, e uma mulher com vestido cintilante que amarra seu cabelo ruivo em um coque.

Ver pessoas sem qualquer conexão e em momentos da vida completamente diferentes compartilharem o mesmo local por vários minutos é quase tão curioso quanto receitas com ingredientes inusitados.

Quase tão inesperado quanto ver pessoas que não se conhecem envolvidas em um mesmo crime.

Ainda faltam algumas estações para que eu precise trocar de linha, então decido tentar conversar com Gustavo mais uma vez. Ele continua ignorando minhas mensagens, como tem feito desde que deixei sua casa naquela noite. Então, abro meu grupo com Guilherme e Rafael.

Não consigo segurar uma risada tímida quando vejo que alguém colocou as Três Espiões Demais como imagem do grupo.

**Renan:** Gente?

**Rafael:** Oie!

**Guilherme:** Oi, Rê! A gente tá aqui na Casa Fluida, o show já vai começar. Tá tudo bem?

**Renan:** Defina bem kk

**Guilherme:** Aquilo que enseja as condições ideais ao equilíbrio, à manutenção, ao aprimoramento e ao progresso de uma pessoa ou de uma coletividade.

**Renan:** Uau, isso foi bem específico.

**Guilherme:** Eu sou praticamente um dicionário ambulante.

**Rafael:** Mentira! Eu vi ele pesquisando no Google!!!

Rafael envia uma foto de Guilherme digitando em seu celular com a legenda "Culpado". Pela posição da foto, percebo que eles estão sentados um de frente para o outro. Uma luz roxa ilumina o ambiente e algumas obras de arte adornam a parede branca atrás de Guilherme.

**Renan:** Agora é sério. Aconteceu um negócio, queria a opinião de vocês.

Envio uma captura da tela com as mensagens que recebi sobre Mariana.

**Renan:** Eu recebi essas mensagens sobre a Mari de um número que não conheço.

**Renan:** Na mesma hora, ela me ligou e pediu para ir pra casa dela.

**Guilherme:** Eita, que estranho, coincidência demais. Já tentou ligar para esse número?

**Renan:** Óbvio, né? Disseram que o número não existe.

**Rafael:** Deve ser trote. Alguém deve ter vazado seu número.

**Renan:** Que droga, não aguento mais isso. É assustador demais.

**Guilherme:** Acho que é bom você trocar de número.

**Renan:** Mas vocês acham que pode ser perigoso?

**Guilherme:** O quê?

**Renan:** Ir pra casa da Mari logo depois de receber essa mensagem.

**Guilherme:** Eu acho que não, Rê. A gente não conseguiu conversar muito com ela, mas ela parece ser legal e alguém confiável.

**Rafael:** Quanto você sabe sobre ela?

Encaro o vagão à minha frente por um momento, tentando reunir rapidamente o que descobri sobre Mariana desde que nos conhecemos. A maior parte das informações vem da chamada de vídeo que fizemos, no dia do velório de Carlos.

**Renan:** Não muito... Sei que ela tem uma namorada, se formou há pouco tempo, curte jornalismo investigativo e queria que o trabalho dela tivesse mais visibilidade, por isso que está fazendo a matéria sobre o nosso caso.

**Guilherme:** Acho a vibe dela ótima. Não consigo imaginá-la fazendo qualquer coisa pra te prejudicar.

**Renan:** Eu também não conseguia imaginar que o homem de sobretudo vendesse minhocas...

**Guilherme:** O show vai começar!

**Rafael:** Depois conta pra gente como foi com a Mari.

**Renan:** Beleza! E vocês me contam como foi aí!

Eles não me respondem e percebo que não estão mais atentos aos celulares. A menção a Fabrício me lembra de que, talvez, ele possa me ajudar de alguma forma.

Por sorte, salvei seu número nos contatos antes de jogar fora o folheto que ele me deu. Encontro o número em poucos segundos e repito o mesmo que disse para Rafael e Guilherme, antes de enviar a mesma imagem da mensagem que recebi.

Ele me responde com um áudio.

— Vou investigar esse número, mas nunca se esqueça. — Ele tosse algumas vezes e parece estar na rua, pelos vários ruídos ao fundo. — Mantenha os amigos por perto e os inimigos mais perto ainda! Já assistiu *Bandidos na TV*?

Respondo que não e logo recebo outra mensagem:

**Fabrício:** Se eu fosse você, assistiria.
**Fabrício:** Tem na Netflix.

Depois de me certificar do trajeto que devo seguir pelas estações no mapa colado à lateral do vagão, troco para a linha amarela do metrô, depois para a linha verde, onde a confusão de sentimentos dentro de mim atinge seu ápice.

No vagão ainda mais vazio do que os anteriores, me acomodo em um dos assentos mais afastados, enquanto me esforço para controlar a vontade inquietante de colocar meus fones de ouvido e deixar minha consciência repousar por alguns minutos na familiaridade das notas de minhas músicas favoritas.

Mas não posso, é arriscado demais. Preciso me manter minimamente concentrado em todos aqueles que entram e saem do vagão.

Minha mente repete a conversa com Rafael e Guilherme, provavelmente em uma tentativa inútil de me acalmar, depois a voz de Fabrício ocupa meus pensamentos. O nome do documentário que ele comentou chama minha atenção e me lembro de ter lido alguma coisa sobre ele na época do lançamento.

O sinal de internet que consegue chegar ao nível subterrâneo do metrô e alcançar o interior do vagão é tão fraco que não é capaz de carregar uma simples página de pesquisa no Google. Tamborilo os dedos na minha perna e controlo minha curiosidade até chegarmos à estação Alto do Ipiranga, o que leva poucos minutos.

Eu e uma mulher carregando um livro de capa azul somos os únicos que descemos na estação, então deixo que ela se afaste alguns metros antes de subir as escadas e passar pela catraca. No pé da escada que leva à saída, me atenho alguns segundos apoiando as costas no corrimão metálico.

Meu celular encontra um nível mais satisfatório de conexão com a internet e, em alguns segundos, o Google me apresenta uma série de resultados para a busca *"Bandidos na TV"*.

Na sinopse do primeiro site que visito, descubro que se trata de uma série documental sobre um apresentador de um programa de televisão de Manaus que ficou muito famoso ao final dos anos 90 noticiando crimes e casos policiais, mas principalmente pela abordagem sensacionalista e por exibir imagens fortes e explícitas desses crimes. A popularidade foi tanta que, além de manter o programa no ar por diversos anos, o apresentador conseguiu inclusive se eleger para cargos políticos.

Apesar da abordagem do programa, penso que talvez Fabrício estivesse se referindo ao desejo de Mariana de trabalhar com jornalismo investigativo e ter mais visibilidade com esse trabalho, mas decido continuar a leitura pelos parágrafos seguintes do site de entretenimento.

Descubro que os dois irmãos desse apresentador trabalhavam com ele na produção do programa. Com o passar dos anos, o desejo constante de que a audiência continuasse crescendo e a busca por mais fama e dinheiro fizeram com que eles tomassem medidas mais drásticas. Os crimes que ocorriam nas cidades próximas não eram mais suficientes para preencher a carga horária da atração e continuar chamando a atenção do público todos os dias.

Então, para resolver a situação, os irmãos passaram a liderar uma quadrilha que cometia crimes por todo estado para que tivessem, diariamente, um bom material para o programa.

Sinto minha mandíbula ceder e manter minha boca entreaberta por mais tempo do que gostaria. O celular acompanha o movimento tremulante de minhas mãos e encaro o chão escuro da estação de metrô.

Mariana me liga novamente.

# Capítulo 21

— E AÍ? JÁ CHEGOU?

A voz de Mariana transmite a mesma confiança de sempre, enquanto oscilo entre a decisão de voltar ao interior da estação e subir os degraus da escada à minha frente.

— Eu... Hm... Estou chegando. — Meu rosto faz movimentos rápidos, tentando acompanhar os olhos que buscam por qualquer tipo de ajuda em alguma das pessoas próximas, mas elas apenas continuam caminhando apressadas.

— Beleza! Me avise quando chegar, estou com o carro parado aqui em frente à entrada.

Meus lábios, secos, não conseguem formular nenhuma resposta.

Depois de alguns segundos, o celular avisa que a ligação foi encerrada e que não tenho mais escolha.

Devem ter pelo menos uns vinte degraus ligando a estação ao asfalto molhado da rua. Conforme meus tênis pisam por cada um dos degraus, tento me lembrar das vezes em que vi Mariana na noite do crime.

A felicidade dela pela matéria e pelos aplausos dos clientes.

A forma como ela reapareceu no Espresso Fantasma com um cinegrafista pouco tempo depois de eu encontrar o corpo de Carlos, pronta para ser a primeira a noticiar o ocorrido.

Quase como...

Quase como se ela esperasse por isso.

Meus pés se fincam no chão e seguro o corrimão gelado assim que um nó começa a se formar na minha garganta. Quando olho para a frente, percebo que faltam poucos degraus e que boa parte do meu corpo já pode ser visto da rua. Do meu lado direito, consigo enxergar a lataria vermelha e a janela do passageiro entreaberta. A luz do poste mais próximo permite que tenha um vislumbre de Mariana ajeitando o cabelo com a ajuda do espelho retrovisor.

Subo os últimos degraus, ela sorri e acena assim que me vê. Eu tento retribuir o cumprimento, mas estou ocupado demais silenciando os pensamentos que, agora, parecem gritar em minha mente.

Assim que coloco os pés na calçada, recuso os brigadeiros que duas estudantes universitárias tentam me vender e abro a porta do carro com um pouco mais de força do que esperava.

— Oi, Rê! Como você está?

Mariana me recebe com o mesmo abraço sincero e confortável de sempre.

— Desculpa, essa pergunta foi idiota. Eu nem imagino como você deve estar. Achei que as coisas fossem se acalmar depois de encerrarem o caso, mas, pelo visto, estava errada. — Ela gira a chave na ignição e logo vejo a estação Alto do Ipiranga se afastar. — Obrigada por ter vindo.

— Fiquei curioso para saber o que vocês descobriram — digo, mantendo minhas mãos, rígidas, em cima dos joelhos.

— Foi mal fazer você vir até aqui uma hora dessas, mas precisava te mostrar pessoalmente. Até por uma questão de segurança.

— Sem problemas. E aí, conseguiu o que queria com o Lucas? — digo, me lembrando da última conversa que tivemos.

— Consegui! Ele aceitou minha proposta e topou me ajudar com o tablet. Está lá em casa esperando pela gente.

— Você o deixou sozinho na sua casa? Sério?

— Acho que a gente acabou se entendendo em meio a tudo isso.

— E que proposta foi essa?

— Você vai saber em breve, mas nada com que precise se preocupar.

Assinto e logo um silêncio se instala.

A chuva ainda cai, fina, criando pequenas gotas no para-brisa, enquanto o enfeite preso ao espelho retrovisor balança de um lado para o outro. Reconheço uma silhueta de animal, mas levo algum tempo para identificar que é uma foca. O movimento que ela faz cria uma curva que aproxima sua cabeça da cauda, em um formato que me lembro de ter visto em um anúncio de algum parque aquático.

— Foca é como são chamados os jornalistas em início de carreira — explica Mariana, assim que para em um farol vermelho, notando a direção do meu olhar.

— É lindo. — Estico o braço para sentir a textura do papel rígido utilizado para produzir o enfeite.

Quando volto minha mão para a posição em que estava antes, esbarro em um objeto preso à saída do ar-condicionado. Minha curiosidade move meus dedos até que eles toquem a superfície lisa do pequeno cubo preto de bordas arredondadas. Alguns segundos se passam até uma luz vermelha piscar em uma de suas extremidades.

— É uma câmera. — Mariana pisa no acelerador, e minhas costas, arqueadas para a frente, se recostam involuntariamente no banco. — Comprei vários desses equipamentos pequenos e fáceis de esconder há algum tempo. Eles finalmente foram úteis. Estou gravando todas as viagens de carro desde que comecei a colher material para a matéria. Espero que não se importe.

Minha resposta sai como um resmungo e ela vira o rosto em minha direção, com um olhar preocupado.

— Aconteceu mais alguma coisa que não estou sabendo?

— Como assim? — Não consigo olhar em seus olhos e sei que minha voz saiu mais trêmula do que esperava.

— Não sei, você... — Ela se vira para frente. — Tá meio estranho.

— Foi o que você disse. Acho que tenho motivos suficientes para estar estranho. — Respiro aliviado por ter pensado em uma resposta rápida. Por um milésimo de segundo, quase contei toda a verdade sobre a mensagem que recebi, na esperança de que ela pudesse aparecer com qualquer explicação que colocasse um fim à minha paranoia.

— Claro, você tá certo. Foi mal.

Estar desconfortável na companhia de alguém em quem, até poucas horas atrás, confiava completamente, é um sentimento confuso e angustiante, capaz de fazer os minutos se arrastarem enquanto o carro percorre as ruas molhadas. Parece que meu coração não vai desacelerar nunca e que suas batidas continuarão aumentando até o limite quando ela gira o volante e aguarda alguns segundos até o porteiro abrir o portão do prédio bege e marrom.

Ainda em silêncio, copio os movimentos de Mariana e desafivelo o cinto assim que ela estaciona em uma das vagas. Ela se inclina para abrir a porta do carro, mas hesita, desiste de última hora e volta para a posição em que estava antes.

— Olha, Renan. — Mariana respira fundo e encara a parede da garagem mal iluminada à nossa frente. — Queria poder te dizer que as coisas vão ficar mais fáceis depois de hoje.

Eu balanço a cabeça, apesar de estar confuso com sua frase.

— Mas não vão. — Mariana abaixa a cabeça e eu seco o suor em minha testa com as costas da mão. — Eu realmente sinto muito, mas achei melhor te alertar antes... antes de você ouvir o que a gente tem para te contar.

A porta do elevador desliza e, de repente, estamos sozinhos no espaço limitado. Me esforço para manter minha respiração em um ritmo equilibrado. Ela aperta o botão do número dezesseis, ainda sem olhar em minha direção, então finjo que estou muito interessado no aviso aos moradores do condomínio, uma folha impressa presa à parede prateada do elevador com fita adesiva.

Logo estou dentro do apartamento de Mariana. Eu o reconheço pelas imagens na chamada de vídeo que fizemos.

Todos os móveis e objetos parecem estar em seus devidos lugares, organizados meticulosamente para que os poucos metros quadrados do cômodo que integra sala e cozinha pareçam bem espaçosos.

Não há lâmpadas no teto. A luz difusa e amarelada vem de uma luminária de chão e de um abajur de aparência moderna que iluminam a bandeira que cobre uma das paredes. As listras no tecido misturam tons de vermelho e roxo e uma listra branca ao centro identifica aquela como uma das bandeiras lésbicas. Mais livros e DVDs se espalham por uma estante marrom, próxima ao sofá claro. O garoto sentado no tapete lilás felpudo desvia o rosto de seu computador assim que entramos.

— Vocês demoraram. — Lucas me recebe sem nenhuma cerimônia.

Diferente da expressão confiante que vi em seu rosto em todos os nossos encontros, ele agora parece cansado e preocupado.

— Pode ficar à vontade, vou pegar água para você. — Mariana se afasta, ignorando o comentário de Lucas.

— Quem diria, hein? — diz ele, novamente concentrado na tela do computador. Com a visão periférica, consigo espiar o perfil do *Fofocas Fritas* aberto.

— O quê?

— Que a gente ia acabar se ajudando.

— Eu não te ajudei em nada...

— Ajudou por tabela. — Em movimentos rápidos, ele termina de digitar sua postagem, faz o upload de uma foto com duas pessoas que não consigo distinguir e aperta o botão "Postar".

Continuo observando a sala, até que a parede oposta à que estou chama minha atenção.

Como o maior dos clichês de filmes de investigação e mistério, um quadro de cortiça recebe alfinetes vermelhos para prender fotos, mapas e páginas rabiscadas e rasgadas de seu caderno.

Me aproximo e começo a distinguir os rostos nas fotos, até perceber que estou encarando uma foto minha.

É minha imagem de perfil do Instagram e, agora, meu sorriso mínimo parece quase irônico. Ao meu lado, Gustavo exibe todos os seus dentes em sua habitual postura confiante. Nossas fotos estão na parte de cima de um círculo e pedaços de barbante marrom nos ligam à figura central — Carlos.

Minha foto, assim como as de Gustavo e Carlos, está em uma proporção muito maior do que as outras presas ao quadro. Aperto os olhos para tentar identificar os rostos sorridentes impressos em baixa resolução e percebo que são os clientes que estavam no Espresso Fantasma na noite da morte de Carlos, inclusive Fabrício com seu sobretudo.

Todos os possíveis suspeitos.

Só sinto falta de uma pessoa.

— Prontinho. — Mariana reaparece do outro lado da sala e me estende uma caneca preta com o logotipo de alguma empresa de botijão de gás estampado. — Não tinha nenhum copo limpo e fiquei com preguiça de lavar, então vai ser água na caneca mesmo.

Eu agradeço e ela se aproxima.

— Ficou legal, né? — Mariana coloca as mãos na cintura e observa o mesmo quadro que eu. — Deu um trabalhão, mas está me ajudando bastante. Eu sou muito visual, só consigo processar as informações de fato se tiver essas referências.

— Ficou ótimo — confesso e ela volta para perto de Lucas.

Da minha foto no mural, meu olhar segue até a caneca que seguro. Sua coloração escura me impede de ter certeza de que água é a única coisa presente ali.

Tomado pela insegurança dos últimos acontecimentos e com minha paranoia atingindo seu ápice, inclino a caneca com a boca colada em sua borda e apenas finjo tomar um longo gole.

— Acho que a gente pode ir direto ao ponto. — A voz de Lucas chama minha atenção de volta.

— Também acho. — Mariana senta no sofá e entendo que é um sinal para que me sente também. — Bom, eu tentei de tudo por conta própria, mas foi impossível sair daquela tela de bloqueio, então pensei em chamar o Lucas.

— E eu resolvi em cinco minutos! — Ainda sentado no chão, Lucas gira a coluna para nos encarar e volta a exibir seu sorriso convencido.

— Você levou umas três horas, no mínimo — aponta Mariana.

— Ok, foi mais difícil do que esperava. Quem usava esse tablet colocou uma criptografia de segurança que foi bem difícil de vencer. — Lucas joga para trás um dread que cobre seu rosto. — O *Fofocas Fritas* foi hackeado há alguns meses. Eu prometi que não ia parar enquanto não desfizesse o estrago que causaram e descobrisse como tinham conseguido entrar. Acabou que fiquei bem obcecado em descobrir como funciona cada detalhe do sistema de segurança e agora sou praticamente um especialista nisso. — Ele sorri, orgulhoso de si mesmo.

— Tá, e o que vocês descobriram?

Mariana e Lucas se entreolham com cumplicidade e automaticamente todos os músculos do meu corpo se tensionam.

— Eu vou buscar. — Lucas se levanta e segue até outro cômodo, me deixando sozinho com Mariana.

Meus olhos se fixam na bandeira à minha frente e minha perna começa movimentos involuntários, para cima e para baixo.

— Calma, Rê. A gente tá fazendo isso pra entender melhor o que aconteceu e poder se defender de quem quer que esteja fazendo essas coisas.

O celular em meu bolso e, principalmente, a mensagem nele, parecem pesar uma tonelada. Quando olho para Mariana, percebo que o mesmo gravador de áudio que ela usou em nossa viagem para Campos do Jordão e em nosso primeiro encontro com Fabrício está apoiado em sua perna.

Se a mensagem estiver certa e Mariana realmente estiver tramando alguma coisa para me prejudicar, por que ela faria questão de deixar tudo registrado?

Ela seria capaz de manipular essas informações e distorcer os acontecimentos para que eu seja culpado de alguma forma?

— Tá aqui! — Lucas retorna do quarto com o tablet nas mãos. — Tive que trocar algumas peças, mas agora ele está perfeito!

Ele entrega o tablet para Mariana, que desliza o dedo pela tela, dessa vez sem ter seu acesso interrompido por um teclado numérico.

— Não tem quase nenhum aplicativo instalado além dos nativos do sistema.

— Exceto por um! — Lucas completa a fala de Mariana, que desliza o dedo novamente, antes de virar a tela em minha direção.

Sobre a paisagem genérica escolhida como imagem de fundo, um ícone se destaca dos demais pelo seu formato e cor. Um círculo em um tom rosa pastel que em nada combina com as cores exageradas e chamativas dos aplicativos do sistema.

O interior do círculo é preenchido por uma ilustração minimalista na qual linhas brancas formam os contornos de um calendário.

Mariana toca no ícone e logo a tela inteira é preenchida pelo mesmo tom suave de rosa, com uma lista de opções.

- Planejar
- Publicar
- Relatórios

Meu olhar vaga pelo restante da tela, mas não encontro nenhuma outra informação importante.

— E esse aplicativo serve para...

— Programar postagens no Instagram — responde Lucas, antes de se inclinar e tocar na primeira opção da lista.

— Esse foi o planejamento de fotos que alguém fez usando esse tablet. — Mariana me estende o dispositivo para que eu possa ver mais de perto.

Um calendário preenche a tela à minha frente. Cada dia do mês possui seu próprio retângulo e alguns desses retângulos estão preenchidos por etiquetas verdes.

Toco em uma dessas etiquetas e, desta vez, é uma foto que ocupa a tela luminosa à minha frente. Uma foto que conheço, tirada em um lugar que já visitei.

Meus olhos se enchem de lágrimas assim que vejo a foto da taça de vinho no restaurante onde Lucas trabalha, compartilhada no perfil de Isabela há alguns dias.

— Então vocês tão me dizendo que...

— As últimas fotos que Isabela postou estavam programadas há algum tempo — afirma Lucas. — E eu fiz uma busca rápida e descobri que...

Ele pega o computador e digita o endereço de um site.

— Todas as fotos vieram de um banco de imagens.

Quando me aproximo da tela do notebook de Lucas, encontro todas as fotos que Isabela e Luana compartilharam nos últimos dias enfileiradas, ao lado de diversas outras imagens de pontos turísticos brasileiros.

— Esse aplicativo faz conexão com o perfil dela no Instagram. — Mariana abaixa a cabeça. — O tablet estava escondido na sala de Carlos e...

— E o isqueiro estava na casa de Isabela, na noite em que elas sumiram!

— O que nos dá a certeza de que os acontecimentos estão conectados. A pessoa que programou as fotos e sabe onde Luana e Isabela estão, tem ligação direta com a morte de Carlos porque, provavelmente, foi ela quem escondeu o tablet no escritório dele — explica Mariana.

— Droga, eu fui um idiota! — Em um impulso, levanto e me afasto de Lucas e Mariana, enquanto cubro o rosto com as duas mãos. Levo algum tempo para segurar o choro e conseguir voltar a falar. Minhas palavras saem em um grito. — O que fizeram com elas? A Isa e a Luana estão em perigo esse tempo todo e a gente não fez nada! Nada! Por que vocês esperaram todo esse tempo pra me contar? Já era pra gente estar indo atrás delas...

— Porque era justamente esse tipo de atitude que queria evitar. — Mariana também altera o tom de voz, se levanta e se aproxima de mim. — Renan, você sabe melhor do que ninguém que a gente tá lidando com pessoas que têm muito poder. Aqueles homens que foram atrás da gente no Espresso Fantasma, eles não estão de brincadeira e nem vão pensar duas vezes antes de fazer alguma coisa contra você. A nossa vida também tá em jogo e não dá pra tomar nenhuma decisão precipitada.

Começo a andar de um lado para o outro, sem saber o porquê, sem saber o que fazer ou dizer. O celular em meu bolso parece pesar cada vez mais.

— Você já sabia, não sabia? — As palavras saem, antes que consiga me conter.

— Como assim?

— Você sempre soube que elas não estavam em retiro nenhum. Você podia ter salvo elas há muito tempo — esbravejo.

— O quê? Tá doido? Como eu ia saber disso, a gente acabou de encontrar o tablet. E elas estão vivas, até que alguém prove o contrário — acrescenta Mariana, me encarando com a testa franzida. — Renan, o que você não tá querendo me contar?

Minha cabeça é uma profusão de teorias, hipóteses e incertezas. Mariana cruza os braços e me observa.

— Antes de vir para cá... — Minha confissão se inicia em um murmúrio. Me esforço para tentar continuar, mas é impossível organizar meus pensamentos em palavras.

Em vez disso, apenas desbloqueio o celular, acesso a mensagem que recebi há algumas horas e estendo o aparelho para ela.

Sua expressão se altera, da confusão para a incredulidade, e Lucas se levanta para ler o conteúdo por sobre o ombro de Mariana.

Sem hesitar, ela toca na tela algumas vezes e aproxima o celular da orelha.

— O número não existe. Eu tentei ligar — explico.

— E você acreditou nisso? — Ela me devolve o celular com o rosto tomado de fúria.

— Eu não sei mais no que acreditar! Eu chego aqui e descubro que você também me considera um suspeito — grito, apontando para o quadro de cortiça.

— Eu coloquei todo mundo que estava no café naquela noite, não viaja! E quis repetir a linha de raciocínio de todo mundo que está te acusando.

— Então por que *você* não tá no quadro?

Se Mariana tivesse superpoderes, neste momento seus olhos furiosos estariam emitindo um raio vermelho na minha direção e meu corpo estaria em chamas.

— Porque tenho certeza de que não fui eu, não é óbvio? Você acreditou em uma mensagem de um desconhecido tentando te colocar contra mim? É sério?

— Eu não sei mais no que acreditar, Mari. Até um minuto atrás achava que minhas amigas estavam em um retiro de sei lá o quê.

— E tudo que tô fazendo por você? Pelo Gustavo? Eu estou deixando as minhas coisas de lado pra...

— Deixando suas coisas de lado? Você não tá só ajudando a gente, você tá fazendo tudo isso pra conseguir a sua matéria e se aproveitar da...

— Desliga isso! — Mariana não está mais falando comigo; ela se joga em cima de Lucas, assim que percebe a câmera de seu celular apontada em nossa direção.

— Calma aí, já desliguei! — Lucas se afasta, esfregando o arranhão em seu braço e Mariana desiste de alcançar seu celular.

— Apaga esse vídeo, agora! — Ela se vira para mim. — Me aproveitar? Foi isso mesmo que você disse?

A forma como seus olhos misturam tristeza e raiva me faz ceder e repensar.

— Não foi o que quis dizer. — Tento fazer minhas palavras serem entendidas apesar do choro.

— Olha, eu... — Ela joga o cabelo para trás e respira fundo. — Eu vou fingir que você não disse isso, porque precisamos ser rápidos e o que importa agora é encontrar Isabela e Luana. Primeiro, a gente tem que registrar o desaparecimento na polícia.

— O que não quer dizer que a gente não possa fazer a nossa própria busca — Lucas se intromete. — Sabe alguma coisa sobre Carlos que possa ajudar? Qualquer coisa.

Tento me esforçar, mas, principalmente quando relembro as últimas conversas que tive com Carlos, percebo que foram bem evasivas.

— Eu só sei que ele tem várias empresas e muita grana.

— Já é um começo, se todas estiverem registradas no nome dele, vai ser fácil encontrar. Pesquise tudo o que conseguir sobre cada uma delas! — Mariana aponta para o computador de Lucas e ele começa a digitar. — A gente vai pra delegacia, depois vamos encontrar o Guilherme e o Rafael. Eles já falaram alguma coisa sobre o show?

— Nada... — respondo, depois de checar meu celular.

— Tudo bem. Eu vou trocar de roupa e avisar sobre as fotos pro Fabrício.

Ela se tranca no mesmo cômodo onde Lucas buscou o tablet.

Afogo meu rosto em uma das almofadas apoiadas no sofá. Minha vontade é me fundir com o móvel ou usar uma borracha mágica para apagar os acontecimentos dos últimos dois minutos.

— Caraca, como ele dava conta de administrar tudo isso? — Vejo os olhos de Lucas escaneando uma lista na tela do notebook à sua frente com os nomes das empresas de Carlos.

— Não dava. Em cada empresa tinha um "Renan" e um "Gustavo" pra cuidar de tudo. — Me sento novamente no sofá. — Mas o Fabrício comentou alguma coisa sobre Carlos estar envolvido em sonegação de impostos. Talvez ele nem tivesse interesse nas empresas de fato, só precisava de lugares onde pudesse lavar dinheiro.

— Alimentação, transporte, eventos, livraria, roupas, móveis... — Ele continua rolando pela página. — Ele tem uma empresa de luminárias em formato de coruja?

Dou de ombros.

Lucas parece imerso na atividade e obstinado em encontrar tudo o que puder sobre cada uma das empresas. Começo a pensar no que eles negociaram para, de uma hora para outra, ele se mostrar tão obediente.

— Droga, isso vai levar a noite toda! — Ele agarra a xícara de café com a mão inteira e joga a cabeça para trás. A caneca parece ter mais café do que ele imaginava, já que o líquido escorre pelos cantos de sua boca e mancha sua camiseta branca. — Que merda, minha camiseta nova!

— Se você limpar antes de secar, talvez não manche — comento, me lembrando de todas as vezes em que um cliente derramou café na própria roupa no Espresso Fantasma. Lucas corre na direção do que eu imagino ser o banheiro e fecha a porta com um estrondo.

Me mantenho paralisado por alguns segundos, até que, pouco a pouco, a curiosidade vai tomando conta de mim.

Viro o rosto para a porta que Lucas acabou de fechar e ouço o som de um grande volume de água escorrendo na pia. Então, me viro para o computador que ele deixou aberto sobre o tapete.

Se realmente vou fazer isso, é melhor fazer logo.

Me inclino para a frente, ainda sentado no sofá, caso precise disfarçar rapidamente.

A tela me mostra que Lucas criou uma planilha para organizar as empresas de Carlos e em cada espaço ele está anotando uma informação diferente.

Deslizo o ponteiro do mouse até o ícone do navegador e alterno entre as dezenas de guias abertas. A última delas é a página do *Fofocas Fritas* no Twitter.

A postagem mais recente que reúne milhares de curtidas e compartilhamentos mostra uma foto de Mariana em um pôr do sol na praia. Seus braços envolvem o quadril de outra mulher e elas se beijam. Acima da foto, o texto:

CHOCANTE: Mariana Andrade, repórter do *Fantástico* conhecida pelo caso Espresso Fantasma revela namoro com uma mulher!

# Capítulo 22

— POR QUE ISSO É RELEVANTE? — MINHA VONTADE É DE GRITAR, apesar do tom baixo que preciso manter por estarmos em uma delegacia.

Mariana se arrumou antes de Lucas terminar de limpar sua camiseta, então não nos vimos mais depois que mexi em seu computador. Ainda assim, fiz questão de deixar a página do navegador aberta para que ele soubesse que eu tinha visto.

Durante a viagem até aqui, minhas respostas para suas perguntas foram mínimas e educadas, mas, assim que saímos da sala do delegado, puxei o assunto com Mariana.

— Sei lá, as pessoas na internet têm uma curiosidade enorme e esquisitíssima sobre a vida pessoal dos outros.

— Não tô falando disso. Por que a notícia do seu namoro valeu como moeda de troca pra ele ajudar a gente?

— Porque a gente ainda vive em um país conservador e homofóbico pra caramba, Renan — responde ela, pronunciando cada consoante com perfeição, o que traz uma agressividade sutil ao seu tom de voz baixo. — Você sabe disso tanto quanto eu. Não tinha dúvidas de que contar que uma jornalista de um programa conhecido em rede nacional é lésbica ia trazer a repercussão e a visibilidade que o Lucas quer. Conversei com a Vanessa e ela topou porque sabia que seria importante pra encontrar a Isabela e a Luana.

Não sei o que responder.

Estamos na primeira de quatro fileiras de cadeiras de plástico preto que estão colocadas em frente aos guichês de atendimento, todos vazios. Nossa única companhia é a recepcionista, que mantém a postura ereta enquanto organiza alguns papéis.

Tentamos explicar, com o máximo de detalhes, o caso ao delegado que nos atendeu. Assim que mencionamos o nome de Carlos e ele percebeu quem eu era, sua postura proativa se transformou em um misto de receio e desconfiança. Ainda assim, conseguimos registrar o boletim de ocorrência e, pelo menos na nossa frente, ele se comprometeu a investigar mais a fundo.

Durante todo esse tempo, só consegui pensar em como fui irracional e idiota com a história da mensagem sobre Mariana. Ela expôs sua intimidade para milhares de pessoas e tudo o que fiz foi suspeitar dela.

Mariana recebe nossa cópia do boletim de ocorrência das mãos do delegado e deixamos o prédio. Ela interrompe nosso silêncio assim que nos aproximamos do carro.

— Eu vou deixar essa história pra lá porque sei que você tem passado por muita coisa — diz ela, séria. — Mas não vou dizer que não fiquei magoada e me sentindo uma trouxa por você suspeitar de mim.

Continuo em silêncio conforme Mariana dirige até o local onde vamos encontrar Rafael e Guilherme. Me ocupo com o celular, por mais que não esteja prestando atenção de fato em nada do que estou vendo, mas acredito ser uma boa estratégia para tornar o silêncio menos constrangedor.

Eu tenho vontade de gritar, chorar e tentar esquecer tudo o que aconteceu. Nas últimas vezes em que senti isso, em situações completamente diferentes, Gustavo foi paciente o suficiente para ler minhas mensagens enormes e ouvir áudios de desabafo intermináveis e era só o que precisava para melhorar.

Mas isso foi antes. Antes de tudo que aconteceu e antes dele não sentir mais vontade de conversar comigo, de saber como estou e me deixar completamente sozinho apesar de ainda estarmos namorando.

Quer dizer... Acho que ainda estamos namorando, apesar da fase conturbada. Pelo menos eu espero.

Quer saber? Dane-se.

Desabafar é o que vai diminuir a dor angustiante em meu peito, eu tendo uma resposta ou não.

O carro de Mariana sacode com os buracos no asfalto. Isso não atrapalha meus dedos que digitam com velocidade e contam para Gustavo todos os detalhes dos acontecimentos recentes. As palavras não conseguem abarcar a complexidade dos meus sentimentos, mas são o suficiente para que eu coloque para fora a tempestade de sensações que minha mente abriga.

Aperto o botão para enviar e bloqueio o celular.

A foto que recebi de Rafael antes de chegar ao apartamento de Mariana resumiu bem o que é a Casa Fluida. Três andares são sustentados por paredes claras e, muitas delas, decoradas com quadros abstratos e experimentais.

Uma drag queen de vestido preto e branco e peruca loira se apresenta no salão estreito, em frente a uma cortina vermelha. Percebo que ela dubla uma música da Hebe e que os clientes cantam junto, aplaudem e tomam suas bebidas.

— Ali! — Mariana aponta para o lado oposto do salão onde estamos e consigo ver Rafael chamando nossa atenção com um aceno e apontando para cima.

Ele sobe os degraus de uma escada que ainda não tinha visto e acompanho Mariana nessa direção.

Depois de alguns passos, uma imagem destoa do cenário descontraído e festivo da casa e minhas pernas travam.

Uma mulher ocupa uma das mesas sozinha. Seu rosto está coberto pelas mãos e movimentos sutis de suas costas levantando e abaixando me avisam que ela está chorando, apesar de fazer o possível para não emitir nenhum som.

Não demora muito para que ela me perceba ali, estático à sua frente. Quando levanta o rosto, me lembro da última vez que a vi, na porta do Espresso Fantasma. Ela me reconhece na mesma hora.

— Você também achou que ele fosse aparecer aqui? — Me aproximo da mesa para que ela consiga me ouvir.

A mãe de Murilo só balança a cabeça e leva algum tempo para conseguir falar.

— Esse era o grande sonho dele. Eu sempre apoiei, mas... — Ela utiliza a manga de sua blusa para secar a bochecha molhada pelas lágrimas. — Achei que ele tivesse fugido de casa para poder viver esse sonho.

— A gente também pensou que pudesse ser isso — confesso.

— Pelo visto, todos erramos.

Uma nova lágrima cai.

Eu a envolvo em um abraço na tentativa de reconfortá-la, apesar de desejar tanto quanto ela ter alguma certeza de que essa história vai se resolver.

Ela se desvencilha do abraço depois de um tempo, pega suas coisas e parte.

Ver de perto a expressão aflita no rosto da mãe de Murilo parece recarregar minha determinação em encontrar o culpado por trás de tudo que está acontecendo e renovar minhas energias apesar de todas as noites maldormidas.

Conforme subimos, estico o pescoço para observar a parede do nosso lado esquerdo, que é decorada com uma colagem de artistas da música como Carmem Miranda, Ney Matogrosso e Duda Beat.

O segundo andar da casa tem mais salas com obras de arte e poltronas confortáveis, mas seguimos Rafael para o lado oposto. Ele abre uma porta de madeira e vidro que acompanha uma placa onde está escrito "Camarim".

Eu e Mariana nos entreolhamos por um segundo, inseguros quanto a entrar ou não em um local reservado para artistas, mas Rafael faz sinal para irmos adiante.

— A última vez, acho que foi no show da semana passada. — Outra drag queen se maquia em frente a um espelho iluminado e escolhe com experiência os produtos espalhados pela bancada. — Até mandei mensagem para saber sobre o show de hoje, mas a Serena não respondeu.

— E nessa última vez em que vocês se viram… — Guilherme é quem faz as perguntas, apoiado na cadeira onde a drag está. — Ela disse alguma coisa estranha ou teve algum comportamento diferente?

— Hummm… — Ela apoia o pincel em seu queixo e seus olhos oscilam conforme tenta se lembrar. — Não, as mesmas conversas de sempre. Ela chegou em cima da hora para o show, então só teve tempo de se maquiar enquanto contava do boy com quem estava saindo. Acho que foi só isso mesmo.

— Então, não teve show hoje? — pergunto, me virando para Rafael.

— Da Serena, não. Nem sinal, mas pelo que a Becky Bloom comentou… — Rafael aponta e descubro que esse é o nome da drag queen que está conversando com Guilherme. — A mãe do Murilo já fez o registro do desaparecimento há semanas e, até agora, nada.

— Que droga! — reclamo mais alto do que esperava e acabo chamando a atenção de Becky, que se vira em minha direção.

— Ei, eu conheço você! — Ela mantém o olhar pensativo de instantes atrás. — Você é um dos meninos da cafeteria, não é?

Um pouco sem graça, confirmo com a cabeça.

— Um absurdo o que estão dizendo de vocês na internet, viu? Cada gente doida, affe! — Becky usa o pincel para espalhar mais pó pelo seu rosto. — Mas é sempre assim, sempre que surgir a mínima possibilidade, o menor pretexto, eles vão tentar culpar, descredibilizar e insultar a gente. É por isso que temos que nos manter unidos.

Seu sorriso tem o efeito instantâneo de afastar parte do desalento que ainda percorre meu corpo. Agradeço retribuindo o sorriso da mesma forma.

— E amei saber que você também é da comunidade, mana! — Becky se vira para Mariana e suas bochechas ficam coradas na mesma hora. — Eu aviso se descobrir alguma coisa. A Serena faz muita falta!

* * *

Guilherme e Rafael nos levam até uma sala mais vazia, onde uma luminária de unicórnio emana uma luz colorida. Formamos uma roda e os atualizamos com a história das fotos programadas. Agora, nossos quatro cérebros parecem fritar enquanto tentam conectar todas as informações recentes.

— O mais doido disso tudo... — diz Guilherme. — É que eu não consigo encontrar nada em comum entre eles.

— Exceto pelo fato deles três frequentarem o Espresso Fantasma — acrescenta Mariana.

— O Fabrício encontrou alguma coisa sobre aquele investidor? — pergunto.

— Se descobriu, não me falou nada. Parece que ele está trabalhando em outro caso ao mesmo tempo, então ainda não respondeu as últimas mensagens que mandei.

— Pô, mas que mancada a do Lucas, hein? — diz Guilherme, sem se preocupar em trocar o assunto de uma hora para a outra.

— Que mancada? — pergunta Rafael.

— Acho que ele tá falando do tuíte sobre a Mari — comento.

— Mancada? O que ele fez foi bem escroto e quem ainda repercute uma matéria dessas é mais podre ainda. — A irritação de Guilherme faz ele gesticular bastante enquanto fala. — Ele é hétero? É a única explicação pra ele fazer algo tão idiota.

— Gente, na real, esse foi o nosso acordo. Eu que ofereci. Ele nunca fala sobre a vida pessoal na internet, até porque, pelo que entendi, o *Fofocas Fritas* é a vida toda dele. — Mariana olha para um ponto fixo à sua frente. — Ele passa vinte e quatro horas por dia procurando essas notícias e tá ganhando um dinheiro com isso. Eu sabia que ele ia colocar a chance de viralizar acima de qualquer filtro moral.

— Tanto faz, escroto da mesma forma. Ele poderia ter dado essa notícia de um milhão de formas diferentes. — Guilherme toma um gole da taça que ele segura. — Aposto que ele não diria isso se fosse contar de um relacionamento hétero!

— Disso eu não tenho dúvida — Mariana diz, como quem encerra um assunto, antes de colocar a mão em seu bolso. — Por falar nele...

O toque do seu celular ecoa pela sala e ela coloca no viva-voz para todo mundo ouvir.

— Acho que vou precisar de um *help* aqui! — A voz de Lucas consegue transparecer todo seu cansaço.

— Como assim? — pergunta Mariana.

— A lista tá gigantesca! Só terminei de fazer o levantamento agora e ainda falta pesquisar a fundo cada uma delas, vai ser impossível fazer sozinho e...

— Lucas, foi o nosso acordo! Se vira!

— Tudo bem, eu vou me virar, mas vai levar semanas. É informação demais e a gente precisa encontrar elas o quanto antes!

Mariana responde Lucas, mas sinto Rafael cutucando meu braço.

Ele aponta para o lado oposto da sala onde estamos, na direção da janela de madeira. A posição permite enxergar o que acontece na calçada do outro lado da rua, então não preciso me esforçar muito para ver que o espanto no olhar de Rafael vem da imagem de um trio de homens de terno e óculos escuros que saem de um carro preto.

Pergunto se esses são os mesmos homens que ele e Guilherme viram no Espresso Fantasma e ele confirma, mesmo que queira afirmar o contrário.

Mariana termina a ligação e não demora muito para seguir nossos olhares estáticos.

Ela agarra meu braço e em uma fração de minuto estamos fora da Casa Fluida. O carro em alta velocidade nos leva para longe dali o mais rápido possível.

# Capítulo 23

— O QUE EXATAMENTE ESTAMOS PROCURANDO?

Guilherme levanta o rosto do celular e seus olhos passeiam por todas as cinco pessoas sentadas no tapete que cobre o chão da sala do apartamento. A maior parte dos rostos que ele enxerga também estampa alguma das fotos presas a um quadro de cortiça na parede mais próxima.

Apesar de passar da meia-noite, tem latas de energético suficientes para uns três dias e Rafael fez questão de parar em um mercado para comprar sanduíches de queijo e um bolo de fubá.

A atmosfera é a mesma das várias noites de jogos e filmes de terror que tivemos com Isabela e Luana, também conhecidas como minhas noites favoritas.

A diferença é que os crimes eram sempre fictícios e os personagens que os investigavam, aparentemente, eram mais espertos do que a gente, já que a sensação que tenho é a de que estamos girando em círculos há dias.

— Absolutamente qualquer coisa! — Mariana digita enquanto fala. — Vamos começar com os funcionários nas posições mais altas de cada empresa. Pesquisem tudo sobre eles, principalmente os detalhes que possam parecer insignificantes. Provavelmente não são.

— Meu Deus, isso vai levar séculos — reclama Guilherme.

— Entenderam o que eu quis dizer, agora? — Lucas se espreguiça.

— Sabe do que lembrei? — Rafael corta uma fatia do bolo. — Daquele musical que a gente fez em um curso, como que se chamava mesmo?

— *O mistério de Edwin Drood*? — Guilherme sorri na direção do namorado. — Igualzinho mesmo!

— Que musical é esse? — pergunto.

— É igual àqueles livros da Agatha Christie, só que no palco e com músicas e coreografias. É uma história de assassinato, só que, no fim, a plateia escolhe quem é o culpado e isso interfere em como a peça vai terminar. Cada sessão é de um jeito, genial, né?

— Genial, mas não é nem um pouco parecido com o que a gente tá fazendo aqui, amor. — Guilherme ri, tentando suavizar sua fala.

— Ah, então vocês acham que a gente vai abrir o LinkedIn de algum funcionário aleatório do Carlos e na descrição dele vai estar escrito: "MBA em sei lá o quê em Stanford, proativo, assassinei meu chefe e com mindset de sucesso"?

— O Rafa tá certo. — A voz de Mariana faz Gui e Rafa se calarem. — A gente vai precisar de uma boa dose de intuição e especulação.

Lucas compartilhou a planilha que fez com todos nós e a dividiu em cinco grandes blocos. Meu bloco é o laranja e imagino ter pelo menos uns quarenta nomes.

— Na verdade... — Pensativa, Mariana desvia o olhar da tela do seu notebook pela primeira vez em muito tempo. — Essa ideia do Rafa é ótima!

— Eu sei — brinca ele.

— Não, é realmente boa! Vamos tirar um tempo, juntar as informações que temos e ir atrás somente dos funcionários que realmente possam ter alguma ligação com a história.

— Eu vou anotando os pontos principais — Lucas se prontifica.

— E por onde a gente começa? — pergunto.

— Pelo aniversário da Isabela — responde Mariana, de imediato. — Foi a última noite em que vocês as viram, certo? Do que vocês lembram?

— Tá, beleza. — Olho para um ponto aleatório na sala, tentando recuperar as lembranças daquele dia. — Foi um dia normal, sei lá.

— Vocês conversaram antes de você ir trabalhar?

— A gente estava conversando sobre a festa daquele dia no grupo, não foi? — Olho para Guilherme e Rafael, em busca de apoio.

— Isso! A Isabela queria muito ir ao Chave Mestra, mas eu falei que era podre e fiquei tentando convencê-la a trocar pelo Dionísio — complementa Guilherme.

— E nos dias anteriores a esse, ela ou a Luana comentaram alguma coisa sobre alguém perturbando elas ou algo esquisito acontecendo? — Mariana continua o interrogatório improvisado.

— Não que eu me lembre... — Rafael coça o topo da cabeça. Eu e Guilherme também negamos.

— E o resto do seu dia, como foi?

— Gustavo me ajudou com uma receita nova — explico, me lembrando das máscaras do Jason. — Atendi os mesmos clientes de sempre, teve a surpresa dos biscoitos e o tal glitter comestível que depois...

Não sei como terminar a frase sem mencionar que esse foi o ingrediente responsável pela morte de Carlos, então me calo quando percebo que todos já entenderam.

— Você tinha dito que foi o Carlos quem trouxe esse glitter.

— Isso — respondo Mariana e noto os dedos ágeis de Lucas registrarem tudo. — Ele me disse que um...

A memória começa a ficar cada vez mais nítida e eu vou ficando mais agitado, endireito a coluna que só agora percebo que estava mais arqueada do que de costume.

— Ele disse que alguém tinha dado para ele. Um sócio!

— Um sócio?

— Isso já elimina boa parte da lista — comenta Lucas, sobrepondo sua voz à de Guilherme.

— Ele falou mais alguma coisa sobre esse sócio, Rê? — Mariana mantém os olhos fixos em mim, como se quisesse me ajudar a não deixar escapar a informação crucial.

— Falou... Acho que ele tinha uma fábrica de doces e sobraram alguns produtos, algo assim.

Chego a fechar os olhos para tentar me lembrar de mais algum detalhe, mas percebo que a sequência de acontecimentos bizarros foi o suficiente para bagunçar minhas lembranças.

— Acho que já é bem específico — exclama Rafael, segundos antes da campainha tocar.

— Finalmente! — Mariana se levanta e corre para abrir a porta.

A camisa extremamente branca quase ofusca nossos olhos, enquanto o som dos sapatos pretos tocando o chão de taco preenche a sala.

— Então vocês começaram a investigação sem o investigador profissional?!

Dá pra ver de longe o cansaço no rosto de Fabrício. As manchas escuras embaixo de seus olhos não combinam com seu tom de voz confiante.

— E aí, Fabrício? — Guilherme o cumprimenta.

— Alguma novidade depois do *plot twist* do tablet? — Percebo certo desdém quando ele observa nossa investigação amadora no tapete da sala e escolhe um lugar no sofá, perto de onde Lucas está.

— Não tantas quanto a gente gostaria — explica Mariana enquanto Rafael entrega uma lata de energético para Fabrício. — Abrimos o boletim do desaparecimento das meninas, a mãe do Murilo já tinha avisado a polícia sobre ele.

— Vocês avisaram a polícia? — Fabrício olha para Mariana e então para mim.

— Sim — ela confirma, e ele arqueja.

— Eu falei pra gente não envolver a polícia nisso, eles podem botar tudo a perder!

— Mas eles também podem espalhar a notícia do desaparecimento delas! Quem sabe até apareça alguém que realmente possa nos ajudar — argumenta Mariana. — Encontrar a Isabela, a Luana e o Murilo é a nossa prioridade.

— Bobagem, eles vão atrapalhar a nossa investigação! Todos eles estão envolvidos nisso. Todos! — Fabrício, em uma postura impecável, enfatiza cada palavra sua movendo os dedos. — Vocês podem ter estragado tudo e...

— Isso não tá em discussão, Fabrício! — Mariana o corta. — Não temos quase nenhuma pista e precisamos de toda a ajuda possível.

Ele revira os olhos e abre a lata de energético.

* * *

Depois que relembramos os acontecimentos da festa de Isabela no Dionísio, é hora da parte mais trabalhosa. Estamos todos exaustos, então bocejos, espreguiçadas e o som de latinhas abrindo são frequentes enquanto exploramos a vida de cada um dos sócios de Carlos que possam ter relação com uma fábrica de doces.

Todos nos debruçamos em nossos celulares ou computadores, com a exceção de Fabrício. Seu método de investigação parece envolver um pensamento denso e complexo, um olhar vago para as paredes do apartamento de Mariana, a perna cruzada, e um movimento leve em seu pé, que gira em sentido anti-horário.

— Nossa, um dos caras da minha lista tem um desses aplicativos de aposta. — Como tem feito desde que começamos nossa busca, Lucas faz mais um comentário aleatório sobre alguma informação que achou interessante.

— Como tem gente que ainda cai nessa, né? — pergunta Rafael.

— Pois é! — Lucas concorda. — Me dá muita raiva ver tanta gente ganhando dinheiro se aproveitando das pessoas.

— Ah, é mesmo? — Guilherme deixa o celular cair no tapete e cruza os braços.

Eu conheço esse tom de voz.

É o que chamo de "tom de voz do deboche" de Guilherme. Sempre antecede algum comentário ácido ou uma indireta bem direta.

Às vezes, pode ser só brincadeira, mas acho que esse não é o caso.

— Engraçado você falar isso, porque você é um deles! — ele continua.

— Oi? — Lucas vira o pescoço rapidamente em sua direção.

— O que você fez com a Mariana! Foi baixo, foi ridículo, foi tão ruim quanto um aplicativo fraudulento. — Guilherme deixa seu tom irônico e libera toda a indignação e raiva que vem guardando desde que chegou, cuspindo quando fala alguma das consoantes.

— Mas foi ela que ofereceu! — Lucas se defende.

— Mas foi você que deu o toque especial, sensacionalista e babaca pro namoro dela! A gente tá em 2023, cara! Não tem nada de chocante em um namoro entre duas mulheres!

— Você diz isso porque vive em uma bolha descolada de cidade grande! — Agora, a voz de Lucas também se torna mais enérgica. — Eu vim de uma cidadezinha no interior em que todo mundo sabe tudo sobre a vida dos outros. Você acha que não foi chocante quando tive que revelar meu namoro com outro menino pra minha família e pra uma cidade inteira?

— E só por isso você quer que toda a comunidade queer tenha essa experiência horrível através do seu perfilzinho de fofoca na internet? É sério, mesmo? — Guilherme está praticamente gritando.

— Calma! Me deixa terminar! — Lucas respira e olha para baixo antes de terminar sua justificativa. — O *Fofocas Fritas* alcança outras bolhas também, temos todo tipo de público. Por isso, eu sabia que a notícia sobre a Mari ia ter uma repercussão enorme e postei sem pensar muito em um jeito mais responsável de anunciar. Eu sustento a minha família com o dinheiro que ganho na internet, então, às vezes, eu faço algumas coisas precipitadas. Eu juro que já me arrependi.

— Até parece. — Guilherme balança a cabeça, incrédulo.

— É sério! Eu até apaguei a postagem.

— Você apagou? — Dessa vez, é Mariana quem pergunta.

— Logo que vocês saíram, mas não adiantou. Várias pessoas já tinham espalhado prints em outras redes. Tiveram alguns comentários negativos, sim, mas só depois me dei conta do que realmente estava acontecendo. Você não chegou a entrar no seu Twitter, nem no seu Instagram, desde que vocês foram à delegacia, né?

Mariana nega, pegando seu celular.

Depois que desbloqueia o dispositivo, seu rosto se mantém em choque por tempo suficiente para nos deixar preocupados.

Me levanto para me juntar a Guilherme e Rafael, que também se aproximaram da jornalista pra espiar a tela em sua mão.

— Eu ganhei uns cem mil seguidores!

— Você é meio que o assunto do momento e tá todo mundo comemorando o fato de ter uma jornalista assumidamente lésbica na TV aberta. Fizeram até uns fã-clubes!

— Nossa, tem umas mil mensagens.

— E agora você tem um público pra quem pode apresentar aqueles seus projetos pessoais — comento e percebo que Mariana ainda não tinha pensado nisso.

— Será que eles se interessariam por isso? — Ela se levanta e se vira, olhando para nós.

— É óbvio! — Guilherme afirma. — Suas matérias são superinteressantes, Mari.

— Por um momento achei que pudesse custar meu emprego, mas até a equipe do programa está me parabenizando pelo namoro.

Mariana respira fundo e todos na sala percebem seu alívio.

O clima mais leve que preenche a sala enquanto Mariana lê alguns dos comentários dura menos do que deveria.

Logo estamos de volta às nossas funções. A altura do prédio de Mariana abafa os barulhos da cidade, então a sala é preenchida pelo som dos dedos pressionando as teclas dos computadores e o ronco alto de Fabrício, que decidiu continuar nos ajudando com a investigação em seus sonhos.

Chego ao décimo quinto nome da minha lista. Helena Torres.

Depois de procurar o nome no Google e ler alguns dos resultados, encontro seu perfil no Instagram e começo a vasculhar as fotos mais antigas.

Helena é uma típica mulher conservadora de classe média, que acredita ser rica. Suas fotos em diversas praias e pontos turísticos pelo mundo têm legendas motivacionais ou frases prontas defendendo a união e a integridade familiar. Nas fotos em que não está viajando, Helena está em salas decoradas com tons de cinza, aparentemente em reuniões de negócio.

Deslizo o dedo pelo meu celular algumas vezes, até o rosto familiar de Carlos chamar minha atenção para uma foto, que abro sem pensar duas vezes.

Helena exibe um sorriso largo e aliviado, abraçada a Carlos e a um outro homem. Na legenda, leio:

> Um novo negócio nascendo! Cheia de novidades para contar para vocês! Com meu parceiro de sempre @carlosrocha70 e Ítalo Ricci, que não gosta de aparecer em fotos rsrsrsrs, obrigada por apostar em mais uma das nossas loucuras, Ítalo! <3

Ítalo é um pouco mais alto que Carlos e, apesar de estar abraçado aos outros dois, cobre o rosto com a mão e vira o pescoço para trás, mas alguns detalhes de seu perfil denunciam que ele está sorrindo, apesar de não querer aparecer na foto. Ao levar a cabeça para trás, Ítalo deixa à mostra uma pinta marrom que ocupa um pedaço de sua nuca.

Mas não é a pinta e nem a recusa à foto que chamam minha atenção. Meus olhos estão concentrados no verbo que Helena utilizou em sua legenda — apostar.

Quem aposta, coloca alguma coisa em risco, conforme o desfecho positivo ou negativo de alguma situação.

Assim como o aplicativo fraudulento que Lucas comentou.

Assim como investidores fazem com empresas.

Amplio a foto para tentar ler algum dos papéis espalhados pela mesa, já que agora sei que existe pelo menos uma mínima possibilidade de o homem com pinta no pescoço ser o tal investidor que Fabrício disse que tínhamos de encontrar.

Será que era com ele que Carlos gritava na noite do aniversário de Isabela?

Digito Ítalo Ricci no campo de busca e os resultados não poderiam ser mais frustrantes, o Google acredita que errei o nome e exibe resultados para Italia Ricci, uma atriz canadense que atuou em uma série de ficção científica.

Não encontro um resultado sequer com qualquer informação relevante sobre o tal homem.

Então, pesquiso o nome de Helena junto do de Carlos. Aparentemente, eles tinham vários negócios juntos e a maior parte dos resultados vêm de sites de revistas sobre empreendedorismo. Passo por algumas fotos em que eles estão de braços cruzados em frente a fundos escuros, até encontrar outra imagem deles juntos.

Helena está mais uma vez ao lado de Carlos, mas, dessa vez, eles estão em um ambiente de luz branca que parece ser uma fábrica. Estão rodeados por máquinas e próximos a uma bancada bege coberta por um papel extenso.

Uso os dedos para aproximar a imagem e consigo ter uma noção mínima do papel, desses nos quais uma imagem é repetida diversas vezes, antes do material ser cortado e se tornar a embalagem de algum produto. As cores são vivas e chamativas, misturando rosa, azul e roxo. Ao centro, consigo distinguir a ilustração de uma menina mostrando a língua.

Aperto os olhos para enxergar as letras adornadas, até conseguir ler o nome que ocupa o centro do logotipo.

— Gente! — Viro o celular para que todos possam ver minha descoberta. — Acho que encontrei.

Mariana joga o corpo para frente, para conseguir ler a marca na embalagem.

— Caramelados? Não foi a marca de doces que se envolveu em um escândalo há uns anos? — ela pergunta.

— Essa mesma! — Rafael confirma.

— Que escândalo? — Lucas pergunta.

— Na época das eleições, os funcionários da Caramelados começaram a denunciar que estavam sendo pressionados por seus chefes a votarem nos candidatos do partido que a dona da empresa apoiava — explica Guilherme.

— Mas não era só isso — complementa Rafael. — Eles tinham que participar de comícios e divulgar esses candidatos nas próprias redes sob o risco de terem corte nos salários e até serem demitidos.

— Eles fecharam, não foi? — pergunto.

— Parece que sim, porque pelo que pesquisei, a fábrica está assim. — Lucas vira a tela de seu computador em nossa direção.

A imagem me faz lembrar da entrada do bar onde Mariana e eu conhecemos Fabrício.

Paredes esburacadas e com os tijolos aparentes sustentam um portão escuro, sujo e enferrujado. Pelo ângulo da foto, conseguimos distinguir um galpão extenso, com cerca de uma centena de equipamentos, mas duvido que algo ainda funcione no interior da construção. Manchas de fuligem e pichações parecem bons indicativos de que aquele lugar está desativado há um bom tempo.

— Um galpão de fábrica abandonado — Mariana diz, pensativa. Ela se cala por alguns instantes, os olhos fixos na imagem à nossa frente.

Parece que todos compartilhamos o mesmo pensamento.

O desaparecimento de Isabela, Luana e Murilo, a descoberta sobre as fotos programadas, o ingrediente alterado que Carlos me deu e que, aparentemente, veio de um sócio ou uma sócia que já teve uma fábrica de doces... Tudo parece se somar para dar uma atmosfera ainda mais sombria e macabra para a imagem do galpão desativado.

— Vocês podem achar loucura — diz Mariana, hesitante —, mas a primeira coisa que me veio à mente é que esse é um ótimo lugar para...

— Esconder alguma coisa — completo. — Ou alguém.

# *Capítulo 24*

— Aposto que daí não sai nem uma bala de goma há séculos — Fabrício resmunga depois que acorda e descobre que temos uma nova pista.

— Não importa, já é alguma coisa. — Diferente de mim, Mariana consegue controlar sua euforia.

Por mim, já estaríamos pegando o caminho mais rápido até a fábrica da Caramelados, mas Mariana coloca meus pés no chão e me lembra de como é importante verificarmos os outros nomes.

— Precisamos evitar ao máximo atitudes precipitadas que possam nos colocar em perigo — adverte ela.

Até porque, como disse Fabrício, é improvável que qualquer mínimo grão de açúcar tenha saído dessa fábrica nos últimos meses, quem dirá um glitter comestível e, aparentemente, fatal.

Voltar à mesma tarefa depois de uma descoberta como essa é ainda mais difícil. Por algum motivo, a imagem de Ítalo virado de costas parece estar gravada em minha mente. Continuei pesquisando sobre ele e, aparentemente, ele não utiliza nenhuma rede social nem tem seu nome associado a qualquer empresa, então preferi esperar para compartilhar com os outros depois que encontrasse alguma informação mais relevante. Mesmo assim, ele continua aparecendo em meus pensamentos conforme conheço outros funcionários com quem Carlos trabalhava.

* * *

Decidimos organizar um revezamento para todos conseguirem tirar um cochilo de vinte minutos no sofá de Mariana.

Fabrício diz que dormiu o suficiente, então abre espaço para cada um de nós usar o sofá como cama improvisada, enquanto ele continua com seu método nada convencional, contemplando as paredes da sala do apartamento e, às vezes, observando o mural de Mariana.

Meu estômago está completamente embrulhado depois da maior carga de energético que ele já recebeu. As bolhas parecem travar uma batalha interna e posso jurar que dá para ver minha barriga se movimentando de longe.

Mas não importa.

Depois de tantos dias acreditando que minhas suspeitas eram paranoia da minha imaginação fértil, saber que estamos perto de reencontrar meus amigos faz meu corpo desistir de se importar com o sono.

Passamos mais uma hora e meia entre pesquisas e cochilos.

Nenhum de nós fica surpreso com a quantidade de informações que parecem entrar em contradição, contratos com valores que não fazem sentido, funcionários recebendo quantias muito mais altas do que deveriam e outros recebendo muito menos. Acho que o fato de Carlos ser um amigo da família e visitar minha casa com frequência pode ter poupado o Espresso Fantasma de entrar no meio dessa confusão.

Só nos damos conta de que estamos tempo demais fazendo isso quando a luz artificial não é mais necessária, já que o sol voltou a brilhar pela janela do apartamento.

Quando chega a minha vez de tirar um cochilo, Ítalo, Carlos e Helena habitam meus sonhos agitados com risadas exageradas e roupas cobertas com glitter prateado.

Gustavo também faz uma aparição rápida no sonho, sentado em sua cama e rodeado pelas pinturas que descobri quando estivemos juntos. Não consigo dizer se ele está rindo ou chorando, mas, apesar da minha vontade incontrolável de abraçá-lo, por algum motivo, não consigo me mexer. Meus braços parecem presos atrás de mim.

Acordo da minha soneca com um chacoalhão.

Abro os olhos e vejo o sorriso cansado de Rafael me dando um bom-dia suave, por mais que eu só tenha passado vinte minutos com o corpo jogado entre as almofadas do sofá.

— Encontraram alguma coisa? — É a primeira coisa que pergunto, esfregando os olhos.

— Nada. — Mariana distribui pequenas xícaras, enquanto Guilherme a acompanha, enchendo todas com café preto de uma garrafa térmica. — A sua pista foi a única, Renan. A gente vai ter que ir até a fábrica desativada.

— Vocês não acham arriscado demais perder tempo indo atrás de uma fábrica completamente destruída só porque vocês viram uma embalagem em uma foto? — Fabrício também vem da cozinha do apartamento. Sua xícara está cheia de água morna que vai se colorindo aos poucos de marrom, conforme ele balança o saquinho de chá Earl Grey.

— Eu acho que é melhor do que ficarmos olhando para as paredes, esperando a resposta cair do céu — Mariana rebate. — Vou buscar açúcar na cozinha, alguém quer?

Rafael levanta a mão e quando Mariana se vira para voltar para a cozinha, esbarra em Fabrício, que não consegue equilibrar a xícara e derrama o chá quente em sua calça.

— Meu Deus! Desculpa, Fabrício! — Eles tentam secar o estrago com as mãos, mas é inútil. — Foi sem querer, eu tava…

— Tudo bem! Está tudo bem, só está… — Fabrício não consegue parar de mexer o corpo enquanto fala. — Quente demais!

— O banheiro é ali! — Ela indica a porta para Fabrício. — Eu comprei uma calça para o meu pai e ainda não entreguei, pode pegar ela para você! — Enquanto ele se tranca no banheiro e tira a calça manchada de chá preto com tangerina, Mariana corre até o quarto e volta com uma sacola de uma loja de roupas, que passa para ele através de uma pequena fresta na porta.

— Eu encontrei o endereço. — Lucas abre o mapa em seu celular. — É perto do aeroporto, em Guarulhos.

— É bom a gente ir logo, então. — Mariana toma seu café quase que em um só gole. Fabrício retorna em alguns minutos, vestindo uma calça muito parecida com a anterior.

— Você não precisa ir, se não quiser — diz ela, na direção de Lucas.

— Acho que é o mínimo que posso fazer depois da minha mancada.

— Que bom que sabe — comenta Guilherme.

— E porque eu não vou perder a oportunidade de ser o primeiro a dar a notícia se a gente descobrir alguma coisa! — Lucas complementa.

— E você? Vem com a gente, também? — Dessa vez, Mariana pergunta para Fabrício.

— Acho que vou precisar me dedicar um pouco aos meus outros casos, até porque isso aí não vai dar em nada. Mas me mantenham atualizado, detetives honorários.

— Pode deixar — garante Mariana.

Guilherme e Rafael vão no carro com Mariana e eu vou no de Lucas.

O tempo de viagem é suficiente para Lucas me mostrar as melhores músicas das suas divas pop favoritas e falar incessantemente por mais de uma hora. Quero pedir para ele parar, mas imagino que seja a forma como o corpo dele lida com o cansaço e o estresse, então só reajo com breves comentários.

O sono me deixa mais irritado do que o normal com o falatório de Lucas e só aumenta a minha vontade de que, no banco ao meu lado, não estivesse o fofoqueiro que expôs minha vida na internet nas últimas semanas, mas sim meu namorado ouvindo Jão e cantando todas as letras até que eu soubesse cantar também.

Como se pudesse ler meus pensamentos, meu celular vibra ao receber uma mensagem de Gustavo.

**Gustavo:** Então você também recebeu uma mensagem desse número?

E isso é tudo.

Minha mensagem quase quilométrica foi respondida com uma única frase, mas isso não quer dizer que ela seja pouco significativa.

O número misterioso que me mandou uma mensagem também enviou alguma coisa para Gustavo.

**Renan:** Você recebeu também???

**Renan:** O que te disseram?????

Me certifico de que ele recebeu a mensagem no mesmo instante em que Lucas estaciona atrás do carro de Mariana.

Nós cinco deixamos os veículos em quase sintonia e a visão da construção nos mantém calados por algum tempo.

A foto da fábrica da Caramelados que Lucas encontrou deve ter sido tirada há anos, já que as paredes que vemos à nossa frente estão muito mais deterioradas. É um galpão extenso que imagino que poderia comportar uma centena de funcionários.

Lucas usa o celular para filmar a vegetação rasteira que cobre os arredores da fábrica e sinto pequenos insetos arranhando minha perna conforme avançamos alguns passos. O grito de Guilherme é o primeiro a cortar nosso silêncio.

— Isabelaaaaa! — Ele coloca as mãos ao redor da boca, para amplificar seu som, que não parece tão potente por estarmos em um ambiente aberto. — Luanaaa!

— Murilo! — Rafael, ainda hipnotizado por ver um galpão tão grande e tão destruído, também arrisca um grito.

— Não tem nenhum carro por perto, além dos nossos — aponta Mariana. — Se eles estiverem mesmo aqui, provavelmente o sequestrador não está.

A sujeira que cobre o galpão parece confundir minha visão e, aos poucos, noto que suas laterais são cobertas por algumas placas de vidro, que deviam permitir a entrada de luz natural na fábrica antes de estarem completamente cobertas por lodo, terra e poeira.

— Acho que é a única opção que temos — diz Mariana, quando percebe que olho na mesma direção que ela. — Já volto.

Mariana se vira e aperta o botão na chave de seu carro, o que faz o veículo emitir um apito agudo e acender a luz do farol.

Ela se esgueira pela porta do passageiro e em poucos segundos está de volta, carregando o extintor de incêndio do carro.

Mariana passa por nós e seu olhar parece concentrado em uma placa de vidro específica. Ela levanta o extintor com toda sua força e o atira contra a lateral direita da construção.

O vidro trinca, mas não se quebra.

— Que merda! — O extintor quase atinge Mariana quando ricocheteia, mas ela consegue desviar a tempo.

Sem pensar duas vezes, ela repete o movimento, dessa vez se aproximando do vidro e deixando o extintor firme em sua mão. Mais cinco tentativas são necessárias para o vidro se quebrar em mil pedaços, que caem dentro do galpão. Nós corremos para perto dela.

De onde estou, consigo ter um vislumbre do interior da fábrica, ou pelo menos do interior deste espaço que um dia já foi uma fábrica.

No trecho que conseguimos enxergar, o galpão da Caramelados é só um amontoado de entulhos sustentado por vigas de ferro e coberto por um teto de amianto.

— Murilo, Isabela, Luana! — Guilherme tenta novamente e, apesar da abertura no vidro, duvido que sua voz chegue até a outra extremidade da fábrica.

— A gente vai ter que entrar — Mariana confirma.

— É impossível alguém passar por esse buraquinho! — reclama Lucas.

— Todo seu! — Ela estende o extintor a Lucas, que assume uma expressão de desgosto assim que descobre como o objeto é pesado.

Apesar disso, com seu esforço ele consegue quebrar mais um pouco do vidro e agora já não parece impossível passar por ele.

Um cheiro de mofo e podridão nos atinge e preciso tossir algumas vezes para afastar o incômodo em minha garganta.

— A gente não tem escolha, né? — pergunto, ainda que já saiba a resposta.

— Não — Rafael diz.

Nos entreolhamos e percebemos que todos esperam que qualquer outro tome a iniciativa.

— Eu coloquei vocês nessa... — digo, dando de ombros e fingindo ter uma coragem que não tenho.

Avanço alguns passos até me aproximar do prédio. Preciso esticar bem a perna e abaixar o tronco para conseguir alcançar a abertura no vidro, mas logo sinto meu tênis tocando as formas irregulares e movediças do entulho espalhado pelo chão.

A sujeira no vidro faz com que a luz do sol tenha dificuldade para alcançar o interior do galpão, então preciso ativar a lanterna do meu celular para saber onde estou pisando.

Parecem restos de vidro, plástico e outros materiais que não consigo identificar, todos cobertos pela mesma camada de sujeira e depreciados pela ação do tempo.

Me esforço para afastar um pensamento intruso que tenta me convencer de que, no pior cenário possível, meus amigos também possam estar misturados a toda essa matéria em processo de decomposição.

— Hmm... Isa? — arrisco um sussurro, a sensação que tenho é a de que qualquer barulho mais alto vá levar a construção abaixo. — Luana? Murilo?

Logo, sinto Mariana atrás de mim, também utilizando a lanterna do seu celular, assim como o resto do nosso grupo.

— Eca, acho que acabei de pisar em um rato! — Guilherme reclama.

— Era meu pé! — avisa Rafael.

— Ok, eles não estão por aqui. Vamos procurar mais para o fundo.

Ela aponta sua lanterna para a extremidade oposta.

Suspiro quando percebo que não temos alternativa e isso faz com que o cheiro pútrido se torne ainda mais presente.

— Vamos. — Sigo na direção que Mariana indicou e, a cada passo, encontramos mais destruição e abandono.

Conforme avançamos, descobrimos algumas baias de concreto. Devem ter umas vinte e parece que, há muito tempo, já serviram para algum processo específico ou para armazenar materiais. Agora, são apenas paredes inúteis onde mais destroços se acumulam.

Deixo a lanterna iluminar meus pés por um segundo e percebo que meus tênis brancos estão cobertos por uma camada gelatinosa de alguma substância preta.

Com a ajuda das paredes que delimitam cada uma das baias, os destroços se acumulam em pilhas e, como ainda não encontramos nenhum dos nossos amigos, decidimos inspecionar todas elas, em busca de qualquer pista.

Quando começo a revirar os objetos, não tenho mais dúvidas de que aquela era a fábrica da Caramelados, já que encontro restos de embalagens, fôrmas em formato de coração e palitos que imagino terem sido coloridos antes de assumirem o tom acinzentado que parece ser o padrão por aqui.

Conforme mexemos nessas pilhas, a poeira torna espirros e tosses frequentes. O cheiro azedo se une à falta de uma refeição decente nas últimas horas e começa a beirar o insuportável.

Nessa parte do galpão, a luz é quase inexistente e nossas lanternas fracas são praticamente inúteis. Preciso lutar para manter meu corpo desperto, apesar da falta de sono insistir em me dizer para aproveitar a escuridão da fábrica desativada e tirar mais um cochilo revigorante.

— Você ouviu isso? — Mariana sussurra ao meu lado.

Interrompo minha busca por um segundo e tento apurar minha audição, mas, por mais que possa jurar ter ouvido carros estacionando, estamos longe o suficiente da avenida para duvidar do que ouvi.

Até que o galpão parece ser invadido pelo som que folhas secas fazem ao serem pisoteadas.

Um som sutil, mas repetido diversas vezes.

Nossos pescoços se movem automaticamente na direção da outra ponta da construção e todas as nossas dez pernas ficam bambas.

Com um tiro vindo do lado de fora, a placa de vidro pela qual entramos oferece uma entrada ainda maior.

É por ali que, aos poucos, cinco homens de terno preto entram no galpão abandonado.

# Capítulo 25

— Ferrou, a gente vai morrer. — A voz de Lucas falha.

Não ouso dizer mais nada quando todos apagam as lanternas e observam os mesmos homens que apareceram no Espresso Fantasma e na Casa Fluida formarem uma fila.

A distância não nos permite distinguir seus rostos, mas sei que, como nas últimas vezes, eles ainda estão de óculos escuros.

Eles sabem que estamos aqui. A escuridão que se instaurou desde que apagamos nossas únicas fontes de luz não é o suficiente para disfarçar as respirações ofegantes e os corpos que tremem sobre os entulhos.

— Se eu fosse vocês... — diz um dos homens, com uma voz grave, metálica e potente que se projeta através do eco e nos alcança do outro lado do galpão. — Ficaria assim mesmo. Paradinho, onde vocês estão.

Eles começam a se aproximar em passos lentos e só então percebo que todos carregam armas.

Meu coração vai sair pela boca.

Ou parar completamente antes disso.

— O que a gente faz? — sussurro, segurando o choro, para Mariana. — Estamos na pior posição possível.

Ela olha para os dois lados e imito seu movimento.

As baias nos cercam e o concreto do qual elas são feitas com certeza é mais difícil de ser atravessado do que o vidro que quebramos.

— A gente precisa de alguma coisa pesada — afirma ela. — E não podemos deixar eles nos encurralarem aqui!

Começamos a tatear o chão, mas todos os objetos que encontramos são leves ou pequenos demais.

Vejo que, enquanto procura, Mariana está indo na direção dos caras, provavelmente para evitar que eles alcancem a região das baias.

Eles estão cada vez mais perto, quando vejo Guilherme apontar para a direita. Um grande bloco de concreto está em cima de um amontoado do que parecem ser peças de máquinas, pouco antes do início das baias.

Ele se move o mais rápido que consegue e tenta levantar o bloco, mas a falta de sono parece ter esgotado suas forças. O bloco não se move nem um milímetro e Guilherme desiste após poucos segundos.

Consigo ver o sorriso irônico estampado no rosto do homem de terno mais próximo.

Ele deve ter uns trinta anos e uma certeza absoluta de que somos uma brincadeira fácil demais para ele e seus colegas de trabalho. A mão que carrega a arma se move e parece expressar todo o seu desejo de dispará-la contra um de nós.

— Vamos juntos! — grito, sem me preocupar mais em ser ouvido.

Corremos para cima do bloco e precisamos da soma de todas as nossas forças para levantar o concreto e atirá-lo contra o vidro na lateral do galpão.

Sou o último a sair pela pequena abertura que o bloco conseguiu criar e sinto a bala que sai de uma das armas quase raspar em meu pé.

Corremos e gritamos, mesmo que não haja ninguém para nos ajudar.

Os homens levam um tempo para alcançar a abertura que fizemos e, ainda que continuem atirando em nossa direção, só conseguem deixar o galpão quando estamos dentro dos carros, saindo em alta velocidade, de volta para São Paulo.

— Eles devem estar seguindo a gente — grito na direção do meu celular, ainda histérico.

— Eu sei, Renan — diz Mariana, do outro lado da ligação, com uma voz que denuncia que passou os últimos cinco minutos chorando, motivo pelo qual ela pediu para que Guilherme dirigisse pelo caminho de volta. — São Paulo às seis da manhã, praticamente todos os carros estão na rua, então eles logo vão se confundir.

— Eu espero — confesso. — Cara, é sério que isso acabou de acontecer?

— A típica cena de um filme de ação? Também queria que fosse mentira. — Ela interrompe a fala, mas acho que já a conheço bem o suficiente para saber o que ela quer dizer, então eu mesmo tomo coragem para dizer:

— E tudo isso à toa.

Ela não responde nada por um tempo.

— Era a única pista que a gente tinha, Rê. E, de alguma forma… — Ouço ela se mexer no banco. — De alguma forma nós estávamos no caminho certo. Como aqueles homens encontraram a gente lá? Eles devem estar fazendo uma ronda constante pelo galpão ou…

— Ou só seguiram nossos carros quando a gente saiu da sua casa — acrescenta Lucas, do banco do motorista.

— A rua estava deserta quando a gente saiu. — Ouço a voz de Rafael, que deve estar no banco traseiro do carro de Mariana.

— Eu acho que… — A voz de Mariana é interrompida de uma hora para outra.

Olho para o celular, preocupado, mas descubro que há outra pessoa me ligando.

Gustavo.

— O Gustavo tá me ligando, já te ligo de volta, Mari! — aviso. Desligo minha ligação com Mari o mais rápido que consigo e aceito a chamada de Gustavo. — Oi!

— Oi, é a Midori — diz a voz da mãe de Gustavo.

— Ah… — Tento disfarçar minha decepção. — Oi, tudo bem? Aconteceu alguma coisa?

— O Gustavo saiu correndo e não sei pra onde foi. Deixou o celular e a carteira. Nós ficamos preocupados porque ele não falou nada, então achei que pudesse estar com você.

*Droga.*

* * *

Lucas altera a rota no GPS e o trânsito de São Paulo faz com que o percurso seja mais demorado do que deveria. Meu coração não desacelera nem por um segundo durante todo o trajeto, mas, pelo menos, Lucas não tenta puxar nenhum assunto.

Midori me recebe no portão com as sobrancelhas contraídas e um olhar aflito. Eu a abraço o máximo de tempo que minha ansiedade permite.

— Ele não conversou com você?

— Só contou que tinha recebido uma mensagem de um número estranho — respondo, depois de negar com a cabeça. Mostro a mensagem na tela do meu celular.

— Foi um pouco antes dele sair. — Midori aponta para o horário na parte de baixo da mensagem. — Se vocês quiserem dar uma olhada no quarto dele, talvez encontrem algo útil. — Ela dá um passo para trás, liberando o caminho para Lucas e eu entrarmos.

O cheiro de Gustavo me atinge assim que entro em seu quarto e me recordo automaticamente de dias atrás, quando passei a noite aqui.

A improbabilidade dos últimos acontecimentos e meu vício em filmes de terror me fazem esperar por um quarto revirado, desordenado e completamente caótico, mas o que encontro é quase o mesmo tipo de bagunça que vi da última vez.

Alguns livros jogados em cima da escrivaninha, *The Last of Us* está pausado na televisão e o controle do video game está junto de travesseiros e cobertas espalhados pela cama.

Mas algo chama minha atenção para a escrivaninha.

Olho na direção do tampo de madeira e encontro alguns calhamaços apoiados em sua superfície, livros bem maiores do que os que ele costuma ler.

Folheio algumas páginas do livro mais próximo de mim, mas não consigo entender a maior parte das palavras.

— Ele estuda direito? — Atrás de mim, Lucas entorta a cabeça para tentar ler um pouco do conteúdo também. — São aqueles livros de advogado, não são?

Fecho o livro e percebo que ele está certo. O título *Vade Mecum* e os outros detalhes da capa não deixam dúvidas de que esse é um livro de direito penal.

— Será que Gustavo estava fazendo uma investigação por conta própria? — sussurro, mais para mim mesmo do que para Lucas. — Mas ele me pediu para não conversar com ele sobre isso.

— Renan, acho que você vai querer ver isso! — Lucas aponta para o outro lado da escrivaninha, onde está o celular de Gustavo.

Hesito pensando em todas as conversas que já tivemos sobre casais que mexem no celular um do outro e sobre como achamos essa invasão de privacidade desnecessária, mas acho que uma situação extrema exige medidas extremas.

Por sorte, sei que Gustavo usa o aniversário como senha para qualquer coisa.

Desbloqueio o aparelho e vejo que o aplicativo de mensagens continua aberto. Pego meu celular e percebo que o número que enviou a última mensagem para Gustavo não foi o mesmo que escreveu para mim sobre Mariana.

Quando tento ligar para ele, também sou avisado de que esse número não existe.

Então, me concentro no conteúdo da mensagem.

Parece que Gustavo está passando por mais coisas do que me contou.

Posso te ajudar a resolver isso.
Espresso Fantasma, daqui a meia hora.

*Resolver isso...* Meus pensamentos ecoam a frase um milhão de vezes. Não é uma mensagem entre tantas outras, nem a continuação de uma conversa.

É uma mensagem única de alguém que escreveu exatamente o que Gustavo precisava ler.

— Pelo menos a gente sabe onde encontrá-lo — murmuro e Lucas concorda.

Minhas pernas querem seguir o caminho que imagino que Gustavo tenha feito até o café, mas por algum motivo decido procurar pelo restante do quarto por mais alguma pista do que é que ele precisa resolver.

Meus olhos demoram alguns segundos em suas artes abstratas penduradas na parede e em um cacto de pelúcia apoiado em uma prateleira. Ao lado do cacto, um porta-retratos pequeno de madeira exibe uma foto que tiramos no Espresso Fantasma há algumas semanas.

Me lembro desse dia.

Foi quando minhas sobremesas receberam o primeiro elogio em uma dessas colunas de crítica gastronômica. Gustavo fez questão de estrear sua polaróide com uma foto nossa para registrar o dia, então fizemos a foto no meio do salão, inclusive com alguns clientes de fundo.

Seguro o porta-retratos e sorrio observando nossas expressões leves e otimistas com o futuro. Atrás dos meus ombros, consigo identificar alguns clientes que conheço como Valentina, Gláucia e Letícia, mas atrás de Gustavo a imagem não é tão interessante.

O cliente mais próximo está de costas e cobre quase todo o canto superior esquerdo da imagem. Ele parece usar um agasalho, ainda que os outros estejam com roupa de calor.

O tom terroso do tecido de aparência grossa chama minha atenção e confirmo minhas suspeitas quando vejo que sua cabeça está coberta por uma boina.

Fabrício.

— Renan, vamos? — Lucas toca meu ombro, mas não me mexo.

Meus olhos estão completamente concentrados em um detalhe mínimo da fotografia que poderia até passar despercebido se não fosse pela pesquisa que fiz horas atrás e pelas imagens mentais que guardei.

Tento me mover, mas levo algum tempo para conseguir obrigar meu corpo a se desvencilhar da visão da nuca de Fabrício e, principalmente, da pinta marrom que cobre uma parte de sua pele.

# Capítulo 26

LUCAS PISA FUNDO NO ACELERADOR.

Não consigo prestar atenção no trajeto porque estou completamente absorto em meus pensamentos, que tentam conectar todos os pontos. Apesar de todo o esforço, essa história continua não fazendo sentido nenhum. Meus olhos ardem e sustentar meu próprio tronco exige um esforço tremendo.

Pego o celular e decido compartilhar com Mariana minhas únicas certezas no momento, que são:

1. Fabrício mentiu esse tempo todo.
2. Ao menos que eu esteja muito enganado e que grandes pintas na nuca sejam mais frequentes do que eu saiba, Fabrício e Ítalo são a mesma pessoa.
3. Fabrício/Ítalo é o investidor que ele mesmo disse que deveríamos procurar.

E, por mais que eu gostaria muito de acreditar no contrário:

4. Gustavo está em perigo.

O Espresso Fantasma nunca pareceu tão distante.

Quando entramos na rua onde trabalhei nos últimos anos, percebo que ele também nunca pareceu tão assustador.

Dessa vez, não é apenas a falta de limpeza e manutenção do local que abrigou meus sonhos por tanto tempo que me faz temê-lo, mas saber que o que descobrirei ali dentro, nos próximos minutos, pode mudar minha vida para sempre.

Isso, se eu sobreviver.

Lucas para no meio-fio, próximo à bicicleta de Gustavo, que está jogada na calçada.

As portas de vidro do Espresso Fantasma estão escancaradas.

— Lucas... — digo, assim que ele tira a chave da ignição.

— Oi.

— Eu tô com medo.

— Eu também.

— A gente vai ter que ir com medo mesmo.

— Parece que sim. — O rosto de Lucas sustenta uma expressão de pavor que nunca achei que pudesse existir por trás da sua confiança aparentemente inabalável. — No três?

Eu respiro fundo uma última vez e confirmo com a cabeça.

— Um — começo.

— Dois...

— Que droga, três! — esbravejo e abro a porta do carro com um solavanco.

Quando me dou conta, meus punhos estão cerrados conforme piso na calçada e decido que não posso parar para pensar exatamente no que estou prestes a fazer.

Dou os primeiros passos para dentro e percebo que as mesas e cadeiras não estão na mesma posição do último dia de atendimento do café.

Várias mesas estão tombadas pelo chão e faltam pernas em algumas cadeiras. As toalhas, agora amarrotadas, criam figuras pretas abstratas e sei que os cacos de vidro e cerâmica espalhados pelo piso um dia foram copos, canecas e xícaras.

Parece o cenário de um filme no qual uma cena de luta acabou de acontecer.

Ironicamente, a estátua do Freddy Krueger continua intacta, nos encarando com seu chapéu preto e suas luvas afiadas, como se soubesse o que está por vir.

Posso sentir o corpo de Lucas tremendo atrás de mim e sei que, apesar de iluminado pela luz do dia, o salão do Espresso Fantasma nunca esteve tão sombrio.

Preciso me esforçar para me lembrar de que esse mesmo salão já foi o lugar onde minhas sobremesas se transformavam em sorrisos nos rostos de clientes e amigos.

O lugar onde me apaixonei e continuei me apaixonando por Gustavo.

— Re... Renan? — Lucas interrompe meu devaneio cutucando meu ombro. Me viro para ele e Lucas aponta na direção da cozinha.

Começa com um ruído leve e seria imperceptível se a rua estivesse um pouco mais barulhenta. De início, não consigo identificar o som que alcança meus ouvidos, por mais que soe bastante familiar. É seco, oco e se repete algumas vezes em um ritmo constante e em um volume crescente.

Só consigo distinguir a origem do som quando me lembro de que esse era exatamente o ruído que antecipava a chegada de Carlos à cozinha. O som que as solas rígidas de sapatos sociais fazem quando encontram o piso da área interna do Espresso Fantasma.

Se isso fosse um filme de terror, a próxima sequência seria em câmera lenta.

Cenas com enquadramentos fechados em uma iluminação alaranjada e azulada.

O mesmo sorriso irônico que vi à minha frente no galpão desativado agora estampa o rosto do homem que nos encara e se aproxima, aos poucos, até estar apoiado na estufa onde costumavam ficar as minhas sobremesas.

Seu pomo de adão se mexe contra a gola apertada da camisa fechada até o último botão, assim que ele diz:

— Parece que vocês são os únicos clientes dessa tarde.

Se não fosse pelo absurdo da situação, sua voz firme e sua postura ereta e sólida poderiam me fazer acreditar que ele, de fato, é o garçom de um restaurante premiado.

Ele só precisa de um segundo para alternar seu olhar entre Lucas e eu e decidir quem será o primeiro.

O homem investe contra Lucas. Ele quase não tem tempo para reagir antes do cotovelo coberto pelo paletó preto atingir sua boca e levá-lo ao chão.

Meu corpo age por impulso, ignorando o revólver na mão do homem, e me esforço para levantar a primeira cadeira quebrada que encontro. Ela se choca contra o tórax do homem e se desfaz em ainda mais pedaços, mas o golpe não parece intimidá-lo.

Continuo me movendo com agilidade até três mesas enfileiradas nos separarem. É impossível chegar à saída sem passar por ele, então sei que preciso inverter a situação.

Dou passos mínimos que ele acompanha do outro lado das mesas como uma brincadeira de gato e rato. Os segundos se arrastam enquanto tento me colocar de costas para a porta do Espresso Fantasma e se estendem o suficiente para que eu perceba que seus olhos não apontam diretamente para os meus, mas para uma região um pouco mais embaixo. Ele parece estar mirando em meu pescoço.

A direção de seu olhar somado ao brilho reluzente da arma me fazem engolir em seco. O corpo de Lucas continua inerte, jogado no chão atrás do homem, mas consigo notar seu abdômen se mexendo, então sei que ele está apenas desacordado ou fingindo que desmaiou.

Meu oponente parece quase entediado com nosso jogo, como se já tivesse certeza do resultado. Por isso, sei que meus próximos movimentos são cruciais.

— Se entrega logo, garoto. Ele vai te pegar de um jeito ou de outro!

— Mas o que *ele* quer com a gente? — Tento imitar a importância evidente em sua voz ao mencionar *ele*.

Ele leva alguns segundos para responder.

— Conversar.

— Só?

— Isso você vai ter que descobrir por conta própria.

Ele começa a esboçar outro sorriso tão sarcástico quanto o anterior e percebo que é a hora de agir.

Empurro a mesa mais próxima de mim com força suficiente para que a energia cinética faça a mesa mais distante se mover e se chocar contra a virilha do homem, que grita de dor no instante seguinte.

Aproveito sua vulnerabilidade para correr para trás da estátua do Freddy Krueger e, assim que sinto ele vindo em minha direção, empurro o boneco de resina em tamanho real para cima do meu oponente. Não espero para ver o resultado, meus pés me guiam para a saída, mas minhas pernas encontram um obstáculo.

Enquanto o homem tenta se desvencilhar do assassino dos sonhos, seus dedos treinados apertam o gatilho e o projétil abastecido com pólvora atinge minha panturrilha esquerda.

Eu grito e vou ao chão.

Meu corpo parece decidir aproveitar toda a energia restante para emitir gritos que esgotam o ar em meus pulmões e sinto que nunca mais vou ser capaz de me levantar.

Tenho um vislumbre de Freddy Krueger sendo empurrado e deixando de pressionar o corpo do homem, que se levanta em um átimo e vem em minha direção.

Ele me puxa por baixo dos meus braços, me arrasta como se meu corpo não tivesse mais vida. Parece saber o caminho, pois não hesita nem por um segundo, mesmo que esteja andando de costas.

A dor em minha perna é capaz de me enlouquecer, como se estivesse sendo consumida por um fogo impossível de apagar. Conforme o homem me arrasta até a cozinha, a perna machucada desliza pelo piso, criando um rastro de sangue e tornando a dor ainda mais lancinante.

Apesar de minha visão ter se tornado completamente turva, consigo imaginar para onde estou sendo levado. Passamos pelo corredor anexo à cozinha e tenho certeza de que meu corpo vai ser deixado no mesmo local onde encontrei o de Carlos — no chão de seu escritório.

Passamos pela porta da sala e minhas mãos começam a sentir a textura do tapete onde resquícios do glitter prateado ainda resistem, então imagino que ele esteja prestes a interromper seu trajeto, mas o homem continua me arrastando por mais tempo do que achei que fosse possível dentro daquele cômodo.

Demoro a entender que atravessamos uma passagem na parede dos fundos da sala que eu sequer sabia existir, até que a escuridão toma conta do meu campo de visão.

Desisto de gritar.

O grito não diminui minha dor, nem meu medo diante da possibilidade de ser deixado aqui para sempre, muito menos minha vontade desesperadora de voltar atrás no tempo.

O homem que me carrega precisa parar alguns segundos para respirar e até penso em aproveitar o tempo para tentar atingi-lo, mas não encontro nenhum resquício de força.

Quando ele volta a me carregar e transportar por onde quer que estejamos indo, começo a enxergar novamente meus pés e minhas pernas à minha frente. A visão amarelada da calça rasgada e ensanguentada parece um indicativo de que estamos chegando próximos a algum local iluminado.

Em vez de apenas largar meu corpo no chão, o homem utiliza o resto de sua força para me jogar para a frente, me fazendo cair de barriga no que parece ser o canto de um cômodo inacabado, com uma luz amarela tremulante e infiltrações nas paredes.

Completamente zonzo, preciso me concentrar para trazer o foco de volta à minha visão e só então percebo que não estamos sozinhos.

De onde estou, consigo distinguir uma estante com celulares e computadores enfileirados ao fundo da sala.

Em frente a ela, vejo uma das cadeiras do salão posicionada exatamente abaixo da lâmpada, o que produz sombras exageradas no rosto do garoto amarrado a ela com cordas grossas.

Gustavo não me olha de volta.

# *Capítulo 27*

A CABEÇA DO GAROTO QUE EU AMO ESTÁ ABAIXADA E ELE LEVA alguns segundos para notar que não está mais sozinho no cômodo secreto do escritório de Carlos.

Seus olhos encontram primeiro o sangue em minha perna e só depois avançam em velocidade reduzida até meu rosto. Surpresa e tristeza se misturam através de cada músculo de seu rosto e não consigo dizer nada porque, nesse momento, tudo o que tenho são perguntas.

O homem de terno se certifica de que Gustavo está bem amarrado à cadeira, lançando olhares de supervisão em mim, mesmo que ele saiba que sou incapaz de me levantar para qualquer tentativa de soltar meu namorado.

— Conseguiu?

Ouço a voz do quarto homem a entrar na sala e percebo que ela nunca soou tão rouca ou tão fraca.

Fabrício, ou melhor, Ítalo, não se parece em nada com o homem que estava tomando chá na sala de Mariana há poucas horas. Sua camisa está amassada e esgarçada e sua calça social tem grandes rasgos nos joelhos e na coxa. O cabelo bagunçado e suado complementa o rosto tenso e os olhos arregalados de alguém que acabou de passar por uma briga.

Não preciso me esforçar para saber que Gustavo saiu perdendo.

Ítalo sorri quando nota meu corpo jogado ao chão.

Vejo seus sapatos lustrados vindo em minha direção em passos lentos e confiantes. Ítalo flexiona as pernas e aproxima seu rosto do meu.

— Você está envolvido nisso também — ele sussurra e seu hálito tem cheiro de sangue. — Você e seu namoradinho.

— Envolvido no quê? — As palavras trêmulas doem ao passarem pela minha garganta machucada pelos gritos.

— Vocês mexeram com o cara errado, Renan. — Ainda com a voz baixa que consegue me assustar mais do que se ele estivesse gritando, Ítalo bate com o dedo indicador em meu peito, pontuando cada palavra. — Eu vou te dar uma chance. Só uma!

Ele aproxima ainda mais o rosto.

— Qual era o plano? — Perdigotos voam de sua boca e encontram meu rosto, mas consigo me manter firme, com o olhar concentrado em seus olhos da mesma forma que ele faz comigo. — Qual era o plano, moleque?

Dessa vez, ele grita.

— Que plano? Eu não sei de nada. — O medo é perceptível em cada palavra.

— Para de mentir! — Ítalo bate em minha perna machucada e eu me assusto com a potência do meu próprio grito. — É melhor confessarem logo, não vou deixar vocês saírem daqui com vida, vocês contando ou não.

— Solta ele! Ele não sabe de nada!

A voz de Gustavo me surpreende.

*Eu não sei de nada?*

Ítalo sustenta o olhar em mim por alguns segundos até se levantar e olhar para Gustavo.

— Você quer que eu acredite nisso agora? Quer que eu acredite no maior mentiroso dessa sala! — Ítalo faz um sinal para o homem de terno. Ele entende a mensagem, solta o revólver e corre em minha direção, agarrando meus braços e prendendo-os atrás de minhas costas. Eu não penso em resistir ou protestar. Minha atenção está completamente centrada no rosto de Gustavo e, principalmente, na esperança de que suas próximas palavras tragam alguma explicação. — Vocês planejaram tudo, não foi?

— Não era plano nenhum, nada disso tem a ver com você, cara!

— Eu não sou idiota, garoto! Vocês mataram o Carlos pra me atingir!

Assim que Ítalo termina de falar, Gustavo começa a chorar. As lágrimas escorrem com rapidez pela sua bochecha.

— Sabe, eu poderia usar a arma do... Qual seu nome mesmo? — Ítalo se vira para o homem que me segura.

— Valdir, senhor.

— Eu poderia usar o revólver do Valdir e terminar isso em um segundo, mas acho que vocês merecem um método mais lento. — Ítalo avança até a prateleira encostada na parede e agarra um cutelo. Não consigo deixar de perceber que o celular ao lado de onde o cutelo estava é praticamente idêntico ao celular de Isabela. Com as informações que tenho agora, não preciso me esforçar muito para adivinhar que os outros celulares mais simples foram os responsáveis pelas mensagens anônimas que tentaram nos confundir. Ele caminha novamente até Gustavo. — O que acha?

— Eu não fiz nada — murmura Gustavo, utilizando o máximo que sua respiração consumida pelo choro consegue.

— Resposta errada.

Ele começa a aproximar a faca do ombro de Gustavo.

— Ele tá dizendo a verdade, Ítalo!

Eu sabia que a menção de seu nome verdadeiro seria o suficiente para interromper o percurso de sua mão. Ele se mantém em silêncio, com os olhos cravados nos meus.

— Eu vou perguntar só uma vez. Quem contratou vocês?

— Contratou?

— Quem passou todas as informações? — Ele faz um novo sinal para o homem, que segura meus punhos com ainda mais força.

— Eu passei uma madrugada revirando a vida do Carlos, não foi difícil chegar até você.

Uma hesitação mínima em Ítalo, que aparenta não saber o que fazer em seguida, parece me trazer uma coragem inesperada.

— Onde estão meus amigos, Ítalo?

— Seus amigos? Não fiz com eles o mesmo que você fez com Carlos, se é o que está pensando!

— Chega, não foi ele! Fui eu!

O tempo parece parar assim que Gustavo termina sua frase.

Ítalo parece tão impressionado quanto eu. A única diferença é que, enquanto sinto meus olhos se arregalarem, ele sorri e se vira na direção da cadeira.

— Essa é a sua única chance de se explicar. É bom que não minta de novo, nem esconda nada.

Gustavo precisa de alguns segundos até conseguir parar de chorar, respirar e colocar para fora tudo que ele vem escondendo de mim nos últimos dias.

— Eu não tive culpa. — Sinto que ele vai começar a chorar de novo, mas Gustavo consegue se controlar. — Naquela noite, ele me chamou na sala depois da reportagem. Ele estava furioso, gritando sobre como a gente tinha estragado tudo, que ele ia perder todo o dinheiro, coisas assim. E depois...

Sua tentativa de organizar suas próprias lembranças é perceptível, mas Ítalo o pressiona.

— Depois? Fala!

— Sei lá, foi tudo rápido demais. Ele veio pra cima de mim, me encurralou no fundo da sala com uma mão em volta do meu pescoço e aquele glitter comestível na outra. Eu acho que ele queria que eu abrisse a boca pra me fazer engolir, mas consegui escapar. Saí correndo e ele veio atrás, me empurrou e eu caí em cima da mesa. Ele tinha desistido de me intoxicar e estava usando as duas mãos para me sufocar, então eu comecei a ficar muito zonzo. Percebi que não tinha muito tempo e tentei agarrar qualquer coisa em sua mesa para me defender. Foi quando eu senti o pacote de plástico e percebi que estava bem ao meu lado. Eu não sabia que era tóxico, eu só queria que ele se assustasse e saísse de perto de mim. Virei o pacote de glitter comestível no rosto dele e ele caiu. Então pulei a janela e dei a volta na rua pra voltar pro salão do café.

Não preciso do homem atrás de mim para me manter paralisado.

Meu cérebro continua repetindo que Gustavo causou a morte de Carlos, mas essa informação simplesmente não parece fazer sentido.

— Me desculpe… — Gustavo não fala mais com Ítalo. Sua fala embargada é para mim porque ele sabe das perguntas que tomam conta dos meus pensamentos.

Por que ele não me contou? Por que não confiou em mim?

Tento achar alguma justificativa, mas também não sei como agiria se estivesse em seu lugar. Além disso, meus pensamentos estão ocupados tentando recuperar os acontecimentos daquela noite.

Gustavo entrando no salão do Espresso Fantasma e tirando o avental porque provavelmente tinha caído um pouco do glitter nele.

A forma como ele me beijou na cozinha, como se aquele fosse o nosso último beijo.

Os livros de direito no seu quarto.

— Você matou o homem que estava liderando uma operação importantíssima!

— Eu não tive intenção, nem sei que operação é essa — rebate Gustavo.

— Não importa! Por causa de você a polícia começou a investigar as minhas empresas e tive que subornar cada um deles.

Vejo no rosto de Gustavo que ele ainda não consegue ligar todos os pontos, mas eu consigo. Consigo ver como Ítalo aproveitou o poder e dinheiro que tinha para se esconder e fazer outras pessoas serem culpadas pelos seus crimes.

— É tarde demais. — Agora, ele aponta a faca para mim e para Gustavo. — Vocês dois sabem coisas demais — repete ele. — Vocês e aquela jornalista.

A menção a Mariana me faz lembrar dos últimos momentos em que passamos no seu apartamento, quando parecíamos estar mais perto do que nunca de colocar um ponto-final em toda essa história.

Eu só não esperava que o ponto-final seria esse.

Ítalo segue fazendo ameaças de forma quase teatral, enquanto momentos da última noite continuam voltando a minha mente.

Os escândalos envolvendo suas empresas, a inexistência de fotos na internet com o rosto dele, sua indiferença durante toda a nossa investigação na sala de Mariana.

Até um detalhe aparentemente mínimo começar a se repetir na minha cabeça. Ele se repete vezes suficientes para formar uma hipótese que parece cada vez mais provável.

Se minha ideia estiver certa, Mariana não só desvendou esse mistério muito antes de mim como provavelmente vai ser a responsável por salvar nossas vidas.

Então, percebo que não tenho mais escolha. É hora de blefar.

— Quer saber? Por mim, chega! Não tem porque eu continuar escondendo nada, você está certo. Nós sabemos de tudo. Absolutamente tudo. — Ele não diz nada, então aproveito para continuar: — Sabemos que você fracassou em todas as suas empresas e teve que se escorar em vários empresários muito melhores do que você.

— O quê?

— Foi por isso que você foi atrás do Carlos, por isso que você precisava tanto dele. Ele era tudo o que você sempre quis ser.

— O Carlos? — Ítalo ri, abaixa a faca e se aproxima de mim com o peito inflado. — É isso que você acha?

Eu confirmo com a cabeça, intimidado de dizer qualquer coisa com ele tão perto de mim.

— Vocês são todos uns idiotas. — O sorriso toma conta do seu rosto e ele ri novamente com a ideia. — Tão idiotas quanto o Carlos! Não existe um só documento, uma única transação bancária que possa me incriminar. Ele ficou tão deslumbrado com a vida que mostrei pra ele, que atendia todos os meus pedidos sem nem questionar. Uma pena que vocês não vão passar desta noite. Idiotas desse jeito dariam ótimos sócios!

— Por quê? — Tento fingir estar o mais confuso possível.

— São idiotas como vocês que fazem com que não precise sujar minhas próprias mãos. Vocês não durariam um dia com o capitão Bento. — Diante de mim, vejo Ítalo se perder nos próprios pensamentos, seu olhar oscilando pelas paredes cheias de marcas de umidade. — Não durariam um dia tendo que provar a todo instante que são homens de verdade.

Ele se aproxima ainda mais, agora olhando fixamente para mim.

— Tendo que andar como um homem, falar como um homem. Sem chorar, sem descansar, sem demonstrar qualquer sentimento. Vocês são uma vergonha. — Percebo o asco não apenas em suas palavras, mas na forma como ele olha para mim como se eu fosse uma aberração. — Eu não sei como o Carlos permitiu que pessoas como vocês trabalhassem em uma empresa sustentada pelos meus investimentos. Ele errou e precisava corrigir esse erro.

— Pessoas como nós? — Gustavo pergunta.

— Vocês e seus amigos são todos uma ameaça. — Ítalo dispensa a postura orgulhosa e deixa sua boca expelir todo o ódio. — As empresas que funcionam com o meu dinheiro devem manter os valores dos cidadãos tradicionais, os valores que deixariam o capitão Bento orgulhoso, sem toda essa ideologia ridícula de vocês!

— Foi você quem mandou ele envenenar e sequestrar a Isabela, a Luana e o Murilo? — O quebra-cabeça que minha mente vem tentando montar há semanas finalmente está completo, mas sei que preciso ir mais longe para fazer meu plano funcionar.

— Na verdade, meu plano é muito mais ambicioso, mas eu sabia que Carlos não tinha tantas habilidades assim. Já foi um esforço gigantesco para ele capturar aquele menino… — Meu corpo inteiro se arrepia quando ele menciona Murilo. — Até que a Helena apareceu com a ideia de envenenar as sobremesas, um jeito rápido de eliminar todos de uma vez. Era para você ter sido o primeiro.

Ele aponta para mim e, pela primeira vez na vida, agradeço mentalmente pela minha intolerância à lactose.

— Mas não saiu como você esperava — digo.

— Porque eu não sabia que estava lidando com pessoas tão imbecis! — ele esbraveja e, por algum motivo, sinto o corpo de Valdir ficando mais tenso atrás de mim. — Como se já não bastasse o Carlos ter deixado elas saírem daqui naquele dia, tive que mandar o Valdir atrás delas. — Ítalo repete a mesma expressão ameaçadora, mas, dessa vez, ele não se dirige a mim, mas ao homem responsável pela dor em minha perna. — E o que foi mesmo que aconteceu, Valdir?

— Eu… — A voz de Valdir já não tem a mesma confiança de antes. Ele pigarreia antes de continuar: — Eu consegui capturá-las no banheiro daquele bar, mas…

— Mas o quê? Continua, tenho certeza de que a nossa plateia está superansiosa para saber da sua proeza! — Ítalo se comporta como o apresentador cínico de um espetáculo.

— Elas escaparam no meio do caminho — responde Valdir, nitidamente envergonhado.

Ítalo prende a faca embaixo de seu braço para poder bater palmas repletas de sarcasmo que ressoam pelas paredes do cômodo pequeno.

— Que bom saber que contratei um ótimo profissional, hein?

— Eu falhei, chefe — Valdir responde, com a rigidez de um cozinheiro que se reporta ao chef.

— A sua sorte foi que elas decidiram voltar pra casa e o Carlos conseguiu chegar a tempo, antes delas fugirem. — Ítalo apenas balança a faca e entendemos sua mensagem.

— Eu peço desculpas, chefe. — Valdir respira fundo e sinto sua respiração em minha nuca.

— O que importa é que, mais uma vez, não há nenhuma prova contra mim. — O sorriso ocupa seu rosto enquanto ele caminha até estar novamente atrás de Gustavo, examinando seu pescoço e ajeitando a faca em sua mão. — E as únicas pessoas que poderiam me entregar só têm mais alguns minutos de vida.

Ítalo ri e Valdir acompanha sua risada com orgulho.

— Renan! — grita Gustavo, com o pavor dominando seu rosto. Uma imagem que gostaria de esquecer instantaneamente, ainda que duvide que ela se apague da minha mente tão cedo. — Obrigado por tudo! Eu te amo! Eu te amo, Renan!

Ele repete algumas vezes, soluçando entre lágrimas.

— Eu também te amo, gatinho! Mas fica tranquilo, o Ítalo está bem enganado — digo, juntando minhas forças para tentar imitar o sorriso irônico do homem com a faca na mão.

Como esperava, minha confiança enfurece Ítalo. Ele se afasta de Gustavo e dá passos largos na minha direção. A lâmina de sua faca está na altura dos meus olhos.

— Você quer ser o primeiro, então? É isso?

— Acho que o primeiro vai ser você mesmo!

A voz de Mariana parece trazer um ar fresco para a sala. Nós quatro estamos paralisados. A luz amarelada revela o rosto da jornalista que seguiu o mesmo percurso pelo qual o capanga de Ítalo me carregou.

— Tudo o que você disse acaba de ser transmitido para centenas de milhares de pessoas no mundo todo, Ítalo. — Atrás dela, surgem duas mulheres e um homem vestindo uniformes da polícia. Eles não hesitam antes de tirar a faca de Ítalo e algemar suas mãos, assim como as de Valdir. — Sua fortuna não vai te livrar dos seus crimes desta vez — diz Mariana, com um sorriso genuíno, enquanto os policiais ignoram as tentativas de suborno e informam os direitos dos homens que, até instantes atrás, acreditavam ser invencíveis.

Pulando em uma perna só, vou até Gustavo e o envolvo no abraço mais apertado que consigo dar. Logo, Mariana se junta a nós.

— Aparentemente, uma boa jornalista investigativa sempre tem à mão microfones minúsculos e calças extra! — Antes dos policiais levarem Ítalo, ela aponta para o botão que fecha sua calça e para as luzes vermelhas quase imperceptíveis que piscam ao redor do broche em formato de abelha preso a ele. — E chá preto.

# Capítulo 28

— Então a fogueira daquele dia...

— Foi para eu me livrar do avental — confessa Gustavo, sentado na beirada da cama, respondendo com paciência todo o meu interrogatório que se estendeu pelas últimas horas. — Mais alguma pergunta?

Eu concordo com a cabeça, ainda processando a avalanche de informações.

— Você sabe que podia ter me contado, né?

Ele abaixa o olhar.

— Eu não sabia o que fazer. Tinha certeza de que seria preso e... — Gustavo respira fundo. — Tinha medo de perder você.

O aperto em meu coração consegue ser maior do que a dor do ferimento que pulsa por baixo da atadura em minha perna.

— Eu sei exatamente como é sentir isso — confesso. — Mas não precisa se preocupar com isso, você não vai me perder.

A visão de seus olhos se enchendo de lágrimas faz os meus se encherem também.

— Você também não vai me perder, Rê.

Eu sorrio, aliviado.

— Maaaaas, vendo pelo lado bom... — Ele se aproxima e passa a mão pelo meu cabelo. — Se nosso namoro conseguiu resistir a tudo isso, ele resiste a qualquer coisa, gatinho!

Gustavo cola seus lábios nos meus e os mantém ali por um tempo.

Ouvir sua voz otimista, prolongando vogais e usando nosso apelido carinhoso tem o poder de aliviar toda a tensão que ainda existe no meu corpo.

— E você querendo terminar comigo por causa de uma jaqueta vermelha. — Ele finge secar uma lágrima imaginária.

— Ei! Eu nunca quis terminar com você, nem vem com essa história — digo, antes de retribuir o beijo. — Mas que ela é horrível, ela é! Será que ainda dá tempo de devolver?

— Vocês, bis, que não entendem nada da moda gay contemporânea!

Ouvimos alguém batendo na porta. Gustavo se levanta para abrir e logo Mariana dá os primeiros passos para dentro do quarto.

— Não acredito que te deram manjar de coco de sobremesa! — Ela espia a mesa ao lado da cama e o que sobrou do meu almoço. — Os outros ganharam uma gelatina bem aguada.

— Os cozinheiros do hospital com certeza sabiam que estavam servindo um grande confeiteiro, né? — Gustavo brinca.

— E como eles estão? — pergunto para Mariana.

— Bem, melhor do que os médicos esperavam e logo estarão recuperados. Murilo está com uma anemia leve, mas já está recebendo o tratamento. — Ela se senta na poltrona próxima à janela.

— Eu não consigo nem imaginar o que eles passaram todos esses dias — digo.

— Pelo menos um dos capangas do Ítalo tinha a chave do apartamento de Carlos e continuou levando comida no quarto onde eles estavam escondidos — ela conta, e me lembro do último dia em que Carlos apareceu para o café da manhã, uma noite depois do aniversário de Isabela.

Murilo, Isabela e Luana já estavam confinados em seu apartamento e ele ainda teve coragem de visitar meus pais e mentir para todos nós.

Como suspeitava, acho que nunca conheci Carlos de verdade. Não consigo deixar de ficar triste por perceber que ele se seduziu pela vida de luxo que Ítalo apresentou a ele e acabou em um caminho perverso.

— O Lucas tinha desmaiado quando Valdir atacou a gente… — relembro.

— Ele estava só fingindo, recebeu medicamento para dor e foi liberado — ela explica.

— E aí? — Gustavo pergunta. — Aproveitando a fama? Vi que você está cotada pro próximo *BBB*!

— Quem me dera! Por enquanto, só uma agenda cheia de entrevistas e…

Ela morde o lábio.

— E…? — Gustavo repete.

— E um convite para escrever um livro sobre o caso! — Mariana parece aliviada por contar a novidade que estava segurando desde que chegou. — Isso se vocês permitirem, né?

— Eu só vou permitir se você me descrever como o garçom mais gostoso de São Paulo! — Gustavo responde.

— Desculpa, Gu! Eu tenho um compromisso com a verdade!

Eu solto uma risada mais escandalosa do que esperava.

— Então, no fim, a publicação no *Fofocas Fritas* não prejudicou sua carreira? — pergunto.

— Na verdade, foi a melhor coisa que podia ter acontecido! — Mariana pega o celular em seu bolso e mostra o Instagram, que agora conta com algumas dezenas de milhares de seguidores a mais. — Nunca imaginei que tornar meu relacionamento público pudesse ajudar outras pessoas da comunidade desse jeito.

— Vocês tão ouvindo? — interrompe Gustavo, apontando para a própria orelha e arregalando os olhos, o que leva Mariana e eu a fazermos o mesmo. — É o som da Fernanda Gentil chorando porque eu sou amigo da maior personalidade queer do jornalismo do momento!

Mariana revira os olhos, mas logo se junta a nós em uma risada sincera.

— Então, no fim, o homem de sobretudo que assustou a gente esse tempo todo era na verdade…

— Ítalo, o investidor que controlava Carlos como uma marionete — Mariana explica a Gustavo. — Pelo que apurei, ele tinha prometido um investimento gigantesco para Carlos e estava usando isso para chantageá-lo. Ítalo fazia Carlos e seus outros capangas cometerem todos os crimes, então nunca precisou sujar as próprias mãos.

— Foi o que ele falou na última vez em que foi lá em casa! Estava até querendo abrir uma nova filial do Espresso — comento.

— E a maior parte desse investimento ia direto pro bolso do Carlos. A única condição era tirar toda a galera LGBTQIAPN+ do café e isso incluía vocês e os clientes. Parece que ele e aquela Helena queriam implementar uma soberania cis-hétero em todas essas empresas, preservar a integridade familiar e todos esses absurdos que a gente já conhece bem.

— Aquela vez em que ele queria me demitir — relembra Gustavo.

— E quando ele tentou impedir de transmitirem a matéria — Mariana acrescenta.

— O que não entendo é o motivo do Ítalo decidir ajudar a gente na investigação — digo e, como sempre, Mariana tem a resposta na ponta da língua.

— Ele conseguiu manter seu rosto em segredo e isso fez com que ele pudesse frequentar qualquer lugar sem ser reconhecido e assumir personalidades diferentes. — Apesar do seu cansaço aparente, o brilho em seu olhar mostra como ela está realizada por poder revelar suas descobertas. — Seja um cara esquisitão vendendo minhocas pela internet para poder observar de perto os clientes do Espresso Fantasma, ou um detetive particular superprestativo que, supostamente, estava investigando os crimes que ele mesmo tinha cometido. Foi o jeito que ele encontrou para ganhar nossa confiança, se aproveitar da investigação e descobrir quem matou Carlos. Ele tinha certeza de que era alguém tentando chegar até ele.

Me lembro da resposta de Ítalo quando mostrei a mensagem anônima sobre Mariana.

*Mantenha os inimigos mais perto ainda.*

— Eu nem acredito que tudo acabou bem. — Recosto minha cabeça no travesseiro e observo o teto branco do quarto. — Para vocês também parece ter sido um sonho?

— Parece mais com um filme de terror alternativo — responde Gustavo.

— Que bom que foi um com final feliz! Bom... — Mariana se levanta. — Acho que já vou indo para deixar vocês a sós. — Ela lança um olhar malicioso.

— Claro, porque tem muito que a gente possa fazer em uma cama de hospital, com um tubo perfurando meu braço e uma perna baleada — ironizo e ela ri. — Olha, se estiver precisando de alguém para fazer e servir café enquanto escreve seu livro, conheço um confeiteiro e um garçom ótimos e aparentemente desempregados.

Ela leva alguns segundos para responder, como se estivesse procurando pelas palavras certas.

— Acho que vocês não vão ter tanta dificuldade para arranjar novos empregos.

Mariana sorri como se soubesse de algo que ainda não sabemos e segue na direção da porta, o que faz Gustavo e eu nos entreolharmos.

Gustavo dá de ombros, ainda confuso, e aproveita o som da porta se fechando para me beijar novamente.

# Capítulo 29

De longe, procuro Gustavo pelo salão e, depois que o encontro, penso pela milésima vez como ele fica lindo nesse terno cor de vinho.

Termino de enrolar e fatiar mais um Rocambole Iluminado. Antes de tocar a campainha no balcão e liberar os pratos, me lembro de incluir em cada fatia o detalhe dourado em forma de fouet que representa o prêmio de confeitaria criativa que ele ganhou na semana passada.

As lâmpadas de neon azul e roxo tingem os rostos à minha frente e permaneço alguns segundos me divertindo com a visão colorida das pessoas que dançam ou apenas conversam pelo salão subterrâneo. Encontro Mariana dando um beijo apaixonado em Vanessa e sei que, em alguma das mesas do fundo, Denize leva seus amigos ao completo desespero com seu jogo de charadas.

Estou quase completando meu segundo mês comandando as sobremesas do Quarto 237 que, como eu e Cassandra (a mulher que me recebeu junto de Mariana na primeira vez em que estivemos aqui e que descobri ser a gerente do bar) esperávamos, atraiu toda a clientela do Espresso Fantasma e se tornou o novo *point* queer de São Paulo. Trabalhar em uma cozinha maior e com mais funcionários tem me ensinado muito e sinto que minha criatividade para novas sobremesas nunca esteve tão aflorada.

Apesar de trabalhoso e cansativo, durante todo o tempo que me divido entre preparos e empratamentos, sinto que estou no lugar certo, exatamente onde deveria estar, fazendo o que faço de melhor para levar as mais diversas sensações para os clientes através de sabores.

E poder continuar fazendo isso na companhia de Gustavo é a melhor experiência do mundo.

— Me diz que esse é o meu! — Isabela se aproxima, assim que percebe que vou tocar a campainha que avisa aos garçons quando um pedido está pronto

— Sim! Esse é o seu, Isa — afirmo e ela comemora, antes de pegar o novo celular para fazer uma foto do prato. Vejo Luana se aproximando e rindo da empolgação de sua namorada.

— Você está quase zerando o cardápio de sobremesas daqui! — Luana beija a bochecha de Isabela. — Já deve ter provado todas.

— Eu tenho que prestigiar o amigo que salvou minha vida, ué! Quando eu for uma *tiktoker* famosa ele vai me agradecer e até colocar meu nome em uma sobremesa!

Como se meu sistema interno estivesse em pane, eu congelo.

Procuro nos rostos das minhas amigas por qualquer pista de que elas tenham descoberto a surpresa, mas parece que foi só um comentário despretensioso.

— Na verdade… — Por sorte, Gustavo se aproxima e faço um sinal para ele, depois de decidir que é a hora exata. Ele passa pela gente e desaparece nos fundos da cozinha. — Acho que a gente tem motivo suficiente para comemorar agora mesmo!

Gustavo retorna com dois pratos na mão.

Framboesas, mirtilos e suspiros acompanham fatias de cheesecake em formato de lua minguante, cuja massa mistura tons de azul e rosa. Sem reação, elas apenas encaram os pratos que Gustavo deixa sobre a bancada do bar.

— Vocês serão as primeiras a experimentarem a nova sobremesa do cardápio do Quarto 237, a única que não tem nenhuma relação com filmes de terror, mas com certeza é inspirada em algo muito melhor, o que faz dela a mais especial de todas.

Respiro aliviado ao ver que Gustavo conseguiu se lembrar de todo o texto de apresentação que venho preparando desde o dia em que tive essa ideia.

— Esse prato se chama "Isa e Lua" — digo, sem conseguir esconder o orgulho por trás de minha nova criação. — A Isa está representada nas cores e a Luana, bom, acho que é obvio. Lua, Luana.

— Você só pode estar zoando! — Luana continua paralisada com a surpresa, enquanto Isabela já está em sua terceira garfada, soltando pequenas reações de prazer entre uma e outra. — Isso é inacreditável!

— E está uma delícia também! — Isa sorri depois de engolir mais um pedaço e eu automaticamente imagino o sabor da massa amanteigada se misturando ao doce e cítrico da cobertura de cream cheese, mirtilo, framboesa e um toque de limão em sua boca. — Droga, esqueci de fotografar.

Sei que essa é uma preocupação real para ela, então garanto:

— Vocês podem pedir quantas vezes quiserem. A Cassandra fez questão de dar cortesia vitalícia para as musas por trás da nova sobremesa do cardápio.

— Legal, então a partir de hoje eu só vou me alimentar disso e nunca mais gastar dinheiro com comida! Vocês são incríveis, sério — Isabela se esgueira por cima do balcão para envolver Gustavo e eu em um abraço.

— Hoje é um dia cheio de comemorações, então! — Luana olha para Gustavo e eu faço o mesmo.

Se existisse um dicionário com ilustrações para cada palavra, o verbete "alívio" seria estampado com a expressão no rosto do meu namorado neste exato momento.

Horas atrás, a sentença de legítima defesa e inocência de Gustavo foi confirmada. Por mais que esperássemos por isso, receber uma absolvição oficial foi fundamental para controlar toda a ansiedade que ele enfrentou nos últimos dias.

Afago sua cabeça e bagunço seu cabelo.

Segundos depois, todas as luzes se apagam.

Ouço Isabela gritar de susto, mas sei que em poucos segundos um holofote vai direcionar toda a atenção dos clientes para o pequeno palco improvisado no canto do bar.

— Atenção! Peço que todos prestem muita atenção, porque… — A voz vem de detrás da cortina, através de um microfone que amplia o som pelo local. — Diretamente das melhores casas de show de Nova York, das melhores pizzarias da Itália e dos melhores churrasquinhos de rua da zona leste de São Paulo, com vocês…

A peruca verde-água aparece na abertura central da cortina, antes de revelar um vestido dourado com a cintura bem definida e uma saia volumosa com detalhes cintilantes que refletem as luzes apontadas para ela.

— Serena!

Do sorriso largo e livre de Serena sai a letra de "Bejeweled", de Taylor Swift, em sincronia perfeita com a música que acaba de começar a tocar.

Gustavo me puxa pelo braço e passamos para o outro lado do balcão, nos juntando aos clientes que se aproximam do palco, batendo palmas e estalando os dedos no ritmo da música.

Dançamos com movimentos mínimos, já que estamos todos concentrados na performance de Serena e, depois de três músicas, a plateia ovaciona a drag queen, que agradece com uma reverência e uma piscada de olho em nossa direção.

É difícil voltar ao trabalho depois de um show como esse, então preciso me esforçar para manter a qualidade em cada uma das sobremesas.

Por sorte, o serviço da cozinha está quase se encerrando e os últimos pedidos estão sendo feitos.

O monitor preso à parede da cozinha apita e anuncia um novo pedido, que preparo em poucos minutos.

Conforme ajeito os biscoitos fantasma em um prato, a sequência de memórias que invade minha mente ainda se parece com uma alucinação bem maluca.

Aperto a campainha, Gustavo me direciona um sorriso de cumplicidade quando percebe meu cansaço e leva o prato até o cliente.

Pouco tempo depois, ele retorna.

— Ele quer falar com você.

— Quem? — pergunto.

— O cliente que pediu os biscoitos. Deve querer te parabenizar pessoalmente.

Essa é a primeira vez que isso acontece, mas talvez seja um costume em lugares mais sofisticados.

Lavo minhas mãos, tiro o avental e tento ajeitar meu cabelo.

O homem que dá as primeiras mordidas no último biscoito de seu prato tem a pele negra, cabelo black power, veste uma camisa florida e, aparentemente, estava lendo um livro de mistério enquanto jantava.

— Renan! — Ele percebe minha chegada e ignora minha mão estendida, me puxando para um abraço. — E eu imagino que você seja o Gustavo. Eu sou o Diego!

— Muito prazer. — Me lembro de Cassandra ter me passado instruções sobre como lidar com os clientes, mas só me lembro de algumas das recomendações, então decido ser eu mesmo. — Gostou dos biscoitos?

— Se eu gostei? — Ele ri, jogando a cabeça para trás. — Eu vim de longe para experimentar as suas sobremesas e, olha, você conseguiu me surpreender. Fazia muito tempo que eu não comia uma sobremesa cheia de... — Diego deixa seu olhar vagar pelo espaço, procurando pela palavra certa — amor. Entende o que quero dizer?

Ter um retorno tão sincero de um cliente me traz um frio na barriga, ao mesmo tempo que faz meus olhos ficarem marejados de um instante para o outro.

— Isso... — Agora sou eu quem precisa de um tempo para escolher as palavras. — Isso significa muito. Obrigado, de verdade! Espero que a sua viagem tenha valido a pena.

— Valeu muito a pena, mas acho que pode valer ainda mais! — Diego aponta para os lugares vazios do banco estofado à sua frente. — Por favor.

Percebo Gustavo virando o rosto em minha direção e sei que suas sobrancelhas estão contraídas. Apesar de sua desconfiança, ele toma a iniciativa e ocupa um dos lugares, deixando espaço para que eu me sente ao seu lado.

— Eu estava pesquisando por sobremesas criativas e encontrei seu perfil no Instagram. — Sei que ele não se refere ao meu perfil pessoal, mas ao o que abri recentemente para compartilhar as fotos das sobremesas que preparei nos últimos meses. — Preciso dizer que fiquei realmente impressionado, um talento e um senso estético para sobremesas como o seu é raro. Bem raro.

— Obrigado! — Não consigo conter um sorriso.

— E por que você estava procurando sobremesas criativas? — Gustavo pergunta.

— É aí que entra o meu convite. Eu trabalho como produtor executivo e estamos criando um novo programa para plataformas de streaming. — Diego faz uma pausa e observa o último pedaço do biscoito, antes de voltar seu rosto para mim. — Renan, já pensou em apresentar o seu próprio programa de receitas?

Sinto meu queixo caindo e meu corpo todo começa a chacoalhar.

Gustavo se vira novamente para mim, dessa vez, com o maior sorriso que já vi preencher seu rosto.

Também observo os biscoitos no prato de Diego, antes de respirar fundo e dar minha resposta.

— Com uma condição.

Diego levanta as sobrancelhas e pede para que eu prossiga.

Junto minha mão à de Gustavo.

— Preciso do meu assistente que é só uma carinha bonita para trazer alívio cômico e entreter os convidados.

# Epílogo

Sou o último a sair da cozinha.

Desde nossa conversa com Diego, pareço estar pisando em nuvens, mas isso não me impediu de preparar a última sobremesa.

Encontro Gustavo sentado em cima do balcão e percebo que ele também é o único dos garçons que ainda não deixou o Quarto 237.

Me junto a ele e Gustavo me recebe com o mais doce dos sorrisos.

— Você é o melhor namorado do mundo, sabia?

— Você diz isso porque ainda não conheceu o meu. Ele é ainda mais incrível — respondo enquanto ele envolve minha cintura com seu braço.

— Um programa de receitas só nosso... — Ele fala como se ainda estivesse processando a informação. — Quem diria que essa loucura terminaria assim.

Permaneço em silêncio por alguns instantes, pensando no que ele acabou de dizer e em como o futuro pode ser imprevisível e incerto.

Essa incerteza foi o motivo de noites de medo e ansiedade por muito tempo, mas acho que agora sinto algo diferente.

Quando penso em todas as coisas malucas e inesperadas que podem acontecer no nosso futuro, em vez de insegurança, sinto uma empolgação nova correndo pelas minhas veias.

— Por falar em loucura... — Me levanto em sobressalto e me seguro para não rir com a expressão confusa de Gustavo. — Fica aí, já venho!

— Tá, mas vai logo que o bar vazio desse jeito é assustador pra caramba!

Corro até a cozinha o mais rápido que posso e abro a geladeira.

*Está perfeito!*

Levo o prato coberto por uma cloche até onde Gustavo está. Ele me recebe com um olhar desconfiado, mas curioso.

— Posso abrir?

— Todo seu — afirmo.

Assim que Gustavo levanta a cloche e revela o bolo no formato de telefone antigo, sua expressão vai da curiosidade para a incredulidade.

— Você não fez isso! — Seu olhar continua concentrado nos detalhes de pasta americana que reproduzem o telefone utilizado por Drew Barrymore no início de *Pânico*.

— Ué, a ideia foi sua, eu só transformei em realidade. Aliás... — Coloco a mão no bolso e tiro o pequeno dispositivo que Lucas me ajudou a fazer. — Não pode faltar a melhor parte!

Aperto o botão e, como esperado, a máscara do Ghostface pula de dentro do bolo, espalhando migalhas e cobertura pelo prato e pelo rosto de Gustavo.

Abandonando a atitude incrédula, Gustavo comemora como se tivéssemos vencido uma competição. Ele deixa o prato na bancada, agarra minha cintura e me levanta no ar.

Minha risada ecoa pelo salão vazio do Quarto 237 e só é interrompida quando Gustavo me puxa para mais um beijo.

Eu não posso adivinhar como será o nosso futuro, mas sei que haverá amor nele.

Da forma que a gente quiser que esse amor seja.

Sem ninguém para nos impedir.

# Agradecimentos

Como seria um livro se eu juntasse nele todas as minhas coisas favoritas?

Essa foi a pergunta que me guiou durante todo o processo de *Espresso Fantasma* e confesso que, durante todo esse tempo, minha maior surpresa foi encontrar tantas pessoas interessadas em trabalhar em um livro que mistura tantos interesses específicos — cafeterias aconchegantes com sobremesas deliciosas, filmes de terror clássicos, mistérios solucionados por detetives amadores e gays <3.

Escrever meu primeiro *cozy mystery* foi um desafio maior do que eu achei que seria e essa história nunca chegaria até vocês, leitores, se não fosse pelo apoio e a confiança da minha agência literária, Increasy. Alba, Mari, Grazi e Guta, transformar o *Espresso Fantasma* em realidade foi, por si só, uma história cheia de reviravoltas e surpresas e eu nunca vou conseguir agradecer o suficiente por todas as batalhas que vocês enfrentaram em nome dessa história. Tenho certeza de que os leitores também estão gratos pelo cuidado e pela atenção de vocês com esse livro e com a minha carreira.

Da mesma forma, ainda não tenho experiência suficiente como escritor para colocar em palavras a minha gratidão a todo o pessoal da Galera Record! Obrigado por confiarem no meu mistério aconchegante e transformarem minhas ideias em realidade da melhor forma possível.

Um agradecimento especial a Rafaella Machado, você surgiu como uma colherada generosa de açúcar em uma xícara de café amargo e eu vou ser sempre grato pela forma como me acolheu!

O sonho de escrever e publicar um livro começou quando, ainda pequeno, comecei a ler minhas primeiras histórias de mistério (a maior parte delas escrita por João Carlos Marinho). Desde então, toda minha família vem acompanhando e apoiando a transformação desse sonho em um objetivo. *Espresso Fantasma* não seria uma realidade se vocês não tivessem incentivado minha criatividade e meu envolvimento com as artes desde sempre.

Agradeço à minha mãe, por estar ao meu lado todos os dias e me ajudar a realizar tantos sonhos (sério, se não fosse pela organização dela, eu nunca teria terminado esse livro).

Ao meu pai, que desde sempre me mostrou como pode ser incrível transformar ideias em palavras.

À minha irmã, que há muito tempo alimenta minha obsessão por histórias de mistério e terror me apresentando os melhores livros e filmes.

Ao meu namorado, que leu essa história antes de todo mundo e até hoje tenta me convencer de que ele realmente gostou (ainda acho que você só elogiou para me agradar, hunf) e aos amigos que o BookTok me trouxe. Vocês acompanharam e aguentaram meus dramas durante os anos de escrita desse livro e só por isso já merecem meu amor eterno. É uma honra poder espalhar a palavra da literatura jovem ao lado de vocês.

A Isabela, Denize e Bruna, que enfrentaram a tarefa árdua de me ajudar a escolher o nome da cafeteria dessa história (prometo que na edição comemorativa de dez anos ela vai se chamar “Chuck, o donut assassino”).

A Mika Serur por transformar minhas ideias confusas na capa mais linda do mundo (você arrasou demais, sério).

A Tobias Floquinho, por ser meu melhor amigo e o melhor companheiro de escrita.

A outras pessoas que tiveram um papel fundamental na minha trajetória pelos livros até aqui: Diego Moreno, Bernardo Bassin, Vinícius Barreto, Márcia Veirano Pinto, Melina Souza, Natália Ortega, Carlos Rodrigues, Andrea Taubman e Mabê Bonafé.

E, por fim (e aqui vai o agradecimento mais importante de todos), a cada um dos seguidores que estiveram comigo nos últimos anos. Jamais imaginaria que compartilhar minhas leituras favoritas no TikTok transformaria minha vida desse jeito e faria tantas pessoas se identificarem com meus interesses e as minhas paixões. Sinto que somos amigos que se juntam para tomar chá e ~~fofocar~~ falar sobre as histórias que lemos todos os dias e espero que, com esse livro, possa retribuir uma pequena parte de todo o carinho que vocês me transmitem virtualmente!

Este livro foi composto na tipografia
Minion Pro, em corpo 11,5/15, e impresso
em papel off-white no Sistema Cameron da
Divisão Gráfica da Distribuidora Record.